書下ろし

帰り船

風の市兵衛③

辻堂 魁

祥伝社文庫

目次

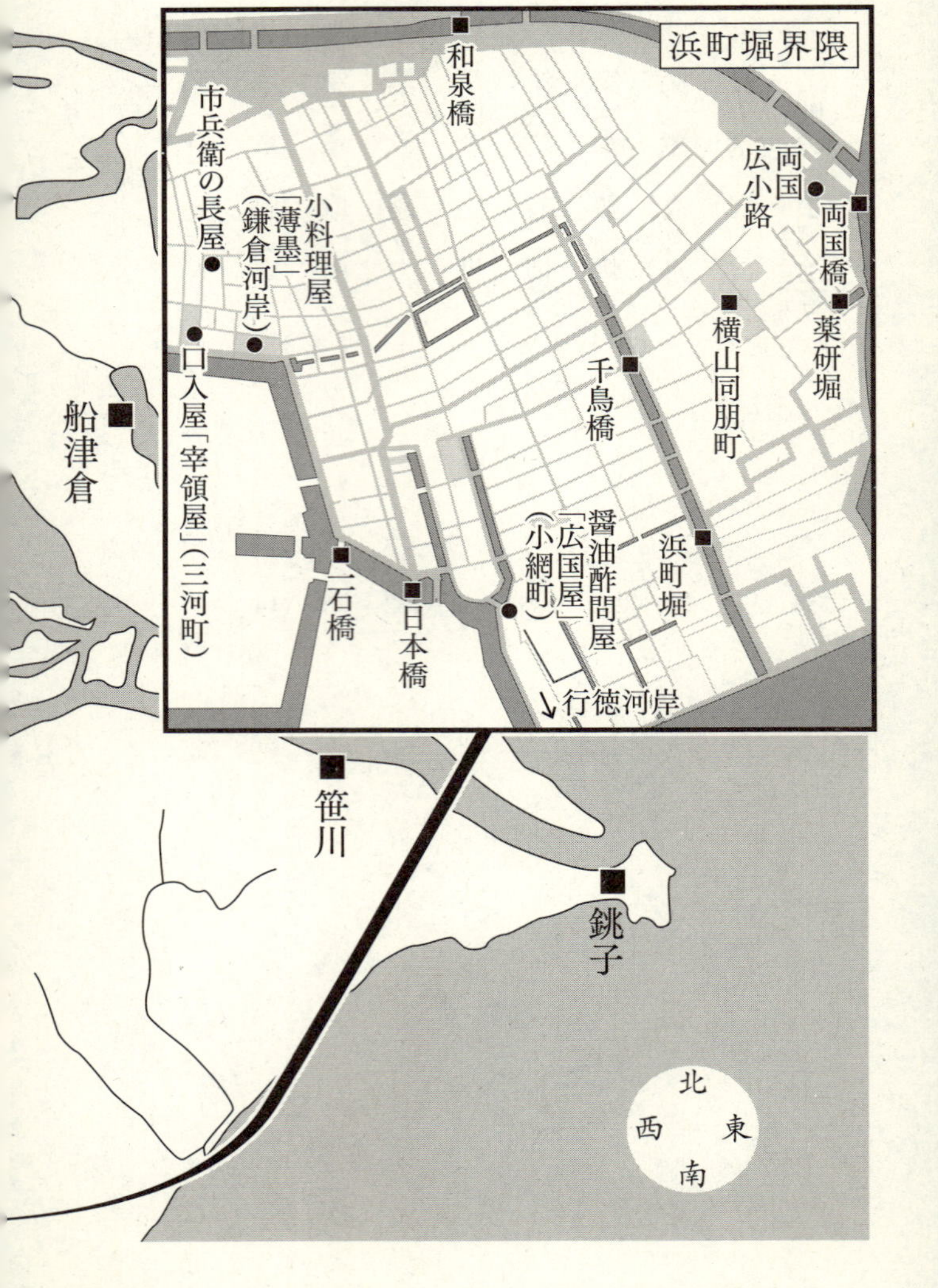
浜町堀界隈
和泉橋
市兵衛の長屋
小料理屋「薄墨」（鎌倉河岸）
口入屋「宰領屋」（三河町）
両国広小路
両国橋
薬研堀
横山同朋町
千鳥橋
浜町堀
醤油酢問屋「広国屋」（小網町）
一石橋
日本橋
行徳河岸
船津倉
笹川
銚子
北
西
東
南

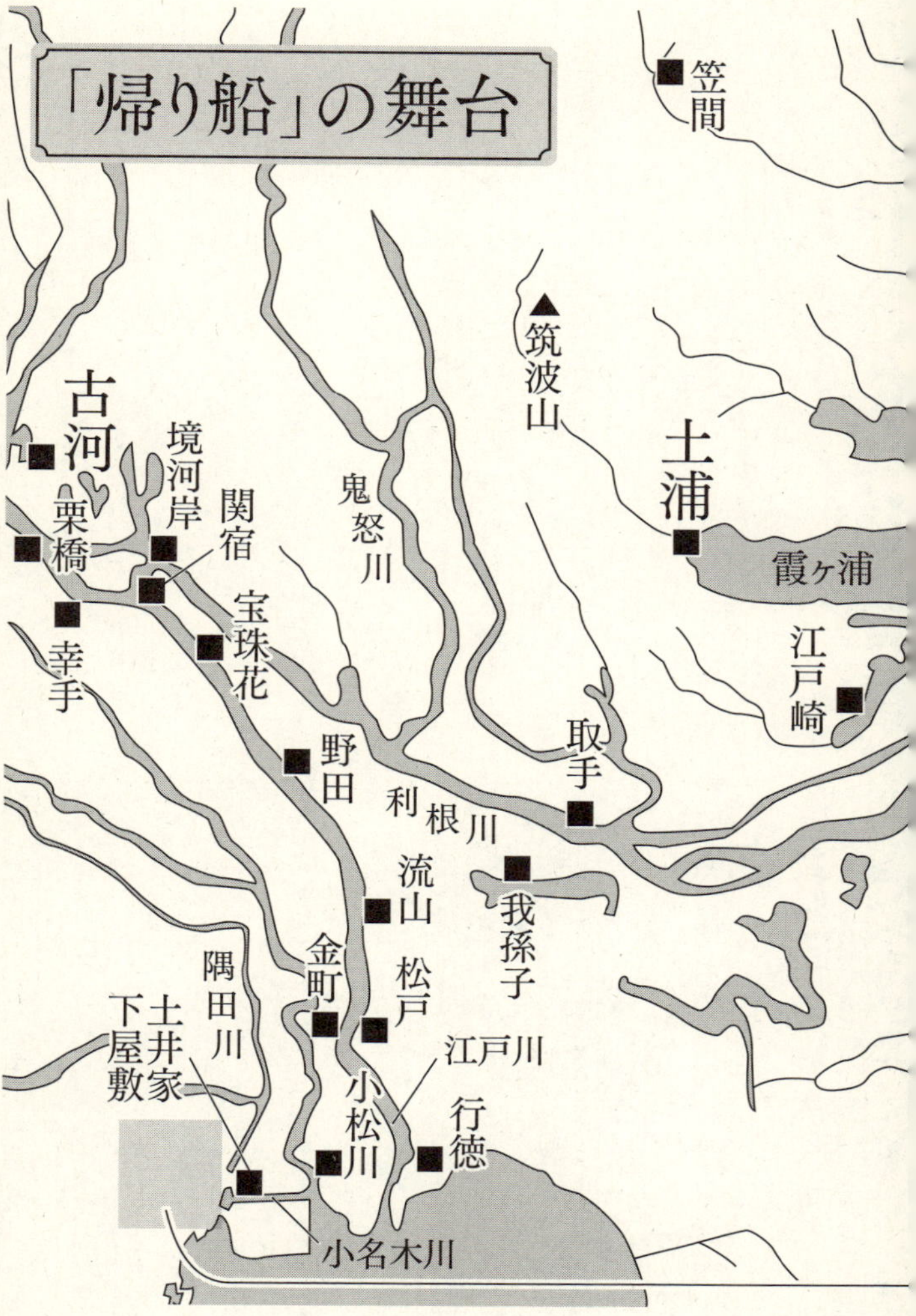
「帰り船」の舞台
笠間
筑波山
古河
境河岸
関宿
鬼怒川
土浦
霞ヶ浦
栗橋
幸手
宝珠花
江戸崎
野田
取手
利根川
流山
我孫子
金町
松戸
隅田川
土井家下屋敷
江戸川
小松川
行徳
小名木川

序章　見張人

利十郎《りじゅうろう》は小名木川《おなぎ》に架かる新高橋《しんたか》の手摺《す》りに寄りかかり、艀《はしけ》船が川面《かわも》へなびかせる滑《ぬめ》るような波紋を、瞬《まばた》きもせず見つめていた。

春とは言え肌寒さの染みる両岸の堤道は、人通りもはや途絶え、黄昏《たそがれ》時の薄墨《うすずみ》色に染まった川筋に櫓《ろ》を漕《こ》ぐ音だけが、ひそやかに流れていた。

文政《ぶんせい》五年（一八二二）閏《うるう》一月七日の夕刻だった。

数艘が連なった艀は、横十間《よこじっけん》川をすぎ、小名木川北堤の猿江《さるえ》町五本松《ごほんまつ》あたりに差しかかっていた。

本行徳《ほんぎょうとく》村の新河岸《しんがし》で高瀬《たかせ》舟より積み替えたと思われる常州《つねしゅう》からの帰り荷、大小の醬油樽《しょうゆだる》を満載しているのがわかった。

見ている間に五本松をすぎた船列は、川沿い北堤に長屋門《ながやもん》を構える古河《こが》藩土井《どい》家下屋敷の、川縁あたりまで近付いた。

あれか——利十郎は呟《つぶや》いた。

すると、最後尾の艀が徐々に船列から遅れ、針路をそれ始めた。

前をいく艀は、一艘が列から離れることが事前の申し合わせであったかのごとく、変わらぬ波を薄墨色の川面に立てていた。

船列を離れた艀には、頬かむりをした船頭のほかに、裁着袴《たつつけばかま》に菅笠《すげがさ》の侍風体《ふうてい》と旅姿の中間《ちゆうげん》小者らしき三人の人影も乗船していた。

積み荷は、見た目にも醤油樽とは明らかに違っていた。

藁莚《わらむしろ》に覆《おお》われており、ご用の会符らしき物が付けてある。

艀は土井家門前の汀《みぎわ》の、枯れ葦《よし》に囲まれた簡易な板桟橋へするすると漕ぎ寄せていった。

艀が板桟橋に横付けられたごとんという音が、利十郎には聞こえた気がした。

利十郎は息を詰めた。

艀をおりた菅笠の侍が堤へあがり、長屋門脇の小門の奥へ足早に消えた。

船頭が舳先《へさき》の縄を杭《くい》に縛り付け、中間と小者が二人がかりで藁莚に覆われた荷物を桟橋へおろし始めた。

すぐに小門から中間や人足ら十数名が走り出てきて、ばらばらと雁木《がんぎ》をおりた。

十数名は二人ずつが組んで、艀の荷物を次々と門内へ運び入れていく。

黄昏時にもかかわらず、提灯《ちょうちん》の明かりもなくみな黙々と荷を運び、艫《とも》の船頭は、川沿いの一帯に注意を払いながら荷おろしを見守っている。

木綿《もめん》問屋仲間組行事雇いの見張人として、利十郎は武家を相手にするのは初めてだし、ましてや大名屋敷となると面倒な事態になりそうな恐れもあった。

だが、見張人の筋は通しておく必要があった。

利十郎は新高橋から小名木川と交わる横川に架かる猿江橋を越えた。

本所深川《ほんじょふかがわ》を南北に伸びる横川をまたぐと、あたりの風景は途端に寂《さび》しくなる。

大名の下屋敷、大身旗本の別邸、御家人屋敷、わずかな寺社、小名木川と交わる横川や横十間川沿いの町家のほかは、新田や畑がうねうねと広がっている。

古河藩土井家八万石の下屋敷は、四ツ目《よめ》橋から小名木川北堤へ出る通りの西側に、ひっそりと練塀を連ねているのである。

小名木川の北堤を長屋門前へ近付いた。

中間や人足たちは運び入れに気を取られてか、利十郎に気付かなかった。

ふと利十郎は小走りになり、

「はいはい、みなさんごくろうさま。今日の荷は一箇何反《なんたん》だい」

と、ひと組の荷運びを横合いから手伝いながら、中間に声をかけた。

「あ？　ああ、手代か……今日の荷は百二十反で一箇だ」

「百二十反はまとまったね。一応、中を確かめさせてもらうよ」

利十郎は荷運びの歩みを止めないまま筵包の端をこじ開け、中の荷物をのぞいた。

間違いない、縞木綿《しまきわた》だ——反物の柄が垣間《かいま》見えた。

そのとき、小門から紺羽織《こんばおり》に濃い鼠《ねず》の袴《はかま》をつけた隆《りゅう》とした体軀の家士が現れ、利十郎を見つけると、

「おまえ、何者だ」

と一喝した。

血の気の薄い細面に、一重《ひとえ》の厚い瞼《まぶた》が気難《きむずか》しそうな細い目を覆《おお》っていた。

年のころは三十二、三。腰の差料の黒柄がやけに目立った。

侍は大股で近寄り、荷から離れた利十郎の肩を、どんと突いた。

「名乗れ」

と、この手の侍にありがちな険《けわ》しさと尊大さのまじった語調を響かせた。

利十郎は後退《あとずさ》った。

侍の後ろで中間と人足が逃げるように門内へ荷物を運び入れた。

利十郎は腰を折り、唇を苦く歪《ゆが》めて侍を睨《にら》みあげた。

「わたくし、大伝馬町《おおてんまちょう》は木綿問屋仲間白子《しらこ》組の見張人を務めております利十郎と申します。こちらは土井さまの御下屋敷とお見受けいたします」

「木綿問屋仲間の見張人とはなんだ」

「どちらの問屋さんもご公儀の許しを得て仲間を組み、冥加金《みょうがきん》を納めて商いをなさっておられます。仲間からはずれ手前勝手に商いをされては江戸の問屋さんが成り立ちません。ゆえに仲間を通さない直買《じか》いはご法度《はっと》と定められております」

侍の顔は青褪《あおざ》め、眉ひとつ動かさなかった。

「しかしご法度に背《そむ》いた直買いは後を絶ちません。そのため、江戸へ運びこまれるご法度の物産を川筋街道筋で見張る役割で、見張人が雇われているのでございます。わたくしどもの雇い人は大伝馬町……」

「で、何をしていた」

侍は利十郎の言葉を最後まで聞かずに言った。

利十郎は身体を起こし、大柄な侍の肩越しに屋敷内へ運び入れの続いている荷物に付いた《古河御用》の会符を読んだ。

「今、お運び入れの物は下総《しもうさ》からの船荷と、推量いたしました」

「わが古河から届いた藩邸御用の物だ。それがいかがした」

「わたくしどもの仲間内より不審な評判が聞こえております。小名木川筋のさるお大名の下屋敷を介して、地廻り木綿の直買いが行なわれていると」

木綿問屋見張人の利十郎は、手の者より木綿の直買いの差し口（密告）を受け、去年暮れから小名木川筋に目配りしていた。

「今お運び入れのあの荷を拝見させていただくわけには、まいりませんか。お手間は取らせません。一見させていただくだけで、結構でございます」

「おぬし、無礼を申すと容赦《ようしゃ》せんぞ。かかわりのない町人ごときに御用の品を見せることなど、できるわけがなかろう。わが土井家をなんと心得ておる。ご公儀ご執政《しっせい》（老中）を拝命しておる家ぞ」

ご執政と言われてさすがに膝《ひざ》が震えたが、利十郎は引き下がらなかった。

「ではござりますが、直買いは抜け荷であり、抜け荷はたとえお大名でもお家お取り潰《つぶ》しになるが天下のご法度。ましてやご老中さまのご家門となれば……」

「おぬし気は確かか」

侍はにわかに眉間《みけん》をしかめ、抑揚のない冷めた口調を投げ付けた。

だらりと両脇へ手を落とした。

抑揚のない口調やだらりとした素振りが、無気味だった。

おきゃあがれ……

利十郎は腹の底で思いつつ、さらに腰を折って深々と頭《こうべ》を垂《た》れた。

「ご無礼を申しました。なにとぞ平《ひら》に」

一見怜悧《れいり》を装ったこういう手合いは、人の命にさえ手加減を加えない場合が多いことを、利十郎は長年の経験でわかっていた。

頭を垂れたまま後退り、侍と十分間を取ってから踵《きびす》をかえした。

踵をかえす束の間、宵闇が迫りつつある堤道に衣裳人形のようにぼうっと突っ立っている侍へ一瞥《いちべつ》を投げた。利十郎の首の皮がひりひり震えた。

猿江橋まで戻って振りかえると、積み荷をおろしたさっきの艀船が、頬かむりの船頭の櫓に操られ、利十郎を追い越し、新高橋を潜って暗い川筋を大川の方へ軽々と滑っていくのが見えた。

艀は宵闇に包まれた小名木川の彼方へかすみ、やがて航跡の波紋と櫓の軋《きし》る音だけが残った。

第一章　風車

一

春一番の南風が、箱崎《はこざき》橋袂《たもと》の行徳河岸に吹き荒れていた。川面に立った白波が河岸場の石堤にぶつかっては砕け、繋留《けいりゅう》した川船が波になぶられゆれていた。

こんな風の日でさえ、江戸川の市川《いちかわ》河岸や本行徳村と新川、小名木川で結ばれる小《こ》網《あみ》町の行徳河岸は、艀や荷船が次々と出入りし、紺木綿の腹掛に褌《ふんどし》ひとつの小揚《こあ》げ人夫《にんぷ》らが日に焼けた赤銅《しゃくどう》色の肌を晒《さら》して、荷物の揚げ下ろしに従事していた。

通りは、日本橋界隈《かいわい》の商家の荷物を積んだ荷車や手代に小僧、人足らでごったがえし、かけ声に呼び声、車輪の立てる騒音がつきなかった。

それでもその日の風が容赦なく吹き付けると、小揚げ人夫は足を止め、荷車を引く人足らは顔をそむけ、風が吹きすぎるのを肩をすくめて待った。

行徳河岸の風は、日本橋川に沿って蔵や土蔵造りの店が並ぶ小網町の堤道にも吹き荒《すさ》び、黄色い砂塵《さじん》を巻きあげて、昼の日差しをかすませていた。

小網町と日本橋川を挟んだ対岸は茅場《かやば》町である。

思案《しあん》橋、荒布《あらめ》橋、江戸橋、日本橋の魚河岸へとつながる普段は賑《にぎ》やかな堤の通りも、吹き荒れる南風に人影はまばらだった。

表店の、軒暖簾《のきのれん》が激しくはためき、立て看板が細かく震えていた。

風に怯《おび》えたのか、野良犬や野良猫もうろついていない。

小網町は江戸十組問屋仲間のひとつ、《醬油請問屋》の会所があり、醬油酢油の問屋の土蔵造りが建ち並ぶ町である。

そんな小網町の三丁目から二丁目へ続く川沿いを、行徳河岸で醬油樽を高々と積んだ一台の荷車が、車輪をがらがらと響かせた。

荷車は、梶棒《かじぼう》に付けた横木を二人の人足が引き、後ろからも二人の人足が押して、吹いては収まり収まったかと思うと吹き荒れる風に逆らいつつ進んで、鎧《よろい》の渡しの手前に九間（約十六メートル）ほどの構えを結ぶ醬油酢問屋の前でようやく一息ついた。

店構えの表には、広の字を白く抜いた鈍茶色《にびちゃ》の長暖簾がさがっていた。軒庇《のきびさし》の瓦《かわら》屋根に《広国屋《ひろくに》》と古く大きな看板が掲げてある。

店から縞のお仕着せに暖簾と同じ鈍茶に広の白字の前垂れをした手代が出てきて、

「こちらへ頼むよ」

と人足を促《うなが》し、荷車を店脇の木戸が立つ路地へ導いた。

路地の奥止まりに、店の大蔵がある。

荷車が路地へ消えた後に突風が吹いて空に、びゅびゅびゅびゅ……となり、黄色い旋風が、堤道を這《は》い、柳の枝を盛んになびかせた。

日本橋川には白波が立って、鎧の渡しの船も風が収まるまで桟橋を動けない。

小僧がひとり、広国屋の長暖簾の間から顔をのぞかせ目を細めた。

手には水桶《みずおけ》と柄杓《ひしやく》を提《さ》げていて、砂埃《すなぼこり》の舞う表に水をまこうか止《や》めようか、空を見あげて思案しているふうだった。

こんな風の中で水をまいて通りがかりに飛び散ったりでもしたら、どんなに叱《しか》られるか知れやしない。やっぱり止《よ》そう。

小僧の信吉《のぶきち》が細めた目を堤道へ戻したとき、ゆれる土手の柳を背に、砂塵にまみれて立っている菅笠の侍に気が付いた。

信吉は、店の外構えを見あげている侍を訝《いぶか》しんだ。

背が高く、菅笠の下のこけた頬と細身が頼りなげな風貌の侍だった。

風に飛ばされないように菅笠の縁を押さえ、紺羽織の背に柳行李《やなぎごうり》を担《かつ》ぎ、腰に黒鞘の二本を差した細縞の小倉袴《こくら》を風になびかせている。

紺羽織は色褪《あ》せ小倉袴も上等な物ではなかったが、丁寧に火熨斗《ひのし》を利《き》かせ、足元の白足袋《たび》や麻裏付きの草履《ぞうり》に、貧しいなりに生真面目《きまじめ》に拵《こしら》えた跡がうかがえた。

しかし信吉は、束の間、侍の様子を訝しむと、暖簾の奥へ顔を引っこめた。

どちらにしても、広国屋のお客には見えなかった。

土蔵造りの店は石畳の広い前土間があり、土間の奥に落ち縁、落ち縁をあがると板敷の店の間、帳場と会所（事務所）が一緒になった神棚のある大部屋へ続いている。

店の間の片側を荷車の通れるほどの幅がある石畳が店奥へ真っ直ぐ延びていた。

表店の次が竈《かまど》が四つ並んだ台所、風呂場、客用と使用人用に分かれた雪隠《せっちん》、通り庭を隔《へだ》てて別棟になった主人家族の母屋《おもや》と内蔵、その前を抜け、さらに別棟の漆喰《しっくい》仕上げの大蔵まで奥行の深い造りになっていた。

前土間の片側には小樽と大樽の明樽が整然と積み上げられ、運び出しを待っていた。

一方の片側には小売用の四斗樽がずらりと並び、諸味《もろみ》を圧搾《あっさく》した関東の濃口の生醤油の香りと、酢のかすかな甘酸《あまず》っぱい匂いが漂っていた。

間口は九間とさして広くはないし店内の構えもいたって簡素だが、太い梁《はり》を渡した高い天井や、掃除の行き届いた石畳、店の間の磨きあげられ黒光りを放つ板敷に、店の年輪がうかがえた。

通路と反対側、店の間板敷の壁側に総二階土蔵造りの階上へ通じる階段があって、二階は大口の客に応対する売倍方《うりばいかた》と、住みこみの使用人の部屋になっていた。

広国屋は、小網町で享保《きょうほう》以前から醬油酢の問屋を営んできた老舗《しにせ》である。

江戸市中の小売商、高級料理茶屋から市井《しせい》の煮売り屋、食べ物屋、行商などのお客に広国屋醸造の醬油と酢を卸している。

常州の土浦《つちうら》に仕込桶五十本の醸造蔵を持つ蔵元でもある。

暖簾の間から顔を引っこめた信吉は、普段は両開きにしている黒格子の障子戸をぴしゃりと閉めた。

店の間のそこかしこでは、ほとんどが年来の顧客のせいか、お客と手代が笑い声を交え、のんびり和《なご》やかな商談を交わしている。

信吉は店の間片側の石畳を奥へ戻りかけた。と、背中で、

「おいでなさいましぃ」

帳場や会所の手代、ほかの小僧らが一斉に客を迎えた。

振りかえった信吉の顔を、吹きこんだ風が撫でた。

お客は、紺羽織に柳行李を担いだ侍だった。

なんだ、やっぱりうちに用なのか。

水桶と柄杓を壁際へ置き、小走りに侍の前へ出て両手を重ね腰を折った。

「ようこそおいでなさいまし。ご用件をおうかがいいたします」

侍は風が入らぬように障子戸を閉めた。

それから菅笠を取って、一文字の髷《まげ》を載《の》せた総髪をそっと撫で付けた。

「あまりの風なもので、神田《かんだ》からこちらまで難儀しました」

やわらかな言葉遣《づか》いと笑みだった。

小僧は思わず笑みをかえしていた。

「神田からでございますか。それはわざわざのお越し、ご苦労さまでございます」

まだ声変わりのしない甲高《かんだか》い声で言った。

目尻の尖《とが》った奥二重の眼差《まなざ》しの強さをさがり気味の眉尻が隠し、鼻梁《びりょう》のやや高い

鼻筋と大きめの閉じた唇のどことない不釣合いな顔立ちが、侍の表情にほのかな憂《うれ》いを添えていた。

二十代の若侍にも、もっと年上のようにも見え、年はよくわからない。

「ご主人にお取り次ぎ願いたい。土浦の磯部家《いそべ》存じよりの筋より遣《つか》わされた者と申せば、おわかりいただけます」

「土浦の磯部家……」

小僧は繰りかえしてから、俊敏に店の間へあがった。

大部屋帳場格子《ごうし》の年配の番頭の傍《かたわ》らへ畏《かしこ》まり用件を伝えると、番頭と帳場格子に並んだ机の数名の手代らが、揃《そろ》って土間の侍へ顔を向けた。

番頭が浅黒い顔を、じいっと侍へ投げていた。

手代同士が侍の様子をうかがいながら、言葉を交わしたり頷《うなず》いたりした。

番頭は小僧に何か言い、指先で小さく指図した。

小僧は店の間から土間へ戻り、水桶と柄杓をつかんで奥へ足早に消えていく。

侍は、表戸の側の壁際に設《しつら》えた長床几《ながしょうぎ》の台へ背中の柳行李をおろし、黒鞘の大刀を左脇に置いて長床几にかけた。

小僧が盆に茶碗を載せて運んできた。

「少々お待ちを願います」

小僧は言い、侍の脇に茶碗を置いた。

店にはお客の出入りと「おいでなさいましぃ」「ありがとうございましたぁ」の声が続き、その度に風が店に吹きこんでくる。

ほどなく、からりころりと石畳に下駄が鳴った。

侍は下駄の音のする方へ、奥二重の目を向けた。

石畳の通路の奥に仕切りの半暖簾が下がっており、暖簾の下で下男下女の足許が忙しげに立ち働いていた。

その半暖簾に頭のまだ届かない二人の童女が、やっと自由に動き廻れるほどに育った小さな足取りで大人たちの間を縫いながら、赤い鼻緒の下駄を、鳴らしてやってくるのが見えた。

二人の童女は淡い白地に朱や黄色、薄桃、緑、薄青の模様を散らした揃いの衣服を着ていて、肩で切り揃えたがっそうの髪形、白い顔に愛くるしい目鼻立ち、身体の大きさも、幻を見ているみたいに瓜《うり》二つだった。

その童女らの後ろで、薄紫に細かな松葉柄を描いた留袖にもちつつじ色の丸帯を締めた、草履白足袋の足元が石畳を踏んでいた。

店の間の手代や客らは商談を中断して店の間の片側通路に現れた童女らを見やり、二人のたとえようのない可愛らしさに思わず微笑《ほほえ》んだ。

侍は茶碗を置き、立ちあがった。

童女らは、好奇心にあふれたくりくりとした目を侍へ投げた。

侍は童女らへ、に、と微笑みかけた。

そのとき半暖簾を白く長い指が優美に分け、島田《しまだ》に結った背の高い女がしなやかなほっそりとした肢体を通路に現した。

女は表店で待っていた侍、唐木市兵衛《からきいちべえ》と眼差しを交わすと、物問いたげな笑みを白い顔にふっと浮かべたのだった。

二

市兵衛が通された十二畳の座敷は南と東に縁廊下が廻《めぐ》り、黒板塀に囲われた狭い裏庭に面して、風がない日は障子を開け放って明るく気持ちがよさそうである。

市兵衛を出迎えた女は美早《みはや》と名乗った。

その美早と一緒に市兵衛を案内した久《ひさ》と昌《まさ》の双子《ふたご》の姉妹は、美早が言い聞かせ、新しい茶碗を運んできた腰元に引き取らせていた。

入れ替わりに現れた主人勘七郎は、老舗の主らしく長閑《のどか》に表情を和ませ、仕立てのいい茶の羽織が似合っていた。

「唐木市兵衛と申します。お見知り置きをお願いいたします」

市兵衛は広国屋の主人勘七郎《かんしちろう》に改めて名乗り、頭《こうべ》を垂れた。

「主の勘七郎でございます。わざわざのお越し、畏《おそ》れ入ります。まさかお侍さまがお見えになるとは思いませんでしたので、てまえどものお頼みをお願いしてよろしいものやら、戸惑っております。ねえ、美早さん」

青白い瓜実顔《うりざね》に役者絵を思わせる切れ長の一重をなよなよとゆるませて、勘七郎は隣の美早に同意を求めた。

美早はなだらかな頤《おとがい》と白い首筋をほのかに染めただけで、勘七郎には応《こた》えなかった。

勘七郎はこの春三十二歳、美早は二十七歳。二人は夫婦ではないと聞いている。

「土浦の父からの文では、お旗本筋の方のご紹介で近々人が見えるとありましたが、詳《くわ》しくは書かれてありませんでした。唐木さんは土浦の父と、どのようなご関係なのでしょうか」

と、澄《す》んだ目に市兵衛の人物を見極めようとするひた向きさを湛《たた》えた。

「わたしの所縁《ゆかり》に諏訪《すわ》坂に屋敷を構えます旗本の片岡《かたおか》家の者がおります。その者が土浦の磯部道順《どうじゅん》さまと昵懇《じっこん》の間柄にあり、その者より磯部さまがこちらの広国屋さんで働ける者を求めておられる由《よし》をうかがい、勧《すす》めによって本日まいった次第です」

「では、唐木さんは片岡家のお身内なのですか」

「祖父が片岡家に仕える足軽でした。父はすでに亡く、わたしはゆえあって浪々の身となっております。ご不審であれば片岡家にお訊《たず》ねになるか、土浦のご実家へお問い合わせいただきますよう、お願いいたします」

「決して不審などと、申しているのではありません」

美早が顔を少し赤らめて言い、勘七郎が美早を補うように付け加えた。

「てまえはあまり波風を立てたくはありませんもので、できましたら内々で決着をつける妙案を見つけたかったのですが、事がいささかこみ入ってまいりまして……」

軒の庇が影を落とす障子が風に震え、裏庭では縁廊下を通ってきたときに見たおとめつばきの木が騒いでいた。

勘七郎は美早へ目配せし、

「美早さんと相談いたし、やはりここは外の方にお頼みした方がこれまでのつながりや情実に惑わされず、当該の者も納得できるのではないかということになり、美早さんから、土浦の実家へどなたかご推薦いただきたいとお願いいたしました」

と、心なしか廻りくどく続けた。

「てまえどもは一介の商人。内輪の者からお縄付きが出るのは商いの信用にもかかわり、よほどのことでもない限り穏便に計らう所存です。それゆえ、お侍さまのお手を煩《わずら》わせるのもいかがなものかと、懸念をいたしておるのでございます」

市兵衛は穏《おだ》やかな笑みを浮かべて頷いた。

「先ほども申しましたように、旗本の家の者の勧めとは言え浪々の身です。算盤《そろばん》を多少心得ており、神田の請け人宿の斡旋で、武家のみならず商家にも奉公したことがあります。侍であることにご懸念はおよびません。しかしながら……」

と市兵衛は、勘七郎と美早を見た。

「事を表沙汰にせず内輪で収めることを望まれるのに、侍であれ町人であれ外の者をお雇いになることはお勧めできません。お縄付きを出す出さないに絡む事情のようですから、ご用願いの町方に頼まれるのがよろしいかと思われます」

「ご用願いの、町方？」

「広国屋さんほどの老舗なら、お出入りを願っている廻り方がいるのではありませんか。金銭は多少かかりますが、そのお出入りの廻り方に事情を話せば、内々で処理するよう便宜を計ってくれるでしょう」

北御番所の渋井鬼三次《しぶいきさじ》がいいのではないかと、市兵衛は考えた。

「お心当たりがないのでしたら、知り合いに話して……」

言いかけた市兵衛に美早が言った。

「唐木さんは、広国屋の内情をご存じないのですね」

はい——と応えた市兵衛は、美早の凜《りん》とした眼差しに一瞬見惚《と》れた。

外で風がうなり、障子を絶えず震わせている。

「うかがいましたのは、ご主人と奉公人の間に溝が生じて商いに障《さわ》りが生じており、その事態に対処する助手《すけて》を求めているということでした。ですが、どのような障りかはこちらへ勧めてくれた者も承知しておりません」

美早が静かに続けた。

「勘七郎さんは気立ての優しい人ですから、事を荒立てずに収めたい気持ちはわかります。今、お店の中心に立って働いている奉公人は、子供のときより広国屋へ奉公に入りひと筋に勤めてきた者ばかりです。主人の子と小僧の違いはあっても、みな勘七郎さんの童友達でしたし、商いの朋友《ほうゆう》でもあるのですから」

勘七郎は困惑を表情に浮かべ、うな垂《だ》れた。

「ですけれど、このまま波風を立てないようにと目をつむっていたら、老舗広国屋の行く末にかかわる災いの元になってしまうのではないか、それを恐れるのです。広国屋の商いには大勢の人がかかわっています」

と美早は尚も言った。

「小網町のこのお店と土浦の醸造蔵で働いている手代や職人、小僧に下男下女、商いの相手、その人たちが抱える妻や子や親、そんな多くの人々の暮らしを成り立つようにする務めが、お店の主にはあります。それにわたしは……」

美早はそこで目元を和らげ、優しく伏せた。

「春《はる》の忘れ形見、久と昌のためにも、あの子たちが大人になって、老舗広国屋を誇りに思える、そういうお店であることを願っています」

美早の久と昌への深い愛情がうかがえた。幼い娘たちを母のように慈《いつく》しんでいる。

「あの、人形のように可愛らしいお嬢さん方はお幾《いく》つですか」

市兵衛は、にっこり笑って訊ねた。

「明けて、三歳になりました」

勘七郎は照れ臭そうになよなよと頷いた。

三

十日前の閏一月半ばすぎ、神田三河《みかわ》町四丁目と雉子《きじ》町境の小路にある市兵衛の住む裏店に、小人《こびと》目付の返弥陀《かえりみだ》ノ介《すけ》が訪ねてきた。

市兵衛が雉子町の湯屋へいき、さっぱりして戻ってくると、弥陀ノ介が板敷へのあがり端に気色の悪い笑みを浮かべ、かけていた。

弥陀ノ介は五尺（約一五〇センチ）あるかないかの短軀に、小人目付の黒羽織と引きずりそうな盲縞《めくらじま》の綿袴をつけ、長すぎる大刀を杖代わりに抱えて、

「今、朝湯か。色男になったではないか」

と、窪《くぼ》んだ眼窩《がんか》にぎょろりとした目を光らせ、ひしゃげた鼻、ごつごつした頬骨や太い顎《あご》の不気味な相貌に似合った、低い笑い声を立てた。

小人目付とは目付の配下にあって、旗本御家人の監視に当たる俗に隠密《おんみつ》目付とも言われる公儀の下僚である。

市兵衛は風呂道具の垢《あか》すりや手拭を狭い台所の棚へ置き、火の落ちた竈に架かった鉄瓶の白湯《さゆ》を茶碗にくんで弥陀ノ介へ出した。

「これから宰領屋《さいりよう》の矢藤太《やとうた》のところへいく」

「相変わらず、勤め先は見つからぬか」

「だから宰領屋へいくのだ。着替えるから用があるなら言え。着替えながら聞く」

市兵衛は板敷続きの四畳半で下帯ひとつの裸体になり、弥陀ノ介に背を向けた。

五尺七寸（約百七十二センチ）ほどの体軀に手足が長く、無駄な肉のない締まった背中から臀部《でんぶ》、足にかけて筋が美しい流線を見せる疵《きず》ひとつない、精悍《せいかん》な市兵衛の後ろ姿に弥陀ノ介は、一瞬見惚れた。

「見事な身体だ。腕も立つ。頭も切れる。血筋も育ちもいい。ところが肝心の世渡りの術が身に付いておらん。神がおぬしを創ったのなら、神は明らかに手抜かりだな」

ふん、と市兵衛は鼻で笑った。

帷子《かたびら》に亀甲紋《きっこうもん》の小袖、細縞の小倉袴、白足袋、色褪せた紺羽織をまとっていく。

「お頭がおぬしを心配して、気をもむはずだ」

市兵衛は財布や紙入、印籠《いんろう》などを身に着けた。

それから祖父より譲られ、折れることなく二十数年の歳月をともにくぐった無銘の二本を、ざっくりと腰に差した。

「稼ぎはどうしておるのかとか、飯はちゃんと食っておるのかとか、誰ぞ好いた女子でもいるのかとか、いろいろとな」

市兵衛は土間へおり、草履の鼻緒をぎゅっと挟んだ。

背筋を伸ばし、

「いくぞ。続きは歩きながらだ」

裏店の路地へ出た。

井戸端で洗濯中のおかみさんたちや、通りかかった住人やらが「市兵衛さん、おでかけかい」「市兵衛さん、どちらへ」などと声をかける。

みな市兵衛と、連れの奇怪な相貌の弥陀ノ介を不思議そうに見較べた。

市兵衛は愛想よく会釈や挨拶《あいさつ》をかえし、三河町の通りへ出て鎌倉《かまくら》河岸の方へ取った。

宰領屋はその方角にある。

「人柄も申し分なく誰からも好かれる。なのに世渡りがなあ……」

と弥陀ノ介がしつこく言った。

三河町の通りは人で賑わい、昼前の光がまぶしい。

その白い光を浴びて、市兵衛は青空へ顔を向けた。

「おれは今のままで不満はない。望めば望むほど欲しくなる。分相応《ぶんそうおう》がいいのだ」

市兵衛は弥陀ノ介へ顔を戻した。

「それより、用なのではないか」

「ふむ。昼飯を食わせるから薄墨《うすずみ》へこいと、お頭の命だ」

「昼飯はありがたいが、仕事を探しにいかねば」

「何を言う。お頭の命だぞ。しかもおぬしの兄者ではないか。しょっちゅう無沙汰《ぶさた》をしおって。宰領屋へいくのは今日でなくてもよかろう」

市兵衛は、「昼飯はありがたい」と微笑んだ。

公儀十人目付筆頭片岡信正《のぶまさ》は、赤坂《あかさか》御門に近い諏訪坂に旗本千五百石の屋敷を構える片岡家当主である。

市兵衛は、片岡家先代の当主賢斎《けんさい》が四十をすぎてから迎えた側室市枝《いちえ》との間に生《な》した子であり、片岡家の嗣子《しし》として生まれた信正とは、十五歳年の離れた兄と弟だった。

その兄信正は、五十を幾つかすぎた今なお妻を娶《めと》らず、子もなく、家督を継ぐ養子さえ迎えておらず、片岡家はどうなるのだと周囲の気をもませていた。

市兵衛は三河町の人通りの中を歩きながら、ふと、弥陀ノ介に訊いた。

「弥陀ノ介、兄上はなぜ奥方を迎えなかったのだ。子がいないのだから、いずれ養子縁組を考えておられるのだろう」

「さあな。弟がわからんのに、おれにお頭のお考えがわかるはずがなかろう。お頭は養子縁組のことは何も仰《おつしゃ》らん」

「弟と言っても、十三歳の年に片岡の家を出て二十四年の間、兄上とは全く縁のない生き方をしてきた身だ。おぬしの方が兄上との付き合いはおれよりずっと長い。おれは兄上のことをよく知らないのだ」

「おぬしはお頭のことをよく知っているよ。お頭とおぬしはそっくりだからさ」

「そっくり?」

「そっくりさ。面影も似たところはあるが、気性、胆力、何を考えておるのかよう見えんところがな。ははは……」

市兵衛は、市兵衛を産んで亡くなった母市枝を、片岡家に仕える足軽唐木《からき》忠《ちゆう》左衛《ざえ》門《もん》の娘ということ以外は何も知らずに、十三歳まで片岡才蔵《さいぞう》として育った。

父賢斎が亡くなった十三歳の年の冬、市兵衛は己《おのれ》の心の声に従い、祖父唐木忠左衛門の手で元服を果たし、片岡家の才蔵の名を捨てて唐木市兵衛と改めた。

それから己のいるべき場所を求め、上方《かみがた》へ上った。

十八歳まで、奈良興福寺《ならこうふくじ》で剣を修行した。

風の市兵衛――と市兵衛を呼び始めたのは興福寺の僧侶らだった。

十八の春、大坂へいき、算盤商い酒造り米作りを、六年かけて学んだ。

二十代を京の都で貧乏公家の青侍としてすごし、無頼の徒と交わったこともある。

諸国放浪の旅に出たのは、三十歳になる前だった。

四年におよぶ諸国放浪の旅の末、三年半前、江戸へ戻った。

そうして、大坂で学んだ算盤と経営の知識を活かして、主に微禄の旗本の渡り用人稼業によって身を立ててきた。

信正と市兵衛は遠く隔たり、決して交わることのない定めにある兄弟だった。

兄は名門片岡家を継ぎ公儀十人目付筆頭に昇り、弟は己のいるべき場所を求めて放浪の旅の末に、塵界《じんかい》に朽ち果てる定めにある。

それでよいと、市兵衛は思っている。

しかし去年の秋、旗本高松家の用人勤めをしていた折り、偶然、諏訪坂の片岡家の門をくぐることになった。

「お頭は……」

と弥陀ノ介が言った。

「不肖《ふしょう》の弟の、家門に縛られず権勢におもねらず、気ままに生き、奔放《ほんぽう》に振る舞い、それでいて己を見失わぬ自在さを、羨《うらや》ましく思っておられる。ああ見えて、己が弟の立場であったならばと、思っておられるのさ」

酒樽を積んだ荷車を、人足が引いていく。

三河町は大名屋敷へ人夫のご用を務める請け宿の多い町でもある。通りの彼方に曲輪《くるわ》の石垣と白壁が見え、高い松が白壁の上に枝を広げている。

「どちらにしても、おぬしらは何を考えておるのか、ようわからん兄弟だ。そこがおぬしら兄弟の面白いところなのだがな」

弥陀ノ介は笑い声を通りへまいた。

薄墨は、鎌倉河岸の濠端に二十数年前から店を構える京風の小料理屋である。六十をすぎ矍鑠《かくしやく》とした料理人静観《せいかん》が包丁を握り、娘の佐波《さなみ》が女将《おかみ》をしている。

「市兵衛、待ちかねたぞ。つい気がゆるんで、昼間からやっておった。佐波、二人に飯の支度を頼む。二人ともろくな物を食っておらんだろう。たらふく食わしてやってくれ。おれにはこれを、もうひとつだ」

信正は奥の四畳半に、佐波の酌で酒を呑んでいた。

「はい。すぐご用意いたします」

佐波は市兵衛と弥陀ノ介を迎えてから調理場へさがっていく。

薄墨では、古い馴染《なじ》みの客にだけ日替わりの献立で昼食を出した。鎌倉河岸に近い界隈の表店の主人やお金持ちの隠居などが、主なお客になっていた。

信正も昼間から稀《まれ》に顔を出す。

その日はまぐろのきじ焼に蓮《はす》の木の芽あえ、芝えびのからいりにからし漬、茸《きのこ》のすまし汁だった。まぐろは調味料の醬油やにぎり鮨《ずし》が流行《はや》り始めて人気になった魚である。焼魚の香りと白い飯の湯気が座敷に満ちた。

信正は冷酒の盃《さかずき》をゆっくり傾け、市兵衛と弥陀ノ介の旺盛な食欲を眺めつつ、

「市兵衛、飯がすんだら船遊びをする。付き合え」

と愉快そうに言った。

「大川から小名木川へ入って、江戸川まで出てみようと思う。弥陀ノ介、船の手配はいいな」

「御意。猪牙《ちょき》を河岸場に待たせております」

「せっかちな沈丁花《じんちょうげ》なら見られるかもしれん」

「それは楽しそうです」

「ふむ。それからな、おぬしにやってもらいたいことがある」

信正は言い、童子《どうじ》のような含み笑いを浮かべた。

四

四半刻（約三十分）後、信正、市兵衛、弥陀ノ介の三人が身を任せた猪牙は、鎌倉河岸からお濠を廻って常磐橋《ときわ》、一石橋《いっこく》を潜って日本橋川に滑らかな波を立てた。

表船梁《ふなばり》にかけた信正は深編笠をかぶり、鎌倉河岸の風車売りから買った紅い風車を深編笠に差し、初春の川風を受けて風車がからからと廻るのに任せていた。

青い川面の中で、銀鼠《ぎんねず》の袷《あわせ》を着流し、深編笠に紅い風車を飾ってみせる信正の遊び心には、言葉にできぬ風情がある。

猪牙は日本橋、江戸橋をすぎ、八丁堀《はっちょうぼり》と小網町の堤を両岸に見て日本橋川をくだっていた。

鎧の渡しが見えてきたところで、信正の背中が胴船梁にかけた市兵衛に言った。

「市兵衛、広国屋という屋根看板が見えるか」

信正が、小網町の堤道に白い土蔵造りが並ぶ豪壮な表店のひとつを指差した。

古い白木に広国屋と太い墨文字が読めた。

鈍茶色の長暖簾には、屋号の広の字と醬油酢と記した字が白く抜かれている。

「醬油と酢の問屋ですね」

「享保の前から続く老舗だ。広国屋勘七郎という三十二歳になる何代目かが主人を務めている」

暖簾を潜る客の出入りが目に付き、店は繁盛しているようだ。

「常陸《ひたち》の土浦に仕込桶五十本の醸造蔵を持つ蔵元でもある。ほかに江戸の明樽を買い集め常州を中心に売り捌く明樽問屋の仲間株も持っており、商いは手広い」

猪牙は鎧の渡しをすぎ、広国屋の前を進んでいた。

土蔵造りの店脇の路地に木戸が立ち、木戸の中に桶が山のように積まれてあった。

「土浦に磯部道順という儒学者がいてな。城下で志栄館《しえいかん》という私塾を開いておる。若きころ、おれと昌平《しょうへい》坂の学問所でともに学んだ男だ。道順には美早と春という美しい姉妹がおって、妹娘の春が五年前、広国屋の勘七郎に嫁《とつ》いだ」

船は茅場町の大番屋を右に見た。

「二年がたって春は双子の娘を産んだ。だがそれから半年がたったころ、春は流行風邪《はやりかぜ》に冒《おか》され、こじらせて胸を病み、まだほんの赤ん坊の双子の娘らを残して亡くなったのだ。さぞかし心残りであったろうな」

深編笠の風車が、風に吹かれてからからと廻る。

「姉娘の美早が、春の病が癒《い》えるまでと、妹の看病と双子の娘の世話をかねて土浦から出府し、広国屋へ逗留《とうりゆう》していたが、思いがけず春が亡くなり、母親のように自分に懐《なつ》く赤ん坊の娘らを残しては土浦へ帰ることができなくなった。美早は勘七郎に娘らの母親代わりを任され、広国屋での暮らしがもう二年以上におよんでおるそうだ」

川面へ櫓の軋む音がゆったりと流れていた。

「美早は今年二十七歳になる。器量も気立ても申し分ないが、頭のよさと男勝りの気性が障りになったか、嫁ぎ先が見つからなかった、と道順は言っておった」

猪牙は亀島《かめじま》川と交わる分岐点より日本橋川を折れ、大川へ出る水路を取った。

箱崎橋を潜れば、橋の北詰の袂が小網町行徳河岸である。

艀船から、軽子《かるこ》と呼ばれる小揚げ人夫が賑やかに荷物をおろしていた。

荷物を山積みし大川へ出ていく艀があり、猪牙はその一艘の後をのどかに追った。

信正は、河岸場の賑わいへ深編笠を向けながら言った。

「広国屋と醸造蔵のある土浦を結ぶのは、利根川と江戸川の舟運だ」

やがて猪牙は艀に離されつつ、流れの北に新大橋の架かる大川へ出た。

大川はゆるやかに流れ、日差しを川面一面に受け、光の小玉をまき散らしていた。

猪牙が大川を越えて小名木川へ入ると、信正は話の続きに戻った。

「頭脳明晰《ずのうめいせき》な美早は、月日がたつうちにいつしか、娘らの母親代わりのみならず、台所のやりくりから、店勘定目録《みせかんじようもくろく》の貸借《たいしやく》勘定や損益勘定、つまり広国屋の勘七郎の商いを手伝うほどになった」

万年橋《まんねん》、南堤に海辺大工町《うみべだいく》、北堤には大名の下屋敷の土塀が連なっている。

「美早は、今では勘七郎に代わり番頭や手代へ指示を出す女将代わりまでこなしているらしい。奉公人たちは美早を頼りにし、いずれ美早は勘七郎の後添えに入り、広国屋のお内儀になるとみな思っていた」

荷物を山積みにした先ほどの艀が、川の前方に小さく見えた。

「ところが老舗のお坊ちゃん育ちの勘七郎は、人はいいけれども、はっきりしない気質の男でな。美早を亡き妻の姉と思っているだけなのか、商いの手助けと見なしているだけなのか、後添えの話は一向に進まなかった」

高橋を潜ったあたりから、町地はなくなり、川の両岸は人通りの少ないほとんど武家屋敷の土塀ばかりが続いた。

「市兵衛、おぬしに似ておるな」

信正の広い背中が、菅笠を少し後ろへ向けてからかった。

「確かにそうかもしれませんな。女性《にょしょう》は難しい。はっきり言って苦手です。ですが、話の本筋がそれなのですか」

市兵衛は訊きかえした。

「はは……じつはな、美早がお店の女将代わりも果たすようになって、主人の勘七郎と奉公人らの間に難しい事情が絡んでいることがわかってきた」

「主人と奉公人らの間に、ですか」

「詳しい内情はわからぬ。ただ奉公人らは勘七郎にお店の商いに触《さわ》らせないらしい。ご主人はどっしりと構えて見ていてくだされぱいいのです、と言ってな」

寂しい両岸の風景に日差しが降りそそぎ、川筋は静かだった。

「美早は、主人の勘七郎が奉公人らに遠慮して商いを任せているのみならず、古参の者を中心に、一部の奉公人らが広国屋の商いを牛耳《ぎゅうじ》り、その者らは勘七郎に何もさせず、自分らでやりたい放題にやっているという実情に、少なからず驚いた」

「それで、お店が立ちゆけているのですか」

市兵衛は言った。

「美早には手に余る事情が澱《おり》のように沈澱しておる。勘七郎は気弱な男でな。わかっていても奉公人らに何も言わないし、手も打てない」

　猪牙は新高橋をすぎて、小名木川と交わる横川を越えた。

　両岸は武家屋敷のほかに、川沿いに猿江町の貧しい町地が散らばっている。

「美早は、お店の内情に憂慮を覚えた。土浦の父道順に、どうしたらいいものかと相談した。子供らを残して土浦へ帰ることはできぬし、お店に残って何も見ない振りをして子供らの母親代わりだけを務めてすごすというのも、美早にはできなかった」

「………」

　そのとき、信正が手を軽く振って艫の船頭に何か合図を送り、船頭は猪牙を北堤へ寄せ、櫓を漕ぐ手を止めた。

　猪牙は切岸の水草の間を、ふわりふわりと漂った。

　堤の上に大名の下屋敷らしい長屋門が、ひっそりと見えている。

「あの屋敷は、古河藩土井家の下屋敷だ」

　信正は堤上の長屋門の方へ深編笠の縁をわずかにあげた。

「広国屋は、土井家江戸藩邸の醬油酢の御用達《ごようたし》でもある」

「古河藩土井家と言えば、ご老中土井大炊頭《おおいのかみ》利和《としかず》さまのお屋敷ですね」

「そうだ。広国屋の古参の奉公人の中には、土井家の家士とかなり親密な交際をしている者らがいるそうだ」

長屋門に人の出入りはなかった。

まだ葉の繁らぬ欅《けやき》が、門の瓦屋根の上に枝を広げている。

信正はまた船頭に軽く手を振って、船を進めるようにと促《うなが》した。

船頭の櫓を漕ぐ音が櫓床に鳴り、猪牙は再びゆっくりと川面を滑《すべ》り始めた。

「御用達なのですから、そういうこともあるでしょう」

市兵衛は離れていく長屋門を目で追いながら言った。

「土井家の家士らは御老中の権勢を笠に着て、広国屋で尊大に振る舞う。家士らと親密な古参の奉公人らも、土井家の掛ということで横柄になる。主人の勘七郎よりも土井家の顔色ばかりうかがう、そういうありさまらしい」

堤の南側の武家屋敷が途切れ、青空の下に新田がはるばると広がっていた。

「とにかく、勘七郎と奉公人の間には溝ができておる。勘七郎は、古参の奉公人の言うがままになって、何も手を打てずにいる」

その新田の彼方を、鳥の群れがかすめてゆくのが望めた。

「美早から相談を受けた父親道順は、放っておけぬと思った。これまでのお店の因習を改め、勘七郎が主として商いに励む助けをする者を探している、それが娘と孫娘らのためだと、誰か相応《ふさわ》しい者を推薦して欲しいとおれに文をよこした」

信正の背中が笑った。

「だから即座に道順へ一筆書いて送ってやった。ひとりいる、とな」

深編笠に差した風車が、ゆるやかな川風に吹かれてからからと廻った。

四ツ目通りが、深川猿江町と土井家下屋敷の間を抜けて小名木川北堤にぶつかったところで、北町奉行所定町廻り方同心渋井鬼三次と手先の助弥《すけや》は、立ち止まった。

川幅およそ二十間（約三十六メートル）の川向こうは武家屋敷地が途切れ、枯れ葦の繁る明き地と新しく開いた田畑が南方へはるばると広がっている。

大川から中川の船番所まで深川を東西に結ぶ小名木川には、東方へ一艘の猪牙がゆらりゆらりと漕ぎ去っていくばかりで、まったりとした午後の日差しの下に珍しく、ほかに船影はなかった。

渋井は、下がり眉の下のちぐはぐになった目を、漕ぎ去っていく猪牙へと向けた。

猪牙には船頭のほかに侍らしき三人の男が乗っていて、表船梁《ふなばり》にかけた侍のかぶる深編笠に紅い風車が廻っているのが見え、ふと、渋井はこけた頬をゆるませた。

渋井は、大伝馬町の木綿問屋仲間の組行事役を訪ねた折り、二丁目の横町で風車売りから気まぐれに買った水色の風車を、黒羽織と白衣の襟首の間に差していた。

新大橋を渡るとき、川面に吹くまだ冷たい閏一月の風が、襟首の水色の風車をからからと廻すのが心地よかった。

「旦那、次はどちらへ向かいやす」

渋井の後ろへ控えたひょろりと背の高い助弥が、額《ひたい》に掌《て》をかざし日差しを避けながら小名木川を東西に見渡した。

「どっちへ、いくかな」

渋井は気乗りのしない返事をかえし、竜紋《りゅうもん》裏黒巻羽織の袖を西へ翻《ひるがえ》した。

右に土井家の練塀を見て小名木川の堤道を四半町（約二十七メートル）もゆかず、まだ葉のつかない欅の下の長屋門前へ出た。

固く閉じられた門前の堤下、小名木川縁の水草の中に古い小さな板桟橋が黒く太い杭に守られている。

渋井は出格子片門番の片庇や破風《はふ》造りの立派な庇屋根、黒金物に鋲《びょう》打ちの両開きの門扉、片側の潜り門へ未練がましい目を向けつつ、だらだらと雪駄《せった》をならした。

門内は静まりかえり、柳の枝葉がだらりと垂れる堤道に通りがかりもない。

昼前からずっと、この周辺の猿江町の住人、屋敷裏手にある猿江稲荷《いなり》や寺社の寺男らに訊きこみをして廻って、結局くたびれただけでめぼしい成果はほとんどなかった。

　とき折り古河からのご用荷物を積んだ川船が門前に止まり、荷物を運び入れているのを見かけた住人の話も聞いた。

　けれどもそれが抜け荷かそうでないかなど、見分けられるはずがなかったし、ご用荷物が藩邸に運びこまれるのは当たり前のことである。

　渋井は門前をすぎ、練塀から伸びた楡《にれ》の枝木を見あげて、

「今日はここまでだ。戻るぜ」

と従う助弥に言った。

「これから広国屋へ、いきやすか」

　助弥は、仕事仕舞いにはまだ早い午後の明るい空を見あげて訊いた。

　広国屋は土井家御用達の醬油酢問屋であるから、呉服や菓子、酒、魚、さまざまな暮らし向きの必需品をあつかう土井家御用達の商人と同じく、一度は話を聞きにいかなければならない。

　なのに、渋井はためらった。

「広国屋はまだいい。あそこは後廻しだ」

「けど、広国屋の醬油を運ぶ艀は小名木川をしょっちゅう通りやす。見張人の話じゃ

あ、今月七日の怪しい艀は醤油樽を積んだ一行の一艘だったんでやしょう。広国屋は怪しんじゃねえですか。利根川の境河岸と古河は便もいいでやすしね」

「そうなんだが、広国屋は南の廻り方の吉岡又五郎《よしおかまたごろう》が出入りの店なんだ。吉岡は縄張り意識の強い野郎でよ。おれはあの野郎の妙に細けえやり口が苦手なんだ」

「ああ、吉岡の旦那でやすか」

「知ってるかい」

「知ってやすとも。あっしらの仲間うちでも吉岡の旦那はちょいと財布の紐《ひも》が固《かて》えと評判でやすね」

「だろう？　広国屋の話を聞きにいく前に吉岡にひと言、断わりを入れとかなきゃあならねえ。面倒臭え野郎だぜ」

渋井と助弥は小名木川と交わる横川の猿江橋を渡り、南へ折れて小名木川に架かる新高橋の手前で母親に手を引かれた幼い童子といき遇《あ》った。

童子が渋井の襟首に差した水色の風車を、あ、と指差した。

渋井は襟首の風車を抜いて、童子の小さな手に握らせた。

「おう、坊主、持ってきな」

風車が、嬉しそうな童子の顔の側でからからと廻った。

町家のおかみさんらしい母親が「ありがとうございます」と礼を言った。

渋井は、いいんだよ、というふうに手を振って新高橋の石段をのぼっていった。

そして町並の屋根の高さに近い新高橋の橋上に、雪駄をたんたんと響かせた。

五

十組木綿問屋大伝馬町組行事代人の大伝馬町庄三郎店利十郎より、北町奉行所へ抜け荷の疑いのお調べを願う訴えが持ちこまれたのは、この十日だった。

訴えの筋は、組行事の見張人を務める利十郎が、さる七日夕刻、深川小名木川の水運を利用し、小名木川沿いに構える古河藩土井家下屋敷へ十箇（一箇百反から百二十反）の木綿とおぼしき荷物が運びこまれるのを見付けた。

それほどの荷物を運びこんだとあれば、問屋を通さない直買いの疑いが濃く、直買いはご公儀のご法度、その場で利十郎は荷物を改め、縞木綿を確認した。

利十郎は組行事と相談のうえ、町奉行所へ直買いのお調べ願いを訴え出た。

訴えを聞いた北町奉行所奉行榊原主計頭忠之《さかきばらかずえのかみただゆき》は、奉行用部屋へ年番方と詮議役筆頭の与力を呼び、ひっそりと評議を行なった。

北町奉行がひっそりと評議を行なったのは、訴えの筋が古河藩土井家に絡んでいるためだった。

土井家下屋敷と言えば、ご公儀幕閣、執政の土井利和さまの藩邸である。

南北の江戸町奉行（職禄三千石）は、執政、つまり老中の支配下にあり、すべての指図を老中に仰ぐのである。

その土井家藩邸を抜け荷の疑いで調べるのである。

町奉行におそれとできることではなかった。

特に北町奉行榊原主計頭は老中方に覚えがめでたく、榊原も老中方の機嫌を損わぬように日ごろから腐心を怠らなかった。

それが、やっかいな訴えを持ちこまれた。

対応を間違えると奉行職を失いかねない。

むろん、抜け荷という重罪の疑いを調べもせず放っておくこともできない。

「誰にやらせる……」

難しい人選だったが、評議の末、隠密廻り方同心の谷川礼介《たにがわれいすけ》と定町廻り方同心の渋井鬼三次が掛になった。

谷川礼介は三十半ばすぎの隠密廻り方としてはまだ若手だが、詮議役の本役筆頭の柚木常朝《ゆずきつねあさ》が谷川には打って付けの務めと強く薦めた。

だが渋井鬼三次については、榊原主計頭自らがあの男にやらせようと決めた。

くせのある渋井なら、万が一、土井家との間に齟齬《そご》が生じた場合、独断専行の責めを負わせて事を収めやすいと、榊原主計頭は計った節がある。

そういう経緯を知ってか知らずか、渋井鬼三次はその日も大伝馬町の木綿問屋組行事役会所から小名木川の土井家下屋敷へ向かい、周辺の訊きこみを続けた。

町方（町奉行所役人）に、武家の探索は許されないし、浪人は町方支配だが、武家の家臣なら捕縛すらできない。

侍の調べが必要な場合は町奉行から、侍の主なりお役頭に申し入れ、許しを得て当たらなければならないのである。

渋井は奉行榊原主計頭に掛を命じられたとき、周辺の訊きこみまではよいが、下屋敷へ勝手に訪ねては断じてならぬと申し渡されていた。

渋井が現れると、闇夜の鬼も渋い顔をするから《鬼しぶ》と、深川の地廻りの誰かれが言い出したかは知らないが、深川界隈《かいわい》の盛り場や岡場所、賭場を仕切る貸元も、渋井にはしぶしぶ洒落《しゃれ》にも一目置かざるを得ない。

袖の下は絶対拒《こば》まない腐れながら、と言って、一本気な筋を案外に通してくるひねくれ者で、裏街道の親分連中には、付け届け次第でどうとでもなる偉振《えら》った役人と違って、鬼しぶと聞いてまさに顔が渋面になる手懐けにくい町方だった。

《一番怪しい相手を調べねえで、何が掛を申しつけるだ。ふざけんじゃねえ》

その鬼しぶでも、不満ではあるが、ああもはっきり言われたらそうでしたっけと、しらばっくれるわけにもいかなかった。

小名木川の高橋へ出て、海辺大工町の二ツ目橋通りを南へ取り、霊巌寺《れいがん》脇、武家地と続く道を西平野《にしひらの》町と伊勢崎《いせざき》町の境を抜けた。

仙台《せんだい》堀の海辺橋を渡ったのが八ツ半（午後三時）ごろで、そこから万年町、平野町、富久《とみひさ》町と卒塔婆まじりの生垣の三角屋敷の間を通り、丸太《まるた》橋を渡って材木《ざいもく》町と永《えい》代《たい》町の安物の魚油臭い油堀の北堤が続いている。

元木橋を越えるとやっと堀川《ほりかわ》町で、西日をねっとりと照りかえした油堀の堤に、喜《き》楽《らく》亭の縄暖簾が渋井を誘っていた。

「今日はたっぷり歩いたから喉が渇いた。助弥、冷たいのをくいっとやろう」

「へい旦那。けど喜楽亭はもうやってやすかね。まだ七ツ（午後四時頃）になりやせんぜ」

「やってなきゃあやらせるさ。奉行所に戻ってもやることたあねえんだ。詰まらねえ掛を押し付けやがって。報告なんぞは明日でいい。一杯やらにゃあ気がすまねえぜ」

渋井は機嫌を直して、堤道に肩で風を切った。

縄暖簾をわけ《喜楽亭》と記された腰高障子を、景気よくさっと開ける。

と、柳町の町医師柳井《やない》宗秀《そうしゅう》が醤油樽に渡した長板の卓に着き、もう一杯やっていた。

「よう、鬼しぶの旦那、また早仕舞いか」

宗秀は持ちあげたぐい飲みを、にんまりとした顔の前で止めた。

「おう、おらんだの先生こそ、今ごろ何してんだ。患者はほったらかしか」

「往診の帰りだ。覗《のぞ》いてみたら、おやじがかまわないと言うので、呑んでいくことにしたのさ」

宗秀は、医師らしい剃髪《ていはつ》ではなく総髪に一文字髷《まげ》を結った頭をゆらして笑った。

狭い土間に、表戸の隙間や明かり取りの竹格子窓から西に傾いた日が差していた。

長板の卓は二台据えてあり、客は周りの樽へ腰かけ、一杯やり、飯を食う。
十二、三人も入れば樽の腰かけがなくなる狭い店を、手入れもしていない月代《さかやき》に白髪の薄い髷を結ったおやじが、ひとりで営《いとな》んでいる。
古ぼけた無愛想なおやじだが、渋井はこのおやじと馬鹿話に興じながら、一杯やるのがまさに気楽でいいのだ。

「これだから酒好きの医者は手に負えねえ。呑んだくれて診察されちゃあ、命が幾つあっても足りねえってか」

渋井は、調理場から顔を出したおやじに、

「冷《ひや》で頼む。それから浅草海苔《あさくさのり》を、さっと炙《あぶ》ってくれ」

と声をかけると、おやじは無愛想に「ああ」とだけ言って引っこんだ。

宗秀はごまめに白菜の漬物で、ぐい飲みをゆっくり呷《あお》っている。

渋井と助弥は、宗秀の前にかけて宗秀の呑みっ振りをにやにやと眺めた。

「鬼しぶの旦那こそ、まだ就業どきではないのか」

「いいんだよ。刻限通りに勤めて、はいお疲れさんって仕事じゃねえんだ」

おやじが冷の二合徳利《どっくり》にぐい飲み、ごまめや浅草海苔の皿を運んできた。

渋井はぐい飲みに満たした冷酒を、ひと息に呑み乾《ほ》した。

「くう、この一杯がたまらねえな。なあ助弥、十分働いた後の酒は美味《うめ》え」

「堪《こた》えられやせんねえ、と助弥もなみなみと酒をついで喉を潤している。

「おやじ、助弥に腹の足しになる肴《さかな》を出してやってくれ」

「煮物は、まだできてねえだで」

おやじが調理場を仕切る棚の間から言うと、甘辛く煮た醬油の匂いが流れてきた。

「残りもんだが、合歓《ごうかん》どうふならできるが、食うか」

「合歓どうふたあ、どんな食い物だい」

「とうふと餅を同じ形に切って一緒にゆでてな。重ねてくずあんをかけた上に、搾《しぼ》り生姜《しょうが》を落として花がつおをまぶすんだ。美味《うめ》えぞ。酒にも合う」

「美味《うま》そうじゃねえか。この店でよくそんな洒落《しゃれ》た料理ができるな。おれにもくれ」

「おやじがそんな料理人だったとは知らなかった。こっちにも頼む。それから熱燗で新しいのを……」

宗秀が徳利をあげた。

おやじが調理場でごそごそと支度にかかるのを見て、宗秀は渋井へ顔を戻した。

「二人ともずいぶん渇《かっ》しているな。遠出かね」

「さっきまで小名木川の猿江町界隈をうろうろしてきたのさ。朝から歩き廻った割にはくたびれ損だったがな」

「猿江町で、何かあったのか」

「別にどうってこたあねえよ。大伝馬町のさる問屋組から品物の直買いをしている一味を見つけたので、取り締まってくれろと訴えがあった。それで猿江町界隈の訊きこみに廻ってたのさ」

「直買いと言えば、早い話が抜け荷ではないか。抜け荷は天下のご法度だろう」

「問屋組にすりゃあ、渡世に障《さわ》りがありますってえことになるな」

渋井は浅草海苔をしゃりしゃりと嚙んだ。ぐい飲みをすすり、

「けどな、組仲間を通さなきゃあ江戸で商いはさせねえってえのも、おれはどうかと思うぜ。そりゃあご法度だから、直買い一味を見つけたら引っ捕まえるけどよ」

と顎《あご》に垂《た》れた酒の雫《しずく》を掌で拭《ぬぐ》った。

「組仲間を通さなきゃあ商いができねえってことはよう、仲間が談合すりゃあ売り値買い値を仲間同士で自由に操《あやつ》れるってことになるんじゃねえか。そんなことをされたら貧乏人はたまらねえぜ」

「そんなことをさせないように、諸色を調べる掛が奉行所にはあるではないか」

「表向きはな。だが仲間からは冥加金がご公儀に納められてる。仲間が値をどう操ろうと、ご公儀は大抵のことは目をつむるに決まってるじゃねえか。貧乏人のことなんざあ、誰も考えやしねえのさ」

「大伝馬町の組仲間なら、木綿問屋だな」

「よく知ってるねえ。お役目のことだから、そうだとは言えねえが」

「仕事柄、うちは厚地織の白木綿を多く使う。包帯に使えるのでな。毎月、何反も買うので、大伝馬町の問屋から届けてもらっておる」

おやじが宗秀の熱燗徳利を、のそのそとした足取りで持ってきた。

宗秀は湯気の立つ燗酒をぐい飲みにそそいだ。

「おやじ、こっちは冷を頼む」

渋井はごまめをかじりながら、空になった徳利を指差した。

「ところが、近ごろ妙にその白木綿が値上がりして困っているのだ」

そう言って宗秀はぐい飲みを口元に運んだ。

「うちへ届けにくる問屋の若衆が言うていた。木綿のいいのになると、仕入れ値は一反が一分十三朱ほどの相場だそうだ。そこに組仲間が一反につきおよそ三十文の手数料を取る決まりになっている。そこに各問屋の儲け分が上乗せされるわけだ」

渋井は、ごまめを音を立てて嚙み砕いていた。

「若衆によると、木綿が値上がりしているのは武州と総州からの入荷が去年から極端に減っているためだそうだ。出廻る木綿が不足すると相場が上がる。米相場と同じ理屈さ。生産地が不作だったという事情もあるらしいが、産地の仲買が江戸の問屋仲間に値上げを申し入れて、出荷を抑えているらしい」

「どれくらい相場が上がった」

「白木綿については、一年前より五割方上がったな」

そこへ新しい徳利の盆を運んできたおやじが、徳利を渋井の前に置きながら、

「ぱっちも腹掛も、値が上がってるだで」

と、ぼそりと口を挟んだから、渋井と宗秀はおやじを見あげた。

「おやじさん、ふんどしだって値上がりしてるぜ」

助弥がおやじをからかって言った。

渋井は腰に締めている魔除《よ》けの赤い越中《えっちゅう》を思い描き、

「そんな姑息《こそく》な談合をしなきゃあ、産地の仲買は商いにならねえのかい」

と、宗秀へ顔を向けた。

「そうではない。先年より公儀の金貨銀貨の改鋳が続いて金が出廻り、商いは盛んになった。世間の景気は一見よくなる。だが、金が出廻れば諸色も値上がりするのが道理だ。だから商人は、これまでの儲けを維持するため、あるいはこれまで以上の儲けを出すため、仲間同士、談合をするのさ」

「そんな談合をしたら、喜楽亭のおやじみたいな貧乏人は、ぱっちや腹掛や、ふんどしも買えなくなるじゃねえか。なあ、おやじ」

渋井は、どぼどぼとぐい飲みに冷をついだ。

おやじは、「んだで」と頷いた。

「それが商いだという理屈が商人にはある。若衆が言っていたよ。産地の仲買にすれば、これまで江戸の問屋の言い値通りにやってきた。しかし世の中は変わった。お互い、歩み寄ろうではないかという言い分だそうだ」

「ちぇ、それで木綿不足かい」

渋井は口元をへの字に歪《ゆが》めて、ぐい飲みを持ちあげた。そして、

「調理場で、何か吹いてるぜ」

と、おやじに目配せを送った。

はあ……おやじは慌《あわ》てるふうもなく、のそのそと戻りながらこぼした。

「ふんどしが買えねえと、困らあ」

くずあんの甘い匂いが、煮物の甘辛醬油の匂いと交じった。

そのとき、調理場の勝手口の腰高障子の外で売り声がした。

「樽の空いたのはございませんか。明樽屋でござい……」

腰高障子が開き、菅笠の明樽屋が顔をのぞかせた。

「まだ空いたのはねえな」

「へい。またおうかがいします」

渋井は、表戸の《喜楽亭》と書かれた油障子に茜《あかね》色の夕日が真っ赤に燃えているのを眺めながら、明樽屋の売り声がだんだん遠ざかっていくのを聞いていた。

「ええ、明樽屋でございい、樽の空いたの……」

渋井は何か屈託ありげに浅草海苔を、しゃり、と噛んだ。

六

同じ茜色に燃える夕日が、小名木川沿いの古河藩土井家下屋敷の静まりかえった長屋門を照らしていた。

土井家江戸藩邸留守居役中川昭常《なかがわあきつね》は、下屋敷の玄関から廊下を二度折れ、次の間、それから広い庭伝いに縁廊下が続く奥の書院へ通った。

落日が障子に差していた。

風が少し出てきて、春の宵《よい》の冷えこみはまだ厳しかった。

にもかかわらず、納戸《なんど》色の羽織に細縞の仙台平の下で、四十に手が届いた身体が緊張のため年甲斐《がい》もなく少し汗ばんだ。

原田《はらだ》という若い添え役が、中川の後ろに黙って控えていた。

家士が中川と添え役の原田を書院に案内してから、だいぶ待たされていた。

中川が小名木川の下屋敷へくるのは三年振りであった。

書院に案内した家士の顔にも見覚えがない。

国元から呼び寄せたのか――中川はそう思っただけで、名は訊《たず》ねなかった。

日ごろは西丸下の上屋敷で、留守居役の役目に忙しい。

留守居役は、聞番《ききばん》とともに諸侯の江戸藩邸上屋敷に住し、江戸家老の命を受けご公儀と藩との公務を処理し、同列諸侯との交際の任に当たる。

諸侯の留守居役同士が、情報集めのための寄合を持ったりもする。

その日、中川が下屋敷へきたのは、御側用人筆頭小此木《おこのぎ》主善《しゆぜん》との面談のためだった。

面談は、小此木の方から中川に要請があった。

小此木の不穏な動きについては、噂《うわさ》が絶えなかった。

中川は、三十をすぎたばかりの小此木の秀才面《づら》が我慢ならなかった。

瘦身《そうしん》に灰色がかった浅黒い顔色、顎が尖《とが》り、薄い唇をかすかに歪《ゆが》め、細い一重の目を見下すようにじっとそそぎ、すべてを心得たふうに眉間に皺《しわ》を寄せてみせる仕種《しぐさ》。

中川はいつも、小此木と面と向かうと落ち着かない気分にさせられる。

納戸掛の低い身分の若造が御側用人に抜擢され、三十をすぎて筆頭になった。

小此木が殿の御言葉を盾《たて》に取って、藩政にも口を挟むようになったのはそれからだ。

藩財政の逼迫《ひっぱく》を破綻《はたん》の窮境《きゅうきょう》と言い立て、藩の若い者らを扇動し、藩政改革を旗印に小此木派なる一派が国元の古河では勢力を伸ばしていると聞こえている。

小此木はまるで己ひとりが藩の行く末を憂《うれ》えているような苦悩面をしてみせるが、藩財政の窮状はすでに元禄《げんろく》の時代から始まっているのだ。

誰が藩政を執《と》ったところで、結果が同じなのは目に見えていた。

八万石の石高以上に財政を潤《うるお》す道などない。

土地を開墾《かいこん》して石高を上げ、藩の商いを盛んにし冥加金運上金を増やし、藩の特産物を専売にし……そんなことは誰でもが思い付き、とうにやっていることだ。

それでも藩の台所が逼迫し家臣から一割二割のお借り上げ米までせざるを得ないのは、藩政が身の丈以上の規模にふくらんでしまったからだ。

二百年以上の刻《とき》をかけてそうなった。

要するに改革とは、家臣を今の半分にし、無駄や贅沢《ぜいたく》を改め、藩政の規模を元禄以前に戻すしかない。それだけのことなのだ。

誰が、どうやって家臣を半分にする。家を追われた家臣はどうやって暮らす。その家族は、代々伝わるしきたりや守ってきた体面体裁《ていさい》、諸侯同士のこれまでの付き合い方も変えなければならない。

そんなことが本当にできるなら、苦労はない。

小此木が声高に主張する改革は、所詮絵に描いた餅にすぎない。埒《らち》もない。

小此木は、あの苦悩面で殿に取り入っている。

小才を弄《ろう》しおって――中川は眉間に皺を寄せた。

「はっ」

控えている原田が返事をした。

中川は首を後ろへ少しだけ向けて、微笑《ほほえ》んだ。

原田は生真面目な、少し融通《ゆうずう》の利かぬところがある家士だった。

国元の古河に新妻を残し、出府している。

中川はその融通の利かないくらいの堅物《かたぶつ》の原田を気に入っていた。

「独《ひと》り言だ。それにしても待たせるな。茶も出さんのか」

「同じ家中ゆえ、客とは思っていないのでしょう。見てまいりましょうか」

「いやいい。茶が飲みたいのではない。小此木の方から呼び出しておいて、長々と待たせる。あの男にはそういう横着なところがある」

原田は応《こた》えなかった。

「そろそろ日も落ちます。ずいぶん、静かでございますな」

間を置いて原田が言った。

上屋敷と較べて、である。

言われれば、人の気配がほとんどない。

門脇の潜り戸を開けた片門番の中間と、玄関からこの書院に案内したさっきの家士しかまだ見ていなかった。

「こちらには三年前まで、ご養母さまの礼泉授信女《れいせんじゆしんじよ》さまがお住まいであったが、礼泉授さまが亡くなられてからくるのは今日が初めてだ。これほど寂《さび》しくなっているとは思わなんだ」

中川は膝を軽く二度三度打ち、左側の化粧柱が鈍く光る床の間や、南宋《なんそう》画らしき襖《ふすま》絵、透彫《すかしぼり》のある欄間《らんま》をそれとなく見廻した。

中川と原田は、縁廊下に立てた腰障子を背に、襖を正面に見て座っていた。

障子紙に差した夕日が、備後《びんご》畳に二人のおぼろな影を落としていた。

小名木川のこの下屋敷に小此木が頻繁《ひんぱん》に出入りし、妙な動きをしているという差し口に接したのは、去年の暮れだった。

表向きは、江戸勤番の有志らで藩史を学ぶ集いを開いているという話だった。

だが、実情はそうではないらしい。

古河よりの不審な荷物が、しばしば下屋敷に運びこまれているという。

ご用の荷物ならば上屋敷で把握しなければならないのに、上屋敷では何も承知していない。江戸家老の山本八郎右衛門《やまもとはちろうえもん》に尋ねたが、五十をすぎた山本は、

「はて、知りもうさんのお」

と言うのみで、調べようともしなかった。

山本八郎右衛門は、ただお役目大事の藩政の動向に疎《うと》い御仁である。

江戸家老という藩の要職にありながら、藩政の動向、お家の行く末に当たらぬ触らぬの山本の姿勢は、かえって弊害《へいがい》が多い。無関心はときとして藩政を歪める。

中川は上屋敷での年始の祝賀の折り、小此木に直《ただ》に問い質した。

「お聞きおよびと思いますが、下屋敷において江戸勤番の有志が集い、わが古河藩史の勉学を行なっております。いずれはわれらの手で藩史の編纂《へんさん》も目指しており、むろ

んこれは、殿のお許しを得ております」

小此木は、留守居役ごときがという横柄な口振りで説明を始めた。

「藩史を学ぶに当たっては、三河《みかわ》よりのわが土井家の系図のみならず、郷土古河の歴史なども調べねばなりません。荷物はみなそのための郷土史料などです」

小此木は細い一重の真っ黒な目を、瞬《また》きもせず中川へ向けていた。

「国元にもわれらの意図に賛同し、協力を申し出てくださる心ある士《さむらい》が大勢おられる。わざわざ在郷を廻って、村名主の蔵に眠っている文献を探し出し送っていただいてもおるのです。不審の荷物などではござらん」

中川は、だとしても上屋敷役方へ届ける義務がある、と問い詰めた。

「史料は膨大で細かい。藩史の勉学とは言え、わたくし事に役方の手を煩《わずら》わせるのをはばかり申したまでのこと。ご不審ならば、下屋敷へ出向かれご自分で確かめられよ。留守居寄合で接待酒を呑むばかりが、務めではございますまい」

小此木は慇懃《いんぎん》な物言いに、嫌味をこめた。

そういうことではなく、ご公儀に不審を持たれでもしては殿のおためにならん。

何を言われる。殿はご公儀の最高位、ご執政に就かれておるのです。ご執政がご承知であれば不審などそもそもあり得ないでござろう。ご執政と言っても殿おひとりではなく……小此木との話は嚙み合わなかった。

小此木が、下屋敷へお越しいただきたい、と中川に求めたのは昨日だった。

小此木は、国元から届いた史料や文献をお見せしたい、と言った。

中川は一抹《いちまつ》の不安を覚えたが、ともかく、小名木川の下屋敷へ運びこまれた膨大な史料なる荷物を一度は確かめておく必要はあると考え、承知した。

一抹の不安は、邸内の異様な静寂の中にあって腹の底でくすぶっていた。

確かに静かすぎると、中川は感じていた。

この下屋敷で、小此木らは何をしておる。

「国元の、家の者は息災か」

中川は後ろの原田へ、当たり障《さわ》りのない問いを投げかけた。

「はい。みな変わりなく、と家内よりの年賀にございました」

原田は生真面目に応えた。

「そうか。変わりがないのが一番だな」

そのとき、庭で数羽の鳥が、慌《あわ》ただしく羽ばたく音がした。

鳥か――中川が顔を少しねじると、備後畳に己の淡い影が映っていた。

その影が、ふっと遮《さえぎ》られたような気がした。

中川は振りかえり、真っ赤《まっか》に燃える障子に映っている数名の人影に戦慄《せんりつ》した。

「原田っ」

原田が、何か、というふうに中川へ膝をわずかに進めた。

刹那《せつな》、障子紙を突き抜け、素鑓《すやり》が原田の脾腹《ひばら》を深々と貫いた。

原田の身体がくの字に折れた。

悲鳴を発し、目を剝《む》いた。

「慮外者《りょがいもの》っ」

中川は右の大刀を持ち替え、鞘《さや》を払いざま素鑓の胴金から先を打ち落とすと、原田は支えを失って畳に横転した。

「原田、原田」

中川は声を限りに叫び、障子に映る影へ十文字に二太刀を浴びせた。

影が縁廊下から、ばらばらと散り、同時に書院正面の襖が一気に開け放たれた。

革襷《だすき》革鉢巻に身拵《ごしら》えした侍らが、中川へ襲いかかってきた。

誰ひとり声も出さず突進してくる。

「出合え、出合え。賊でござる……」

中川は咄嗟《とっさ》に障子を突き破り、縁廊下から庭へ飛びおりた。

土塀際に楡の木々が枝を伸ばし、茜空に鳥が騒いでいた。

庭に待ち構えていた者、書院座敷より追いかけてくる者が、不気味な沈黙のまま中川に斬りかかってくる。

それを縦横に払いつつも、中川は多数に囲まれ、右手と左脇腹に疵《きず》を負った。

それでも左手一本で刀を振るい、応戦を続けた。

中川は神道無念流《しんとうむねんりゅう》の手練《てだれ》だった。

「小此木、謀《はか》ったか」

中川の叫び声が、襲いかかる侍らの沈黙の中で虚《むな》しく乱れた。

中に、書院へ案内した見知らぬ顔の家士を見つけた。

中川は左手の一刀を家士へ振るい、吐き捨てた。

「慮外者、名乗れ」

家士は中川の左手一本の打ちこみに怯《ひる》んだ。

ただ防ぐだけで逃げ腰の家士に二の太刀、三の太刀と浴びせた。

しかし四の太刀を振りあげた脇から、ざっくりと斬り落とされた。

中川は身体をよじり、くるくると舞い、楡の太い幹へ凭《もた》れかかった。

脂粉《しふん》が臭《にお》った。

中川は獣のような女の目に射られた。

女は、小袖袴に総髪の後ろを紅い紐《ひも》で結《ゆ》った流れる髪と剣を戯《たわむ》れに舞わせていた。

見たこともない剣技だった。

それから中川の眉間に切っ先をぴたりと突き付けた。

誰だ、おまえは……

「死ね」

女の獣のような目と紅い唇が妖艶《ようえん》にほころび、静かに言った。


日比谷《ひびや》御門西丸下にある古河藩上屋敷の中奥、当主土井大炊頭利和の寝所次の間に二つの影が差した。

宿直《とのい》の当番侍が、次の間の行灯《あんどん》の灯りの届かない隅に控えていた。

影は寝所の襖の前に着座し、襖越しに嗄《しやが》れた声で言った。

「殿、山本八郎右衛門でございます。火急の事態に立ちいたりましたゆえ、まかり越しました」

江戸家老の山本は、暗い襖の前に平伏している。

くぐもった声が、襖の向こうからかえってきた。

「ひとりか」

「いえ。今ひとり、御側用人の小此木主善がこちらに控えております」

「申せ」

「本日、猿江町下屋敷におきまして、小此木並びに勘定方五代三郎太《ごだいさぶろうた》ら数名が、留守居役中川昭常を藩公金横領の廉《かど》で内々に問い詰めましたところ、中川は白状におよびました。しかしながらその折り、中川は粗暴にも手向かいいたし、やむを得ず討ち果たした由にございます」

襖の向こうから、声はなかった。

「藩邸役方への届け、経緯の聞き取りや事後の処置、並びに国元への知らせなど、委細相すませましたので、ご報告申しあげます。今後のことにつきましては、殿御自らお調べがあって……」

「よい。その方らに任せる。このこと、当家の中だけで処理せよ。幕閣へは切腹と伝えておく」

「ははあ」

山本はさらに平伏し、微動だにしなかった。

奇妙な重苦しく物思わしげな沈黙の後、襖の向こうのくぐもった声が言った。

「是非もない」

山本はまた、「ははあ」と平伏し、後ろに控える小此木は畳に手を突き襖の向こうへ深々と頭を垂《た》れた。

同じ夜更け、古河藩勘定方五代三郎太は小網町の醬油酢問屋広国屋の二階にある売倍方の十二畳の座敷で、頭取の伊右衛門《いえもん》、副番頭の三枝吉《みえきち》の二人と向き合っていた。

店の前の通りを、座頭の呼び笛が通りすぎていった。

奉公人は、もう大方が布団に入っている刻限である。

三人の前には珍陀《ちんた》酒と呼ばれている赤い葡萄《ぶどう》のギヤマンの酒壜《さかびん》と、同じギヤマンの奇妙な形の器が並んでいた。

「どうぞ、五代さま、おすごしなさいませ。何にいたしましても障害になっておりました留守居役がわれらの前より消えたことは、重畳《ちょうじょう》でございます」

伊右衛門が五代の器へ赤い酒を満たした。

「ふむ。小此木さまもほっとしておられる。これで江戸藩邸はほぼ小此木派が優位を占めるのは間違いない」

と、五代は赤く染まったギヤマンの器を持ちあげ、ひと口含んだ。

　そして、垂れさがった厚い瞼《まぶた》をわずかに震わせた。

「近ごろ、日本橋の料亭でもお求めのお客に出しております珍陀という葡萄の南蛮酒でございます」

　伊右衛門が微笑んだ。

　五代は二口目を呑みこんでから言った。

「古河の国元でも、われらの同志が住田《すみた》一派を圧倒する勢いだ。住田正眼《せいがん》を失脚させれば、次期国家老は小此木派から擁立《ようりつ》できる」

「おめでとうございます」

　と三枝吉が声を殺して言った。

「祝福されるのはまだ早いがな。伊右衛門さん、そうなればわれらの改革をいっそう推し進めるためにさらに軍資金がいる。よろしく頼むぞ」

　五代はギヤマンの器を顔の前にあげ、赤い唇を歪めた。

「お任せくださいませ。広国屋が全力をあげて、小此木さま、五代さまの夢のお手伝いをさせていただく所存でございます。なあ三枝吉」

「はい。喜んで務めさせていただきますとも」

「小此木さまが伊右衛門さんに伝えるよう申された。われらが藩政を動かすことになったあかつきには、伊右衛門さんらにした三年前の約束は必ず果たす、とな。主人勘七郎を隠居させ、問屋株を伊右衛門さんに譲渡させる。ご老中の後ろ盾があればそれができる。そのときこそ、伊右衛門さんが広国屋の真の主《あるじ》になるのです」

「ありがとうございます」

伊右衛門は頭を垂れた。

「広国屋は土井家のますますのご発展と、小此木さま、五代さまのご出世とともに末長く、歩んでまいりとうございます」

三人はギヤマンの器を持ちあげ、赤い血の色に澱《よど》んだ珍陀酒を心地よさげに呑み乾《ほ》したのだった。

第二章　取引

一

広国屋の薄暗い大蔵には、諸味《もろみ》を圧搾《あっさく》した関東濃口の生揚げ醬油の匂いが、充満するばかりだった。

醸造蔵ではないから大豆《だいず》や小麦や塩を仕こんで熟成させる大桶はないが、屋号の《広》の字が書かれた八升樽が、下に並んだ樽の二つに均等にまたがるように二段、三段と積みあげられ、大蔵の広い床を絵模様のように覆っていた。

片方の壁際に、小俵に詰めた下り塩が土浦への荷送を待って山積みになっていた。

二階へあがるごつい板階段は吹き抜けになり、黒ずんだ屋根天井に組まれた梁《はり》が、明かり取りの小さな窓から差しこむ光の中に、重たく見事な造形をなしていた。

市兵衛は、美早の後ろから積み重ねられた醬油樽の間の通路を進んだ。

醬油の充満する匂いには馴れて、匂いの中に旨《うま》みのような香りが嗅《か》げた。

美早は両手に、双子の久と昌の手をつないでいた。

己の身体を自由に操れる童女の喜びが、絶えず飛び跳ねる歩みに表われていた。

久と昌は、市兵衛がついてきているかどうか確かめるために振りかえり、そのたびに市兵衛へ笑いかけ、つきることのない好奇を投げてきた。

市兵衛は娘らに微笑みかえす。

「この蔵は文化《ぶんか》三年(一八〇六)の丙寅《ひのえとら》の大火にも耐えて、広国屋のお醬油とお酢を守ったのだそうです。享保の時代から百年近くも、修理を重ね、壁の漆喰《しっくい》を塗り替え、お店の歴史とともに風雪に耐えてきました。広国屋を支える大黒柱と言ってもいいでしょう」

蔵の中ほどに佇《たたず》んで、美早はぐるりを見廻しつつ言った。

「お醬油の樽はほとんどが小樽の八升樽です。きっちり七升五合入りです」

壁際には大樽が並んでいる。

そちらを差して、丸帯を引き結びにした美早のしゃんとした背中が言った。

「あれは小樽五つ分の大樽です。小売商向けに売られています。町家で分け売りをするのに都合がよろしいので。それからこちらは……」

美早は久と昌の手を引いて、塩俵《だわら》を積んだ薄暗い壁際へ進む。

「西国の塩仲買より届いた下り塩です。塩叺《しおかます》で荷送されてきたものを一斗《いっと》入りの塩俵へ詰め替え、土浦へ送るのです」

娘たちが珍しそうに塩俵に触れた。

娘たちも、蔵の中にはあまり入ったことがないのだろう。

「播州《ばんしゅう》赤穂《あこう》、斎田《さいだ》、備後の竹原《たけはら》、伊予《いよ》の波止浜《はしはま》の塩田を、諸国を廻っておりましたころに訪ねたことがあります」

市兵衛が後ろから声をかけた。

「まあ、西国の塩田をご存じなのですか。どんなところなのですか」

美早が振りかえり、頬を染めて興味を示した。

「瀬戸の海は波が穏《おだ》やかで遠浅《とおあさ》です。日照りの日が多く、塩作りに合った土地です。しかし行徳塩も灰汁《あく》分や水気をのぞいて質がいいと、評判を聞いたことがあります」

「行徳では、お塩はもう作られていないのですよ」

美早は娘たちの手を引きながら、積んだ樽がずらりと並ぶ間をゆっくり見て廻る。

「享保以前はほとんどが下り醬油でした。江戸では調理や味付けにお醬油がまだ広まっていなかったのです。でも諸味を圧搾した濃口の生醬油が好みに合って、味を調《ととの》える調味料に認められると、江戸周辺でもお醬油の醸造が広まったのです」

美早は二階への部厚い板階段をのぼり始め、娘たちは美早の手にすがり、「よいしょ」「よいしょ」……とかけ声をかけた。

「お嬢さん方は、わたしが抱きましょう」

市兵衛は後ろから久と昌を両腕に抱えあげ、さらに軽々と両肩に担《かつ》いだ。

突然視界が開けてぐんぐんと階段をのぼっていくと変化する周りの景色に、娘たちは歓声をあげ手を叩いた。

娘たちが喜ぶ様子に、美早も嬉しそうである。

二階には醬油樽も積んであるが、荷包用の莚《むしろ》茣蓙《ござ》や山積みの明樽、樽職人が使う箍《たが》の材料になる竹材などが束になっていた。

「広国屋は明樽もあつかっている問屋でもあります。明樽はお醬油を商う大事な入物ですので。土浦のお醬油蔵にはお醬油造りの職人のほかに、輪替えや結い立てをして明樽を直す樽職人が大勢働いているのです」

なるほど——醬油酢をあつかう商いだけでも、さまざまな人々の働きによって成り立ち、働く人々の家の者の暮らしがかかわっているのがわかる。

美早は積み荷の間を二階奥へ進み、明かり取りの窓に手をかけた。

観音開きの鉄の戸を左右に押し開くと青い空が広がり、薄暗い蔵に光が差した。

そしてゆるやかな風が吹き流れ、市兵衛の両肩に乗せた久と昌のがっそうの髪をさらさらとなびかせた。

この春一番の南風は猛々《たけだけ》しさをすでにひそめ、澄み切った青空に雲ひとつない。

美早は窓際にうっとりと佇んだ。

濱町《はまちょう》の武家屋敷地に木々の囲む屋敷の屋根が幾《いく》つも見えた。

北側には夥《おびただ》しい町家の家々が甍《いらか》を連ね、火の見櫓《やぐら》が空へ伸び、家並の彼方には大川が白く光っていた。

大川を越えれば本所深川で、御船蔵の土塀や大小の武家屋敷、寺や神社の反り屋根、町家の屋根屋根が入り乱れ、折り重なっていた。

だが、美早が窓際に佇んでうっとりと眺めているのは、その江戸の町のずっと遥かな北の果て、澄んだ空にくっきりと絵のようにそびえ立つ筑波《つくば》の峰だった。

空の澄んだ日には、江戸の町から筑波山が望める。

「あれが筑波のお山で、土浦はこの方角にあるのです」

並びかけた市兵衛に、美早は窓の景色を眺めたまま言った。

市兵衛の両肩に乗る久と昌が、窓の外へ誰にともなく愛らしい呼び声を揃えた。

「わたしと妹の春は、土浦で生まれ、土浦で育ちました」

美早の白く長い首筋に、おくれ髪がそよいでいた。

「勘七郎さんが土浦のわが家へ先代のお父さまと見えたのは、十歳のときでした。わたしが五歳、妹の春はこの子たちよりもまだ小さい、やっとよちよち歩きを始めたころです」

市兵衛は美早の整った横顔へ視線を移した。

美早は遥か彼方の筑波山にじっと見惚《と》れているかであった。

「先代のお父さまが勘七郎さんに商いを見習わせるため、土浦のお醬油蔵へも連れてこられたのです。実家では広国屋から醬油と酢を買っておりましたから、その縁でわが家へ……」

「そのころからの、お知り合いだったのですね」

「ええ。それからも何度か土浦へこられて、その度に家へご挨拶《あいさつ》に見えました。わたしは勘七郎兄さんと呼んでおりました」

美早がくすりと笑った。

「ある夏、近くの川へ勘七郎さんとうなぎを捕りにいったことがありました。簱《ひご》に餌《えさ》を付けてうなぎのねぐらと思える堤の穴に差し入れ、こんなふうに動かして食い付かせるのですよ」

美早が長い指先で籤を操る仕種をした。

「勘七郎さんはうまくできなくて、べそをかき始めて、だからわたしが手を取って教えてあげたり、慰《なぐさ》めたり……」

市兵衛も口元がゆるんだ。

幼い童女が五つ年上の泣きべそをかく少年を慰めている。

幼い童女と少年の向こうに、筑波のお山がきっと青くそびえていただろう。

「年月は流れ、子供のころはいつの間にかすぎ去りました。五年前、大人になった勘七郎さんが、今度は春を嫁にもらいにわが家へ見えたのです。妹は十八でした」

久と昌が、青くかすむ筑波の峰にまた呼びかけた。

そよ風に乗って、遠い夏の日の光景が甦《よみがえ》るかのようである。

やがて美早が、市兵衛へ眼差しを向けた。

「唐木さんは、利根《とね》川の一帯に醬油造りが盛んになったわけをご存じですか」

市兵衛は短い間を置いた。それから、

「利根川と江戸川の舟運が、醬油の消費地の江戸と生産地の利根の一帯を結ぶ便になっていたのでしょう。それと醤油造りに必要な大豆と小麦が土浦から筑波の麓《ふもと》周辺の畑地で多く収穫され、醤油造りに適していたのではありませんか」

と応えた。

「よくご存じですね」

「わたしは大坂で、商いや酒造り米作りを学びました。それから三十近くになって諸国を廻る旅へ出たのです。諸国の旅に出たひとつのわけは、諸国では物がどのように作られ、どのように商われているのか、己の目で見たかったからです。侍は何も作っていないし、商いも知りません」

「土浦へもいかれたことが、あるのですね」

「はい。土浦から筑波山麓へも足を延ばしました。あのあたりは土地が米作りに適しておらず、農民は小麦や大豆を収穫し、地代も小麦や大豆で納められていることがわかりました」

美早は頷《うなず》いた。

「しかし土浦の大地は気候が穏やかで、赤莢《あかさや》、生娘《きむすめ》という良質の大豆や小麦を多く産しているとも聞いています」

「父が言っておりました。米作りの難しい筑波の貧しい農民の暮らしを、お醤油造りが支えていると」

美早の横顔が、感慨深げだった。

「広国屋が土浦にお醬油蔵を持ったのは享保のころと聞いています。享保のころと較べてお醬油造りは十倍に増え、今では江戸へ入るお醬油は百二十五万樽を超えています。そのうちの百二十三万樽が、もう地廻りのお醬油なのですよ」

美早は儒学者の武家の娘ではなく、江戸醬油問屋の女将の顔になっていた。

窓を閉め、「いきましょう」と市兵衛を促《うなが》した。

美早に従い、薄暗い大蔵を出た。

こちらへ――と美早は母屋へは戻らず、店脇の路地へ市兵衛を導いた。

その路地にも石畳が敷き詰めてあり、肩からおろした久と昌の下駄の音がからからと鳴った。

二人はまた美早の手を取った。

白く長い指が、娘たちの小さな手をやわらかく包んだ。

路地は木戸の向こうへまっすぐ延び、日本橋川の堤道でゆれている柳が見えている。

建物の軒庇の下に、明樽が軒の天井近くまで積み上げられていた。

「さっきも申しました、これが広国屋のあつかう明樽です」

美早は積み上げられた明樽を見あげながら、ゆっくりと木戸の方へ進んでいく。

明樽の山は軒庇の下に木戸まで続いていた。

「この明樽とお塩、それから薪《まき》なども行徳河岸から江戸川利根川の舟運で土浦へ運び、帰り船にお醬油樽を積んで江戸へ戻ってくるのです。広国屋では去年、小樽だけで八万樽を超える明樽を仕入れ、土浦店に二万樽近く、それ以外は他店へ販売しました」

「明樽は、どれほどの値段で取引されるのですか」

「相場はものにより変わりますが、小樽の売り値はおよそ四十五文余りでしょうか。安永《あんえい》のころから、明樽の粗《あら》利益の方がお醬油樽の粗利益を上回っているのです」

そうなのかと、市兵衛には意外だった。

「ちなみに、江戸の醬油問屋仲間は八十五軒。お醬油の小樽の売り値は三百五十文から六十文ほどで、冥加金を年に三百両上納しています。明樽問屋仲間は五十五軒あり、冥加金を年に七十両納めております」

明樽買いの行商が、江戸の町のどこにでも見られるはずだ。

市兵衛は、美早が醬油問屋の実情をつかんでいる勘定の確かさに感服した。

立派に女将として広国屋を切り盛りしていけるだろう。

と、美早の歩みが止まった。

「お父っつあん」

「お父っつあん」

久と昌が揃って声をあげ、路地をかたかたと木戸の方へ駆けていった。

主人の勘七郎が、先ほどの地味な茶の羽織を、ねずみがえしの羅紗《らしゃ》地の羽織に着替えて、表通りの堤道から微笑みながら路地へ入ってくる。

白足袋に黒い鼻緒の桐《きり》の下駄が石畳に鳴り、役者のように姿がよかった。

ただ、小網町のこの江戸本店だけでも五十人を超える手代や小僧、そのほかに台所衆、下男下女ら総勢六十数名を統率する老舗の主人にしては、軽さが目に付いた。

勘七郎は駆け寄った娘たちを抱えるように屈《かが》み、

「おまえたち、お父っつあんは出かけるからね。美早おばさまの言うことを聞いていい子にしているのだよ」

「どこへいくの」

「どこへいくの」

久と昌はまた声を揃えた。

「ちょいとご用だよ。お土産《みやげ》を買ってくるから、楽しみに待っておいで」

美早と市兵衛は勘七郎へ近付いた。

勘七郎は立ちあがり、青白い瓜実顔をほころばせた。

「こちらにいらっしゃったんですか。わたしはこれから出かけねばなりません。後のことは美早さんにお任せしてありますので、よろしいようにお取り計らいを」

勘七郎がにこやかに言い、市兵衛は戸惑いつつも頭を垂れた。

市兵衛は己が広国屋でどのような手助けをするのか、事情を詳しく聞かされていなかった。勘七郎が説明するのではないらしい。

「美早さん、子供たちのことをお頼みします」

はい――とかえした美早は勘七郎のいき先を承知しているらしく、訊ねもしない。

久と昌は手を振り、路地を出ていく勘七郎の提《さ》げる縮緬《ちりめん》の手提げが気楽にゆれた。

二

勘七郎の提げる縮緬の手提げが、不安にゆれた。

勘七郎は、磯部家の所縁で侍がきたことが本当は気に入らなかった。

唐木という人物は、感じの悪い侍ではないけれど、侍は嫌いだし、侍が商家にきて何ができる。勘定帳が読めるのか、算盤ができるのか、伊右衛門に……

日本橋川は朝からの風が衰え、小波が立っていた。

小網町から江戸橋まで出て、日本橋川を越え、西八丁堀沿いに本材木町をまっすぐ常盤町まで、気ままに歩いていくいつもの道である。

近ごろは、お店にいると不安で居たたまれなくなった。

常盤町のお園《その》のところへでも、いくしかなかった。

お園のところへでも……と勘七郎はとぼとぼと歩きながら呟《つぶや》いた。

伊右衛門は商いは順調でございますとしか言わない。

だが、主人の自分がかかわれないところでお店が勝手に動いていく仕組に、何かしら不道徳な不安が感じられてならなかった。

古い大木が寿命を迎えて枯れ果て、ゆっくりと倒れつつあるような、自分にはどうしようもない不安にかられ、勘七郎はとき折り身震いを覚える。

まさか、そんなはずはない。

享保以前からの広国屋のお得意さまは今だってついてくださっているし、三十年以上も奉公してきた伊右衛門が言うのだから、広国屋に間違いなんてあるはずがないと、勘七郎は思いたかった。

けれど……

思案橋から荒布橋とすぎ、江戸橋を渡って西八丁堀に沿った本材木町の賑やかな通りを南に取った。

荷車の音ががらがらと姦《かしま》しく、行商、商家の手代、小僧に女、侍に旅人が思い思いにいき交っていた。

門付けの男らが三味線をかき鳴らし、読売を配りながらくどき節を唄い流している。

勘七郎はそんな通りへ出て、溜息《ためいき》をついた。

十年前、父親が急の病で亡くなった後、店を継いだ若い勘七郎を伊右衛門がよく支えてくれた。

伊右衛門が後ろで支えてくれたお陰《かげ》で、自分みたいな男でもやってこられた。

心から伊右衛門を頼りにし、よく仕えてくれていると信頼もしていた。

なのに何を間違えてこうなってしまったのか、勘七郎はわからなかった。

勘七郎が伊右衛門の振る舞いに違和を覚え始めたのは、三年ほど前からだった。

あのころは久と昌が生まれたばかりで、春との夫婦仲も睦《むつ》まじく、愛《いと》しい女房と可愛い子供らとの暮らし中にぽつんと兆《きざ》した陰りでしかなかったけれど。

そのころから勘七郎が手代らに指示を出しても、「それは頭取の承諾をいただきませんと」とか「では頭取のご返事をいただきまして」などと言われ、伊右衛門の許しが出ない限り、主人である自分の意図が手代らへ浸透しなくなっていた。

伊右衛門自身、勘七郎の命にほとんど従わなくなっていて、

「旦那さま、それはもう少し案を練りませんと実現は難しゅうございますな」

と、まるで師匠が弟子をたしなめるような口振りで言った。

古参の手代らは、伊右衛門の勘七郎への振る舞いを当然という顔付きで見ていた。

勘七郎は不満だった。が、不満以上に、以前の伊右衛門の振る舞いと何かしらが違っていることに気付いたのである。

何が違う、と言っても何も違いはしなかった。

商いに伊右衛門の考えを頼りにしてきたのは勘七郎自身だったし、それまでも伊右衛門に、何度もたしなめられ諫《いさ》められてきた。

本材木町三丁目と四丁目の境の三四の番屋の前をすぎた。

野良猫が雌猫の尻を追って、庇《ひさし》の上で鳴いていた。

勘七郎は縮緬の手提げをだるげに振った。

春が流行風邪に罹《かか》って寝こみ、自分と子供らを残し、あっと言う間に亡くなったのは、それからわずか半年後だった。

悲嘆にくれた勘七郎は毎日をめそめそして送り、商いに身が入るはずもなかった。

美早がきてくれていなかったら、己はもっとひどいことになっていただろう。

美早の姿が脳裡にちらついた。

勘七郎は堪《たま》らなく後ろめたかった。

そうだあのころ——勘七郎は思い出した。

伊右衛門の取り次ぎで、西丸下の土井家上屋敷において、小此木主善という藩主土井利和の側用人へ挨拶《あいさつ》に出向いたことがある。

小此木主善は勘七郎と同じ年ごろの、鉛色の顔色をした横柄《おうへい》な男だった。

勘七郎が藩邸御用達の礼を述べると、

「ふむ。励《はげ》んでくれ」

とひと言を投げただけで、ほとんど伊右衛門とばかり談笑を交わし、勘七郎は主人に従ってきた手代のように、小此木と伊右衛門の談笑が終わるのを手持ち無沙汰で待っていたのを覚えている。

小此木は好きになれない。偉《えら》そうで、そのくせ金にひどく細かい。侍なんてみんな同じだ。勘七郎は不快な気分を飲みこんだ。

春を失った自分が変わったのか、伊右衛門が変わったのか。

伊右衛門が変わったとすれば、小此木とのかかわりができてからではなかったか。

勘七郎は、伊右衛門の振る舞いに我慢がならなくなった。

常盤町にお園という町芸者を妾《めかけ》に囲った。

久と昌の世話を美早に押し付け、広国屋の百年前からの商習慣である主人が月の勘定帳に捺《お》す承認の印判でさえ美早に預けっぱなしにし、しばしばお店を空《あ》けた。

美早は、五歳の童女の面影を残したあの美しい顔に困惑を浮かべていた。

美早さん、そんな目で見ないでくれ——勘七郎は己を嫌悪した。

春が亡くなってはや二年と半年がすぎ、子供たちはいつの間にか三歳になった。

にもかかわらず、勘七郎は暮らし振りを変えられなかった。

投げやりで、どうでもよく、それでいて広国屋はどうなってしまうのだろうかという不安に苛《さいな》まれていた。

半年前、美早にお店の勘定帳の不審な記述を問い質《ただ》された。

驚きはしなかった。ただ美早の一途《いちず》さに胸を打たれた。

「美早さん、どうしたらいいんでしょうね」

勘七郎は美早に言った。

「誰か、お店の中のことで手助けをしてくれる人を雇いましょう。土浦の父に相談してみますが、よろしいですか」

美早が言った。

お任せします。自分には何もできないし、伊右衛門には何も言えませんから。

勘七郎はそれも美早に押し付けた。

何という無責任な男だろう……

塗師《ぬし》町をすぎて因幡《いなば》町、因幡町の次が常盤町だった。

お城の杜《もり》を覆う西方の空が、赤く燃え始めていた。

そこまできて勘七郎は、ふと、別の胸騒ぎを覚えた。

もしかしたら唐木市兵衛は、磯部家が美早の夫に迎える養子婿《むこ》なのではないのか。

磯部家に男児はなく、家名を継ぐ養子が必要だった。そのため磯部家は、美早にそれとなく会わせる計らいで、唐木市兵衛を寄越したのではないのか。

美早もそれを承知しているとしたら。そうだ。そうに違いない。

勘七郎の胸は高鳴り、張り裂けそうになった。

唐木市兵衛の前に、美早が売掛けの目録帳を置いた。

綴《と》じた表に、文政四辛巳《かのとみ》年（一八二一）と書かれた去年の目録帳だった。

先ほどの客座敷ではなく、仏壇のあるこぢんまりとした八畳の居間である。

仏壇の隣に一間幅の腰障子が東向きに開き、濡れ縁があって、久と昌が二体の市松《いちまつ》人形に衣裳を着せ替えて遊んでいる。

二人の頭越しに、庭のおとめつばきの木が見えていた。

表店や台所の騒がしさは届かないが、夜食の支度の匂いがほのかに漂っていた。

「これは明樽の売掛けの決算勘定です」

美早が市兵衛に部厚い目録帳の、終わりの方を開いて見せた。

「ここに記されている数は、去年の小樽の売掛けの決算です」

美早は声をひそめていた。

「失礼」

市兵衛も倣《なら》って声をひそめ、しかし美早に聞こえるように読んだ。

「土浦店一万七千六百二十七樽、土浦他店三万一千八百九十四樽、土浦以外の他店三万九千五百七十四樽……」

銚子《ちょうし》、笹川《ささがわ》、飯岡《いいおか》、十日市場、江戸崎、境河岸、北条《ほうじょう》、古河、帆津倉《ほっくら》、佐野《さの》天明《てんめい》

などの地名と各店名、樽数が詳細に書き連ねてある。

小樽の総計が八万九千九十五樽、売値が四十五文で一千二両一分……となっていた。

その後に樽買いからの仕入れ値や樽の修繕に支払った額、さらに大樽の勘定も同じように連綿と続いている。

市兵衛はいつも懐《ふところ》に仕舞っている懐中算盤を取り出し、手早くはじいた。

それを見て、美早は微笑んだ。

「粗利は百二十両一分余りですから、小樽の場合、およそ一割二分ほどを粗利益とされているのですね」

「はい。申しましたように、明樽の粗利が本業のお醤油の粗利を上廻っているのです」

粗利益の割合は、特段に不審には思えなかった。

「この勘定に、不審をお持ちなのですか」

「この勘定は間違っていないと思います。でも、これをご覧になってください」

美早は、脇に置いていたもう一冊の売掛けの目録帳を隣に並べた。

表に文化八辛未《ひつじ》年（一八一一）と記されていた。

十年前である。

美早はまた、目録帳の終わりの方を開いた。

「勘七郎さんが忙しく出かける用が多いものですから、一年ほど前からわたしが勘七郎さんの代わりに勘定目録などに目を通す機会が多くなっておりました。頭取の伊右衛門さんがお店全部の決算の責任を持ち、勘七郎さんが目を通し、決算を承認した印判を毎月捺すのが、お店の決まりになっているのです」

先ほど、からからと桐の下駄を鳴らして路地を出ていった勘七郎の姿がよぎった。

「じつは、わたしも妹の春も父の手ほどきを受け算盤ができるのです。伊右衛門さんはご存じありませんでしたから、形式を通すだけで結構ですと仰ったのですけれど、時間が許す限り勘定を確かめるようにはしておりました」

「勘七郎さんは、あなたに任せておられるのですね」

美早は小さく頷いた。

「これは、去年、偶然に納戸で見つけた十年前の目録帳なのです。ここに小樽の売掛けの勘定が記載されております」

市兵衛は目録帳に記された数を確かめた。

総計で小樽十一万八千余樽、大樽一万三千余樽の数が読めた。

大樽のあつかい量はほぼ同じだが、小樽のあつかい量は十年前より二万八千数百減っていることになる。

「比較すると、小樽の量が落ちこんでいますね」

「勘定ではそうです。でもおかしいのです。この十年で明樽の買い手は増えていますし、明樽の回収業者からの仕入れが増えているのは、商いに未熟なわたしにでもわかります。なのになぜ減っているのか、おかしいと思ったのです」

美早は瞬《まばた》きもせず、市兵衛を見つめた。

「不審に思えたので、翌年の文化九年の目録帳を見ますと小樽の数が更に減って十万樽ほどになっていました。それから年々少しずつ減って、去年はこの数なのです」

売値に数百両の差額が出るのは、算盤をはじいてみるまでもなかった。

「勘七郎さんは何と仰っているのですか」

「おかしい、と……」

「それだけなのですか」

「このままでいいのですかと訊ねましたら、今年の決算を確かめてからどうするか決めようと仰っただけです」

市兵衛は算盤を懐に仕舞った。

「小樽のあつかい量が大きく減っているのは、この十年の目録帳を調べれば明らかです。それで伊右衛門さんに事情を訊ねました。伊右衛門さんはお店の商いを一切任されている頭取ですし、勘七郎さんが心から信頼している最古参の方ですから」

「伊右衛門さんは何と言われたのですか」

「幸い広国屋は堅実に売れ行きを伸ばしているが、ここ十年近く、江戸全体を見渡せば、お醤油の売れ行きは伸び悩んでおり、醸造元の明樽の買い付けが大きく落ちこんでいるということでした」

美早は、美しい眉間《みけん》をわずかにしかめた。

「だけれども、大樽小樽併せてあつかい量は広国屋は今でも江戸では屈指《くっし》の問屋だし、それにうちは明樽の問屋が本業ではなく、お醤油とお酢の問屋が本業なのだとも。手代らは懸命に頑張っている。よくわからないのに余計な詮索《せんさく》をされることは商いの邪魔になるだけ、とたしなめられました」

古参の頭取にそう言われては、美早にかえす言葉はなかっただろう。

「広国屋では、頭取の伊右衛門さんにこうだと言われたら、誰も何も言えないのです。勘七郎さんだって……」

しかし美早が不審に思うのも無理はなかった。

明朗でなければならない》

《商いは信用に基づいて成り立つ。明朗さが信用の担保《たんぽ》になり、商いは子供が見ても

《商いは広く天下のご用を務める考えで、庶民お客さまの心をつかむのは、愛想でも安値でもなく、律儀《りちぎ》であると心得……》

市兵衛が大坂の仲買問屋に寄寓し、商いの師匠となった商人の言葉だった。

伊右衛門の語った事情は、大雑把《おおざっぱ》にすぎて、明朗さにも律儀さにも欠ける。

「さっきも言いかけましたが、広国屋にお出入りの廻り方に、内々の調べを頼むことはできないのですか」

「お出入りのお役人さまは、吉岡又五郎さまと仰います南の御番所の方です。伊右衛門さんや古参の手代の人たちと親密なお付き合いをなさっていますから。それに勘七郎さんは、お店からお縄付きを出すことになるのは嫌だと仰いますし……」

市兵衛は濡れ縁で遊んでいる久と昌を見やった。

久と昌は大人の口を真似《まね》て、子供に言うように市松人形に話しかけていた。

たとえ不正を見つけたとしても、勘七郎は子供のころより広国屋へ小僧奉公に入り、十年二十年と修業を積んで、今ではお店の中心に立って働いている手代らを、処罰することも、お上に訴えることもできないでいる。

美早は勘七郎の優柔不断な振る舞いと伊右衛門の言葉の板挟みになった。悩んだ末、土浦の父道順に助けを求め、そして市兵衛がきた。

「何をすればよろしいのか、よくわかりました」

市兵衛は美早へ顔を戻し、言った。

「ただ、勘七郎さんはお店に波風を立てたくないとお考えです。わたしを雇うことに賛成ではないのではありませんか」

「そんなことありません。暢気《のんき》に見えて本当はお店のことをひどく気になさっているのです。煩《わずら》わしいことから逃げてしまう気の小さい方ですけれど、心底では唐木さんのことを頼りにしていらっしゃると思います。勘七郎さんはそういうことを素直に表に出すことが、照れ臭くてできないのです」

「奉公人の中で、お店に長く勤めて口が固く、信頼の置ける方はいませんか」

「お店に長く勤めて口が固く……以前、目録帳を調べる際に手伝ってくれた圭助《けいすけ》さんという手代がいたのですけれど」

美早は小首をかしげた。

「お気の毒に、災難に遭《あ》われて亡くなられたので……」

「亡くなられた？　災難に遭われて、ですか？」

「はい。土浦へいった帰りの江戸川で、船から誤って落ちたとかで」

ほうと、と市兵衛は呟《つぶや》きつつ、美早の物思わしげな表情を見逃さなかった。

「圭助という手代に関して、何かご不審とか、思うところがあるのですか」

「いえ別に。でも……」

しかし美早は眉間にわずかな憂《うれ》いを浮かべただけで、それ以上は言わなかった。

市兵衛は考えた。そして、

「そうですか。なら仕方ありませんね」

と、美早を見つめた。

「それと……奉公人の間で不正があるとすれば、どんな不正がどれほど行なわれているのかを明らかにするため、わたし自身が仲間に加わり、不正に手を貸す場合があるかもしれません」

そのような手口を弄《ろう》するのは気は進みませんが、と言いかけたが、美早の明朗であろうとし律儀であろうとするけな気さに皮肉を言うことになると考え、思い止まった。

「そのことを、なにとぞ、お含み置きいただきたい」

市兵衛は、ただそれだけを言った。

毒は毒をもって制す——渡りの稼業に珍しいことではなかった。

何を一番優先すべきか、渡りはそれを心得ておかなければ務まらない。

「わたくしを、遊学のためしばらくこちらへ逗留《とうりゅう》する土浦の磯部家の遠い縁者としていただくと、都合がよろしいのですが」

「承知いたしました」

美早は、少し青ざめた顔を頷かせた。

そのとき、表店の方でざわめきが起こり、何台かの荷車が路地を賑やかに通る騒ぎが聞こえてきた。

手代が小僧を呼び、「へえい」と小僧らの声が応えると、大勢の奉公人らが大蔵の方へいく足音が、ざわざわと聞こえた。

娘たちが気付いて、美早の両脇へ駆け寄りちょこんと座った。

三

裏の大蔵の入口へ三段ほどあがる石段の前に、明樽を高々と積み上げて運んできた荷車が二台止まっていた。

体格のいい台所衆が、ねじり鉢巻、裾端折《すそはしょ》りに片肌を脱いだ威勢のいい格好で樽を蔵へ運び入れていた。

荷車を引いてきた黒の腹掛と股引《ももひき》の人足や半着股引の下男、お仕着せの小僧や若い手代ふうの者らも運び入れを手伝い、男らのかけ声が蔵の前に沸《わ》き立っていた。

両開きにした部厚い鉄の戸の傍らに、年は四十半ばをすぎたころ、目付きの鋭い押し出しに貫禄のある男が、二十代から三十代に見える五人の手代を従え、樽の運び入れを見守っていた。

昼間、風の中を市兵衛が広国屋へ訪ねてきたとき、店の間に続く大部屋の帳場格子に座っていた番頭もその中にいた。

貫禄のある男が頭取の伊右衛門に違いなかった。

まとっている長着も、お仕着せの番頭以下の手代らとは異なる鳶色《とびいろ》の竜紋地《りゅうもんじ》で、独鈷《どっこ》の博多《はかた》男帯を通人ふうに腹の下に締めた、町の顔役のような風体だった。

赤ら顔には、ほんのりと笑みが浮かんでいる。

久と昌の手を引いた美早が大蔵の前へ現れると、手代や小僧、台所衆、人足下男らが一斉に手を止め、鉢巻を取り、

「おつかれさまでございます、おつかれさまでございます……」

と口々に声をあげ、頭をさげて美早たちに道を開けていく。

「ご苦労さまで、ございます」

美早はひとりひとりにかえし、伊右衛門らの前へいくと、

「ご苦労さまでございます」

と一礼した。

伊右衛門と手代らが、美早と娘たちへ愛想のいい笑顔を見せ、

「これは美早さま、久さま、昌さま」

おつかれさまでございます――と一同が揃って頭を垂れた。

上下の順は乱すな、と商家では厳しく躾《しつけ》られる。

「お仕事中申しわけございません。みなさんにお引き合わせしたい者がおります。唐木さん……」

市兵衛は伊右衛門の前へ進み、深々と頭を垂れた。

「こちらは唐木市兵衛でございます。土浦の磯部の縁者に当たる者です。勘七郎さんのお許しを得て、今日よりわが家にしばらく逗留させます」

「唐木市兵衛と申します。しばらく、ごやっかいになります」

「わたくし、当お店の頭取を務めさせていただいております伊右衛門と申します。お

「見知り置きをお願いいたします」

伊右衛門は市兵衛よりは背が低かったが、肩幅があり、仕種《しぐさ》に重みがあった。

「昼間、お見えになられたお侍さまでございますね。わたくしは……」

と続いたのは、さきほど帳場格子から疑り深そうな目付きを市兵衛に向けていた副番頭の三枝吉だった。

三枝吉は少し出っ歯で顎が尖《とが》り、顔色の悪い痩せた男だった。

続いて四人の手代らが、三枝吉の後ろから探るような目付きで順々に腰を折った。

手代らとの引き合わせが終わると、頭取の伊右衛門が訊いた。

「唐木さんは、江戸へはどのようなご用でまいられたのですか」

「はい。道順先生の志栄館で学んでおりましたが、先生に磯部家と広国屋さんとのご縁をうかがい、ご無理をお願いして見聞を広めるために出府いたした次第です」

「見聞を広める、それだけで？」

「できれば、仕官の口が見つかればと思っております」

伊右衛門は赤ら顔を歪めた。

手代らは、呆《あき》れ顔やらにやにや笑いやらを浮かべた。

今どき、よほどの縁故でもない限り仕官の口など見つかるはずがない。武家勤めを望むなら、請け人宿の斡旋《あっせん》で渡りの半季一季の奉公口を探すしかないのは、子供でも知っていることである。

「剣の方は、どの流派をご修行なさったのですか」

「剣の方はいたってなまくらで。まあそれなりに我流を、と申しましょうか」

伊右衛門はそれ以上を訊いても無駄と思ったのか、

「仕官の口が見つかるまで、江戸見物でもなさり、ごゆるりとおすごしなさいませ」

と、世間知らずの田舎《いなか》侍に当たり障《さわ》りなく言った。

それから美早に向いた。

「旦那さまは、今日も京橋《きょうばし》へお出かけで?」

「たぶん、そうだと思います」

「さようでございますか。旦那さまはお忙しいお方だから息抜きも必要でございますのでね。息抜きばかりでも困りますが。がははは……」

伊右衛門が笑うと、手代らも遠慮なく笑い声を立てた。

「ま、あまり気になさることもございませんでしょう。美早さまはお嬢さま方の母親も同然。お嬢さま方はわが広国屋の将来でございますので」

と意味ありげに言い、明樽の運び入れを続けている奉公人らへ声をかけた。

「みんな、ご苦労だった。今日はよく働いてくれたから晩ご飯には酒を付けさせてもらうよ。小僧と女子衆には金沢丹後《かなざわたんご》の菓子がいいな。たまには寛《くつろ》いでやってくれ」

おありがとうございます――と奉公人らはまた沸き立った。

伊右衛門は奉公人らの働き振りを満足げに見守った。まるで広国屋の主人のような振る舞いに見えた。


土浦の磯部家から唐木市兵衛という侍が広国屋の梃入《てこい》れに遣わされた、という意味ありげな噂が夜食の始まる前には、奉公人らの間でもうささやかれていた。

「なんでもさ、常州の大家の勘定方だったらしいよ」

「うちの旦那さまがああだから、磯部家が梃入れに乗り出したんだってね」

「誰から聞いたんだい、そんなこと」

「誰って、そう聞いたよ」

「じゃあなにかい。磯部家が広国屋を牛耳《ぎゅうじ》ろうってえのかい」

「なきにしもあらずだね。美早さまを表に立てて、うん、あり得るね」

「伊右衛門さんが許すかね。伊右衛門さんを怒らせたら恐いよ」

「そうなったらあんた、どっちに味方するつもりだい」

「あっしは、どっちかっつったら美早さまかね。伊右衛門さんは外面《そとづら》はいいんだけどね、ちょっとあれだし……」

「あっしもさ。伊右衛門さんは外面はいいんだけどね……」

と勝手の隅では、下女や端女《はしため》がひそひそと交わし合っていた。

また住みこみの平手代らと小僧らが寝起きする二階の大部屋では、夜食が始まる前の短い寛ぎのひととき、平手代の間でも市兵衛の出現が小さな波紋を立てていた。

「頼りなさそうな侍だよね。腕は立つのかな」

と二十歳になったばかりの平手代が、手代頭を真似て近ごろ煙管《きせる》を吹かし始めた先輩の平手代に言った。

「土浦あたりの田舎で少々使えたって江戸では歯が立たないさ。だいたい今どき江戸で仕官をなんて言ってるようじゃ、世間知らずの田舎侍なんだから」

と頭格の平手代は煙草盆の灰吹きに煙管の吸殻を落とした。

「でも案外、江戸で仕官というのは口実で、土浦の磯部家が美早さまの後ろ盾に寄越したんじゃないかね」

ともうひとりの平手代が嘴《くちばし》を入れた。

「じつはあたしもそう睨《にら》んだ。旦那さまと美早さまの仲が進まないものだから、痺《しび》れを切らした磯部家が、事を進めるために間に立つ者を寄越した」

「間に立つにしては、なんだか貧乏臭い侍だね。見た目……」

そこで三人は、ぶふっと吹いた。

「けど、そういうことは美早さまは旦那さまの後添えに入るってことかね」

「磯部家の狙いはそこさ。土浦の貧乏私塾より江戸の老舗の女将さんがいいに決まってるよ。武家の血筋と手を結べば、老舗広国屋の家格もさらにあがる」

「あの田舎侍はそんな使命を果たすためにきたのか」

「きっとそうさ。頼りなさそうに見せて、じつは相当のやり手だったりしてね」

「そう言えば、どっか愛嬌《あいきょう》があるよね」

「旦那さまと美早さまか……旦那さまは美早さまの尻に敷かれるんだろうな」

「ちぇ、あたしも美早さまのお尻なら敷かれてみたいな」

「何を馬鹿言ってるんだ。気持ちはわかるけど……」

と三人はまた笑い声をまいた。

その二階大部屋の前の廊下を突き当たり、左右丁の字に分かれた廊下を隔《へだ》てて四枚の襖《ふすま》が閉じられた奥が、売倍方の接客の部屋になっている。

売倍方へは階下の店の間右奥から階段が二階へ通じている。伊右衛門が執務《しつむ》を執る部屋でもあり、大口客や御用達《ごようたし》を務める武家などの応接を兼ねた十二畳の座敷である。

日本橋川に面した表通り側に観音開きの鉄の覆いが付いた大窓が二つ設けてあり、春の夕刻の明るみが、窓に立てた障子を透かして座敷を茜色に照らしていた。

部屋には頭取の伊右衛門、副番頭の三枝吉、それに四人の手代らが顔を揃《そろ》えていた。

三個の陶製の火鉢に炭火が熾《おこ》り、一個は伊右衛門の側に置かれてある。

「わたしは気にするほどのことはないと思いますがね。にここと世間知らずな間抜け面《づら》ですし。そんな悪党には見えませんが」

と副番頭の三枝吉が出っ歯を剝《む》き出した。

「確かに、田舎侍ひとりがどんな腹積もりでこようが何もさせやしません。ただ、美早の所縁の者だからと、美早と一緒になって妙な勘ぐりを入れられるのは、あんまり面白くありません」

と言ったのは鼻の付け根に疣《いぼ》の目立った売倍方の手代頭の文蔵《ぶんぞう》だった。

「仕官を望んでいると言ったのは本気なんでしょうか」

手代のひとりが訊いた。

「間抜けは本気だから恐いよ。ああいう手合いが侍でございと威張《いば》ってられるんだから、世の中、悪くなるはずだよ」

　文蔵が応え、三枝吉が、ふんふんと首を振った。

　羅宇《らう》に漆《うるし》塗りをほどこした煙管を吹かしながら腕組をし、三枝吉ら五人の話を聞いていた伊右衛門が灰吹きに吸殻を落とし、

「平次《へいじ》、棚の酒を出してくれ。金波《きんなみ》の料理がくる前に始めていよう」

　と後ろの違い棚を煙管で差した。

　手代の中で唯一二十代の平次が、いそいそと酒の支度にかかった。

「だとしても用心を怠ってはならん。人は見かけによらん。三枝吉、土浦に知らせを入れて、唐木市兵衛の素性を調べさせておけ。仕官などとあの暢気《のんき》さは笑ってしまうが、油断は禁物だ」

　それから文蔵らへ目を向け、

「おまえらも明日にでも唐木を酒に誘って、腹の中を探ってみるのもいいかもしれんな。酔わせて言いたいことを言わせてみろ」

「わかりました。早速明日にでも」

「ま、一杯始めよう。広国屋の発展のために、みな、頼むよ」

と伊右衛門は平次の支度した盃をあげた。

市兵衛に用意された部屋は、客座敷の並びの掃除のいき届いた八畳間だった。縁廊下があり、その部屋からも庭のおとめつばきが見えた。

ひと通り家の者と顔合わせを済ませ、市兵衛が柳行李を解いたときは、日は黄昏《たそがれ》て庭は暗く沈みかけていた。

庭を囲う黒板塀越しに、隣家の松の木が黒い影をのぞかせている。

台所の方から賑やかな声と、食器の触れる音が聞こえていた。

手代や小僧らの晩ご飯が始まっているらしい。

行灯《あんどん》の灯りを頼りに市兵衛が柳行李の荷を出していると、立てた障子の外で廊下が鳴った。

「遅くなったども、飯の支度が調《ととの》いやしたで持ってめえりやした」

台所働きの房《ふさ》という下女が、膳を運んできた。

色白の頬が紅く、手足も腹も腰も丸い、よく太った女だった。

器量は並だが、笑うと笑窪《えくぼ》ができて意外に可愛らしい。

房は障子を開けると、膳と黒塗りの櫃《ひつ》を両手に軽々と抱え、畳をゆらした。

「腹が減ったっぺえ。お給仕いたしやす」

「お房さんだったね。忙しいのに世話になります」

「務めだで、すったこといいっぺ。ははは」

膳はみつばとやまめとうどの膾《なます》に、豆腐と青味の汁椀、香の物、平椀は里芋とわらびに厚焼玉子、焼物は鱒《ます》の塩引き、それに飯と銚子が二本付いていた。

「ご馳走だね。いつもこうなのかい」

「いつもはこおたことはねえだども、今日は頭取さんがなぜか気前がええで」

「こういうのは頭取さんが指図するのかい」

「そおだ。お店のことは、なんもかも頭取さんが仕切るっぺえ。頭取さんが決めらったことは、旦那さまはなあんも仰らねえ。ははは、さあ、呑めっちゃあ」

と房が市兵衛に銚子を差し出した。

老舗だけあって上等の下り酒だった。燗《かん》の具合もいい。

手代や小僧らの声が途切れない。

「男衆らはご馳走と、酒が入って上機嫌だな」

「おれらは金沢丹後の上等のまんじゅう（饅頭）だっぺ。ははは」

房は屈託なくよく笑う。

「だどもね、頭取さんら売倍方のみなさんは、二階の頭取さんの部屋で、金波とかいう料亭の上等の仕出し料理だからね」

房は手に持った銚子を上へあげ、上目遣いになった。

「料亭の仕出し料理？　その売倍方の手代の人らとか」

房はこくんと頷いた。

「売倍方とは、どういう仕事をする人たちなんだい」

「町の小売りの醬油屋さんらがお客ではなぐ、大店やお屋敷の賄い方から注文をもらって、まとめて卸すっぺ」

「そうか。大店や大名屋敷などの大口の客へ販売する仕事なのだな」

うんだね、と房は頷いた。

「二階に売り場があって、売倍方はそういうお客さん相手に商いするべな」

商家の二階は大抵、住みこみの使用人の寝起きする大部屋や小部屋になっている構造が多い。同時に、特別な客に応接する売り場が、店頭ではなく二階に設けられている場合もよく見受けられる。

しかし市兵衛は、高が金波とかの仕出し料理だが腑《ふ》に落ちなかった。

売倍方がお店の中のもうひとつのお店のような……

「仕出し料理は、美早さんやお嬢さん方もいただいているのだろうな」

「美早さまやお嬢さま方は、おれらと一緒だっぺ」

そう言って、ははは、と笑った。

市兵衛は猪口を置いてもう一本の銚子を取り、房に湯呑を持たせた。

「お房さん、ひとつ、どうだい」

「すったこと、頭取さんにおごられるで」

「一杯ぐらいならいいではないか。女子衆も少しは呑むのだろう」

「じつは、みんな好きだっぺえ。ははは」

市兵衛は房の湯呑になみなみと酒をついだ。

「なら、お言葉に甘えて」

房は嫣然《えんぜん》とし、湯呑の酒を一気にごくごくと呑み乾《ほ》した。

市兵衛は房の呑みっ振りに感心し、またついだ。

「伊右衛門さんは、そんなに偉い頭取さんなのかい」

「みんなくっちゃぺってるっぺえ。お店の中で一番偉えのは、旦那さまじゃなくて本当は頭取さんだっちって。旦那さまが何か決めても、頭取さんがうんと言わねばお店の中のことは始まらねえっぺ」

「美早さんはどうなんだい。お嬢さん方の母親代わりとお店の女将さんの役目も果たしていると、ここへくる前は聞いていたんだが」

「美早さまは、頭も器量もええし、お優しい方だし、めんごいお嬢様方も母親のように懐《なつ》いていらっしゃいやす。けど、旦那さまの後添えに入えらったら別だども、今のままじゃあ頭取さんに主として物言える立場にはいらっしゃらねえ」

三杯目は房の方が市兵衛に湯呑を差し出した。

市兵衛は房の湯呑に酒をつぎながら、言った。

「美早さんが旦那さんの後添えに入る噂が、あるのかい」

「おれらはそったらことにならったらええなと、思うべな。美早さまが後添えに入えらったら、旦那さまも、もそっと商いに精出しなさるべえ。頭取さんもこれまでみたいにやりたいようにはやれねえべ」

「伊右衛門さんは、やりたいようにやっているのか」

「ここだけの話……」

と房は湯呑を舐め、ごくりと喉を鳴らした。

「広国屋のご主人気取りでがんす。旦那さまと頭取さんが一緒にいると、どっちがご主人かわからねえくらいだで」

房の顔が赤くなっていた。

「旦那さまは、先代の旦那さまが早くに亡くなられて若えうちに広国屋を継いだから、頭取さんらを頼りにするのはわからねえではねえだが、頭取さんが旦那さまを差し置いて、ご主人気取りはねえっぺ」

「では、旦那さんはお店のどんな仕事をなさっているんだい」

「知らねえ。旦那さまはお店ではやることがねえだで、それで昼間っから妾《めかけ》んとこにしけこんでばかりいらっしゃるんでねえが。台所衆がそうくっちゃぺってるっぺな」

「今日の昼間に出かけた、京橋がそうだね」

ははは、と房が高らかに笑った。

三杯目を呑み乾し、四杯目の半ばで銚子は空になった。

市兵衛がもう一本の銚子の残りをつぎ、房の顔は火照《ほて》って上機嫌である。

「旦那さんは、美早さんをどう思っているんだろう」

「さあ……旦那さまは優柔不断なお方だで。けど常盤町の妾と較べたら、美早さまがええに決まってるべえ。お内儀さまを亡くされて寂《さび》しいもんだから、あんなすべたについ引っかかっちまってよ」

「お房さん、旦那さんの妾を知っているのかい」

房は一度見たことがあると言い、身振り手振りで妾の容姿を説明して市兵衛を笑わせた。酒の勢いも止まらない。

「美早さまは気位えの高い武家育ちで、しゃんとなさってるし、算盤だってできらったから、おれ、吃驚《びっくり》した。亡くなられた春さまの姉さまだっけが、春さまよりずっと綺麗だし男勝りだから、旦那さまは憎からず思いなさっても、気後《おく》れして言い出せねえのかも知れねえ」

美早が後添えに入れば……と、市兵衛はつい思った。

「旦那さんをしっかり支えるだろうにな」

「だっぺな」

房が湯呑の酒を呑み乾して、二本の銚子は空になった。

房は空の銚子を見て唖然《あぜん》とした。

「おれ、調子こいてえれえことをしでかしてしまった。唐木さまの酒をぜんぶ呑んじまったよ。相すいませんです」

房は畳に平伏した。

「いいんだよ、お房さん。勧めたのはこっちなのだから。飯をよそってくれ。おれは酒より飯が大好きなんだ」

へい——とお櫃の飯を碗に山盛りよそい盆に載せ、市兵衛に差し出した。

白い飯がうまい。

市兵衛は空腹だった。

早い昼飯は済ませたが、神田三河町より小網町まで春の南風の中を歩き、広国屋へ着いてからはずっと気が張り詰めていた。

厚焼玉子のほのかに甘いだしの利いた味が、食欲をそそった。

「ところでお房さん、頭取さんや手代さんらが遊んでいる場所は知らないか」

「遊んでる場所って？」

「お店に定めはあっても、たまには外で酒を呑むことだってあるだろう。博打《ばくち》をしたり女と遊んだりもしているのではないか。そういう場所だ」

そおたことなら……と房は赤い顔を宙に舞わせた。

「詳しいわけじゃねえが、頭取さんは副番頭の三枝吉さんをともなってとき折り出かけられるが、場所まではわからねえ。けど、手代の平次さんは行徳河岸の船頭さんらの賭場へ、こっそり、博打を打ちにいってるみてえだね」

市兵衛は、先ほど顔合わせをした手代らの顔を思い浮かべた。

「河岸場に客が船待ちする出茶屋の小屋がかかってるっぺ。夜は小屋のじっつあんがいねえから、船頭さんらが土間に莚《むしろ》敷いて、毎晩ご開帳におよぶべな」

「毎晩、賭場は開かれるのだな。平次さんはいくのかな」

「いぐっぺ。毎晩いぐから。平次さん、博打を止められねえだ。副番頭の三枝吉さんによく叱《しか》られてなさるし、博打の借金も抱えてるみてえだし。ははは」

手代小僧らの賑《にぎ》やかな晩ご飯が続いている。二階の売倍方では、伊右衛門と腹心の手代らが金波とかの料亭の仕出し料理に舌鼓《したつづみ》を打っている。そして美早と娘たちは、寂しい行灯の下でひっそりと晩ご飯をいただいている。

「お房さん、お替わりを頼む」

市兵衛は碗を房に差し出した。

へい――房は盆に受け、赤い顔に満面の笑みを浮かべた。

四

行徳河岸に連なる桟橋から石畳をあがって切岸の上、箱崎橋の北詰め柳の木陰《こかげ》に莚を廻《めぐ》らした出茶屋の小屋がけがあった。

垂らした莚の隙間から蠟燭《ろうそく》のゆれる明かりが見え、その蠟燭の頼りなげな明かりに交じって、男たちの低い丁半博打の声がこぼれていた。

河岸場に昼間の賑わいは途絶え、桟橋につないだ川船が波にゆれて、杭《くい》にごとんごとんと当たる。

夜の帳《とばり》が界隈《かいわい》を包んで小網町の表店がみな板戸を立てるころ、茶飯の売り声や風鈴蕎麦《そば》の夜鳴きが汐留橋《しおどめ》から箱崎橋へと流し、夜鷹が通りがかりをひっそりと誘い、野良犬があたりを嗅ぎ廻った。

折りしも、握り鮨《ずし》の一個八文の辻売りが「すうしぃぃい」と、売り声を河岸場に響かせていた。

売り声に誘われて、小屋の莚を払い無精髭《ぶしょうひげ》の船頭がひとり現れた。

船頭は辻売りの屋台へひょいひょいと駆け寄り、頬かむりのおやじに、

「おう、小はだと鰺《あじ》を握ってくれ」

と気楽な声をかけた。

おやじは「小はだに鰺でやすね」とかえし、酢飯に魚を載せ、さっと握って出した素早さが、せっかちな船頭の気性に合った。

「醬油をちょろっと垂らしてくんな。生魚に塩は臭みが残って、おらあ好かねえ」

船頭は握りを無精髭の生えた口へ放りこみ、鼻息を鳴らして咀嚼《そしゃく》した。

「今夜の首尾は、どうでやす」

おやじが壺を振る仕種をして、船頭に話しかけた。

「だめだ。つきが廻ってこねえ。ひと息入れて出直しだ」

船頭は口の中の食い物が見えるのも構わず、おやじへ気色の悪い笑い顔を向けた。

それから手拭をねじり鉢巻にし、いくべえ、と小屋へひょいひょいと戻っていった。

船頭が戻った小屋には、十人を超える男らが莫蓙《ござ》を挟んで向かい合っていた。

煙管の煙が白くこもる中、三本の蠟燭の火が男らの脂《あぶら》ぎった顔を照らしていた。

壺振りの、半裸の褐色に艶《つや》めく肌に白い晒《さら》しがまぶしい。

長煙管で刻みを絶えず吹かしている胴取りは、界隈の貸元にこの賭場を任されている行徳河岸の顔役のひとりである。

中盆は顔役の若い子分が務めている。

丁半博打は丁方半方分かれて客の張子同士が勝負を競う。中盆が張った駒札の額が丁半釣り合ったのを頭の中で咄嗟《とっさ》に勘定して「勝負」となる。

だから、盆暗《ぼんくら》に中盆は務まらない。

丁方は丁、半方は半、しか張れない。となると、つきだけでは滅多に大勝はできない。勝負の読みと勘を働かせ、ここぞというときに大きく張る。

そこに丁半博打の綾《あや》と醍醐味《だいごみ》がある。

だが、河岸場に出入りする顔見知りの船頭や人足、表店の平手代らを相手に開くこの賭場では、客ひとりに数百文、せいぜい一貫を超えるほどの銭が動くだけである。

それでも、江戸では高給取りの大工の日当が弁当代を入れておよそ五百八十文、船頭や人足は日当二、三百文ほどの時代、一日の稼ぎはこんな賭場でもたちまち吹っ飛んでしまうため、みな脂汗を浮かべて必死の形相《ぎょうそう》だった。

船頭は中座していた己の座につくと、駒札をかちゃかちゃと積み直した。

その船頭の隣に、広国屋の手代平次が座っていた。

平次は残り少ない駒札を玩《もてあそ》んで、あと一回の勝負をうかがっている。

鼻の頭が脂汗で光っていた。

「どうだい、平次さん。まだやれそうかい」

船頭は平次に言った。

「だめだ。もうこれだけさ。これを張ってだめなら今夜はお仕舞いにする」

平次は両掌の中で残り少ない駒札を鳴らした。

「平次さんは今度こそ今度こそと、むきになっていきすぎるんだ。たまにひと息入れて気を鎮めるのもいいぜ」

「よろしゅうございやすか。入りやす」

壺振りが壺と二個のさいころを両手にかざし、さいころを壺へ落とすと、壺の中でからからっと鳴らし、ぽんと茣蓙の真ん中に置いた。

「入りました。さあ張った張った……」

中盆の若い男が、客を促《うなが》した。

「わかってるけどさ、これがわたしの性分なのさ。丁っ」

と平次は駒札をぜんぶ張った。

続いて船頭が、にやにやしながら「丁」と駒札を張る。

丁半声が飛んで、中盆が駒札の額を素早く数え、

「半ないか、半ないか……」

と半方に賭け増しを求めた。

「半っ」

そのとき平次は、斜め向かいに今日広国屋に現れたばかりの唐木市兵衛という侍がいつの間にか座っているのに気付いて、呆気《あっけ》に取られた。

侍が平次に、に、と笑みを寄越した。

膝の前には駒札がずいぶん溜まっていた。

さっきからついている野郎だな、と思いつつ己の手元にばかり気を取られて気が付かなかった。

「丁半揃いました。勝負」

壺振りが壺を取る。

「四三《しそう》の半」

中盆が言うと、狭い小屋の中に落胆の溜息とざわめきがこぼれ、丁方の駒札がかちゃかちゃと集められた。

集められた駒札は、賭け金の四分の寺銭を取って勝った半方へ分配される。

「わたしは、これで」

平次は胴取りへ両手を開いて見せ、座を立ちかけた。

と、その前に侍がかちゃりと駒札を投げた。

「どうぞ、平次さん。今夜はつきが廻ってきてるんです。平次さんも負けたまま帰るのは面白くないでしょう」

「そ、そうかい、悪いね」

平次は一瞬ためらったが、嫌いではないのでついそう言ってしまった。

「入りやす」

とすぐに次の勝負が始まった。

からから……ぽん。

「入りました。さあ張った張った……」

中盆が、再び客を促した。

「丁っ」

平次は勢いよく張った。

「半」

と侍は今度は大人しい。張った駒札も少ない。

丁、半、と客の声が飛び交い、駒札が鳴った。

「三ぞろの丁」

中盆が読みあげた。

ようし――と平次が握り拳を作ると、市兵衛が笑っていた。

久し振りに気が晴れた。いい加減、つきが廻ってきてもいいころだ。次もこいこい
と意気ごんだ。

だがその夜、やっぱりついていないや、と平次は消沈していった。

負けるときは小さく、勝つときは大きく、そこら辺の読みと勘の悪さを平次はつきのせいにする。賭場にはいい客だった。

一方、侍はと見ると、駒札をまた山のように積みあげている。

初手だとそういうことがあるものさ、と平次は苦笑いを浮かべた。

結局、平次は侍に融通された駒札も失い、

「お疲れさんで。またのお越しを」

と胴取りの声を背に小屋を出て、夜更けの寒空の下で震えた。

本石町の時の鐘が四ツ（午後十時頃）を報《しら》せて、まだ間もなかった。

お店ではみな寝静まるころである。商家の朝は早い。

だが平次は五百文の賭け金をわずか一刻ほどですっかりすって気が昂《たかぶ》り、お店の二階の手代部屋へ真っ直ぐ戻るのが面白くなかった。

と言って懐は素寒貧《すかんぴん》だし、借金だってある。

ちぇ、金波の仕出し料理がつきを落としちまったかなと、勝手な理由を廻《めぐ》らしながら日本橋川の堤道を広国屋へ、とぼとぼと歩いていた。そんな平次の背中で、

「やられましたね。平次さん」

と声がした。

あ？――振りかえると、堤道を影が近寄ってきた。

「なんだ。唐木さんですか。先ほどは」

影は平次より二寸ほど背が高く、二本差しの姿に力が抜けてやさぐれて見えた。

「行徳河岸の賭場の話を小耳にしたもので、わたしも嫌いではありませんからちょいとのぞいたら、平次さんがいらっしゃったので。だいぶ熱くなっていましたね」

夜目にも、侍の笑い顔がわかった。

「今夜はだめだ。いくらやってもつきが廻ってこない」

博打ですった気の重い後の夜道で、野暮な田舎侍と言葉を交わすのも億劫《おっくう》だった。

じゃあ、といきかけた平次に侍が言った。

「あれはつきではありませんよ。さいころを細工したいかさまです」

「ええ、いかさま？」

「あの賭場では、いつも同じ壺振りですか」

「時どき替わるけど、顔は知ってる男だったよ」

「気付いていなかったんですか。あの壺振り、何度かさいころを換えて丁半の出目を細工していましたよ。だが出目を細工するために丁半の振り方にくせがあった。たぶん壺振りも気付いていないのでしょう。そのくせを読み取れば、ほらこの通り」

と市兵衛はずっしりと重い財布を、掌《てのひら》に載せてゆらした。

「むしゃくしゃした気分で蒲団に入るのも面白くないでしょう。壺振りのくせを教えて差しあげます。一杯、お近付きと気散じにいかがですか。お代はわたしが」

平次は困るなあという素振りをしたが、市兵衛の財布を玩《もてあそ》ぶ姿に気がゆるんだ。

箱崎橋を渡った北新堀《きたしんぼり》町の日本橋川に沿って、呑屋の軒提《のきぢようちん》灯の灯がぽつぽつと浮かび、この夜更けに客を誘っていた。

「江戸はいいですな。こんな夜更けでも呑めるところがある」

市兵衛は箱崎橋の方へ踵《きびす》をかえし、痩せている割には案外広い背中を見せた。

二人は箱崎橋を渡り、日本橋川堤の粗末な小屋がけの呑屋へ入った。

隅の長床几《ながしようぎ》にかけ壁に凭《もた》れていた厚化粧の年増が、だるそうに立ちあがった。

入れこみの床にかけると、竹格子の窓越しに日本橋川の暗い流れが見えた。

対岸の霊岸島にも、呑屋らしき灯が川縁にちらほら灯っている。

年増が、ちろりと猪口を運んできた。

「用があれば、呼んでくださいな」

年増はそれだけ言い、小屋の隅の床几に戻りまたぼんやりと壁に凭れた。

夜伽《よとぎ》の用があれば、それも務める。

「江戸はいいですな。こんな夜更けでも……」

市兵衛は年増の様子を見つめ、同じことを呟《つぶや》いた。

「しかし、広国屋さんにお世話になる一日目の夜更けから出歩くのは、あまり感心しませんね。今夜のことは美早さんや頭取の伊右衛門さんには、何とぞご内密に」

「言いませんよ。唐木さんも賭場でわたしを見かけたなんて言っちゃあだめですよ」

「心得ておりますとも。それで、壺振りのくせですがね……」

と市兵衛は、得意げに教え始めた。

鼻をこするくせ、咳払い、唇をなめるくせ、首をほぐすくせ……

市兵衛の見立てを平次は、ぽかんと口を開いて聞き入っていた。

博打の話になると平次はわれを忘れ、次の壺振りとの勝負ばかり考えて目を開いたまま眠っているような顔付きになった。

しかし腹の中では「くそ」と吐き捨てていた。あの壺振りめ。

「……そのくせを見逃さなければ、間違いなく勝てますよ。聞いてますか」

市兵衛が平次を見て、おかしそうに笑った。

小屋の隅で壁に凭れている年増が、ふああ、と欠伸《あくび》をひとつした。

はい……と平次はわれにかえり、ふと気がかりになった。

この田舎侍、明日の朝には早速《さっそく》、美早にわたしが行徳河岸の賭場で遊んでいたことを喋《しゃべ》り散らすんだろうな。

遠縁と言っても親戚は親戚だ。平次は気の小さい男だった。ずいぶん負けがこんでいて気の毒なので酒をおごってやりましたなどと、笑いつつ喋っている様子が平次の脳裡に浮かんだ。口の軽いやつは黙っていられない性分なんだ。

美早から主の勘七郎に伝わるのはどうということはないが、伊右衛門に知られるのは、三日前、副番頭の三枝吉に小言を言われたばかりの今はまずい。

「唐木さんは仕官がお望みでしたね。どこぞに当てがあるんですか」

市兵衛は暢気に笑っている。

「これから、探すのです」

「そいつは難しいな。仕官の口なんて今どき千三《せんみつ》ですよ」

「土浦の田舎にいても浪人のわたしに奉公先はないんです。江戸に出ればなんとかなるのでは、と思いましてね」

「お侍さんが生き辛《づら》い世の中ですから」

やっぱり田舎者だと、平次は市兵衛を見下した。

「平次さん、どこぞにいい働き口があれば教えていただけませんか。あるいは、なんぞ金を稼げる面白い話があれば、わたしにもひと口乗せてもらえるとありがたい。多少の危ない橋なら、渡りますよ」

平次はふんと鼻先で笑った。おまけにこの男は馬鹿だ。今日、会ったばかりのわたしに危ない橋なら渡るなどと、無用心だし粗雑だ。けど博打は間違いなく強い。

「うまい具合に金を稼ぐ話なんて、あるわけないでしょう。請け人宿で、地道にお武家の奉公口を探すことですね」

「商いの知り合いでなくてもいいんです。さっきの賭場みたいなところで知り合ったその筋の者らから、たとえば賭場の用心棒とか、強面《こわもて》を相手の取り立てとか、もっと荒っぽい仕事でもかまいません」

「唐木さん、そりゃあわたしは博打が好きで、ご法度の賭場に出入りだってしていますがね。これでも一流の商家の手代なんです。老舗広国屋の若手の中で、頭取さんから売倍方に取り立てられたのはわたしだけなんだ。その筋の手合いと付き合うほど、馬鹿じゃありませんよ」

「これは失礼。平次さんがちゃんとした商人であることは承知しています。ただ、金を稼ぐためなら何でもすると言いたかったのです。今の話は聞き流してください」

市兵衛は破顔して平次の猪口に酒をついだ。

こんな夜更けに、日本橋川を屋根船が漕ぎのぼっていく。

屋根船の薄い行灯の明かりが、立てた障子を透かして川面を照らしていた。

犬の遠吠えが、深々と更けゆく夜空の彼方に響き渡った。

平次は、先だって伊右衛門と三枝吉が、美早の動きに目を配る者がいる、と話していたことを頭の隅で考えていた。

この男を手懐《てなず》ければ、美早の見張り役に打って付けじゃないか。

馬鹿と鋏《はさみ》は使いようだぞ、と平次は猪口を口に運んだ。

「けど、唐木さんの事情もわからないではないし、心当たりが少しありますので訊いてあげますよ。一両日、待ってください」

「ありがたい。早速のご配慮、礼を申します」

平次は市兵衛の案外な単純さに呆れた。

賭場の壺振りのくせを見抜く冴えを見せながら、相手の算段を忖度《そんたく》する周到さがない。頭の血の巡りがいいのか、悪いのか。

「わたしの方から唐木さんにお知らせしますから、このことは誰にも喋っちゃだめですよ。いいですね、用心してください」

「わかりました。ということは、やはりその筋の仕事ですか」

「そうではなくて、世間はさまざまに事情が働いて成り立っていますから、単純にいい悪いを決められるものではないんです」

「酒だ。もうひとつ頼む」

市兵衛は、小屋の隅の壁に凭れてうつらうつらしている年増を呼んだ。

年増は、ふああ、と欠伸をかえした。

第三章　廻り方

一

翌日午前、数寄屋《すきや》橋御門にある南町奉行所の定町廻り方同心吉岡又五郎は、数寄屋橋から尾張《おわり》町の大通りへ抜けた。

廻り慣れた大通りの自身番をひと廻りし、尾張町の二丁目からさらに巽《たつみ》の方角(南東)へ折れて木挽《こびき》橋へ向かう道々、昨日は春一番が吹いて難儀だったぜと呟いた。

今朝は少し肌寒いだけで、まずまずの日和《ひより》である。

吉岡は五尺四寸(約一六二センチ)足らずの丸顔で、小太りの体軀を右左にゆすった。

紺看板に梵天《ぼんてん》帯、股引草履《ももひきぞうり》の奉行所雇いの中間《ちゅうげん》が御用箱を背負い、ほかに手先を二人従えていた。

吉岡一行が三十間堀《さんじっけん》に架かる木挽橋に差しかかったときだった。

「吉岡さん……」

と橋の袂《たもと》の船宿が川沿いに並ぶあたりから声がかかった。

見ると、北御番所の廻り方渋井鬼三次が、船宿の看板行灯の側から背の高いひょろくだまを従え、たらたらと近付いてきた。

相変わらず景気の悪い面《つら》をしてやがるぜと、吉岡は足を止め、渋井の渋面《しぶづら》へゆるい嘲笑《ちょうしょう》を投げた。

渋井が浅草や本所深川あたりの盛り場で、地廻り連中から《鬼しぶ》と呼ばれているのは、むろん吉岡も知っている。

野郎が現れると鬼も顔をしかめるから鬼渋だと。ふん、馬鹿ばかしい。

二つ三つ年上の吉岡から見れば、鬼しぶなど雑魚《ざこ》だった。

「どうも、ご無沙汰で」

渋井は馴れ馴れしく手をひょいとあげ、おろす手と一緒に頭を垂れた。

「おう。鬼しぶか。久し振りだな」

吉岡は渋井を上目遣いに睨《にら》んだ。

渋井は五尺六寸（約一六八センチ）ほどの中背だが、痩《や》せて背中を丸めた姿は、五尺四寸の肉付きのいい胸幅のある吉岡よりいかにも貧相に見えた。

「見廻り中で？」

と、景気の悪い下がり眉を歪めて愛想笑いを見せた。

定町廻り方なんだから見廻り中に決まってるじゃねえか、とぼけたことを訊きやがる、と吉岡は白けた気分で応じた。

「あんた、何してるんだ。ここらは持ち場じゃねえだろう」

南北町奉行所六名ずつ、十二名の定町廻り方は奉行所の月番明番《あきばん》の別なく、江戸市中を分担し、持ち場を毎日見廻るのが役目である。

「そうなんですがね。ちょいと吉岡さんにお訊ねしたいことがありまして。南の御番所にうかがうのも大袈裟《おおげさ》だから、ここら辺をお通りじゃねえかと目星を付けてお待ちしていたんですよ」

「おれに、訊きたい？」

吉岡は訝《いぶか》しげに渋井を睨み、小太りの身体をくるっと木挽橋へ廻した。

すかさず吉岡に並びかけた渋井は、

「小網町の広国屋にかかわりのあることでしてね……」

と言い始めた。

ひょろりと背の高い助弥は渋井の後ろへ従い、吉岡の後ろへ付いた顔見知りの手先や奉行所の中間と会釈を交わした。

俗に岡っ引と呼ばれる手先は、同心雇いの言わば同心の手足目鼻となって探索を助ける一種の諜者である。公式の身分や権限は一切なく、十手も同心の旦那の許しがなければ持てないし、持っても自前である。

だが手先は手先同士、あの旦那はどう、この旦那はどう、と教え合う交換の場が八丁堀にはあった。

吉岡はその手先らを従え、身体を左右にゆらしつつ橋板を鳴らした。

山下《やました》御門から山下町、南鍋《みなみなべ》町、尾張町、三十間堀、木挽橋を渡って木挽町、そして築地《つきじ》本願《ほんがん》寺の表門にいたる通りは、人通りも賑やかである。

通りがかりが、肩をゆらす吉岡と渋井に道を譲って橋の左右に分かれていく。

「広国屋？　あんた、今は何を調べてる」

吉岡は雪駄を橋板に響かせながら、訊きかえした。

「半月ほど前、木綿問屋の組行事から抜け荷の訴えがありましてね。今はその調べにかかりっきりで」

「ああ、噂は聞いてるよ。北がこそこそ調べてる抜け荷の一件があるらしいって」

吉岡は鼻の先で笑った。

「別にこそこそと調べているわけじゃあ……ただうちのお奉行の指示で、あまり目立たぬようにとは言われていますがね」

吉岡は木挽橋を渡り、木挽町の通りを北へ折れた。

通りの両側に木挽町の表店と三十間堀の堤に船宿や茶屋が軒を並べている。

「目立たぬようにか。気配りの榊原さまらしいな。けど、目立たぬようにったたって噂は流れてるぜ。相手は土井家だろう」

「そうなんで。それでちょいとやっかいなんです」

「土井家は無理だ。土井家と言ったらご執政のお大名だぜ。ご老中のお屋敷が抜け荷にかかわっているなんてことになってみろ、ご公儀がひっくりかえるぜ。いくら鬼しぶが渋面をしてみせたって、相手が悪すぎらあ」

「と言って、ご執政だろうがお大名だろうが、ご法度破りを取り締まらないわけにはいきません。もっともわたしら町方が、土井家の藩邸へご用の筋だと乗りこむこともできませんがね」

「当たり前だ」

「それで今、わたしらの調べている相手が、小網町の広国屋なんで」

吉岡と渋井の雪駄が木挽町の通りに鳴っていた。

「なるほど、広国屋か。確かに広国屋は醬油と酢の土井家御用達だからな」

「吉岡さんが、お出入りなさってる商家ですね」

「それが？」

吉岡は渋井を見あげ、ふてぶてしく口元を歪《ゆが》めた。

「ご存じですか、武州と総州の木綿の産地の仲買が、木綿の出荷を抑えているんですよ。わけは江戸の問屋仲間との売り値と買い値が合わねえからなんだそうです。お陰で江戸に出廻る木綿が不足し、木綿の値が吊りあがって困るのは貧乏人ってえわけで」

吉岡は応えなかった。

「どっちの言い分がもっともなのかわからねえが、組仲間に抜け荷の訴えを出されたら、わたしら町方は組仲間のために働かなきゃあなりません」

「鬼しぶ、廻りくどい言い方をすんな。訊きたいことをさっさと言え」

「はい。組仲間の見張人が、小名木川の土井家下屋敷に、ある商家の荷物を運ぶ艀《はしけ》を装って抜け荷の木綿を運び入れている現場を見つけた。そのある商家というのが、小網町の広国屋らしいんです」

吉岡はまた黙った。

読売、売朴者《ばいぼく》、見世物小屋、諸商人の小店が通りに連なっている。

「広国屋は土浦に醬油蔵を持っています。利根川江戸川の舟運で、月に何度も広国屋の荷が土浦と江戸を往来しており、その広国屋の荷送に土井家の抜け荷をまぎれこませている疑いがかかっているわけで」

「だから何が訊きたい」

「広国屋の艀が小名木川の土井家下屋敷に運んだ荷物は何か、を知りたいんです」

「知らねえよ、そんなこと」

「ですが、吉岡さんがこれまで出入りなさって、大名の江戸藩邸と御用達商人の表向きのつながりだけじゃない、裏のつながりのようなものにお気付きじゃあ、ありませんか。ひょっとしたらあれはと思うような、とか……」

「馬鹿言うねえ。それに気付いていたらとっくに調べてらあ。鬼しぶのこった。そんなことを言いながら、広国屋の手代や番頭に訊きこみはもうやったんだろう」

「吉岡さんにお断わりする暇《ひま》が、なかったもんで、はい」

「ちぇ、調子のいいことをぬかすぜ。で、どうだったんだい」

「あれは土井家の用人の方に頼まれ、古河藩史の編纂に使う史料を広国屋の舟運の便のついでにお運びしただけ、という応《こた》えでした」

「だろう。どうせそんなところさ。抜け荷なんて、ご執政ともあろう土井さまの江戸藩邸が、かかわっているはずがねえんだ」

「けど、抜け荷に手を染めてる者が、抜け荷をやっているとは言いませんからね」

吉岡は、不快そうに鼻を鳴らした。

だらだらとした歩みを止めず、短い間を置いて言った。

「どっちにしろ、おれは広国屋へ顔を出して、変わったことはねえかとお店の者らと話をして、何もなけりゃあお店を出る。それだけさ。ほかは何も知らねえし、お店の内情に余計な詮索《せんさく》をしねえ」

むろんその折り、お出入りを願った商家からは謝礼が包まれるため、お出入り願いの多い町方はお出入りする度に懐があったかくなる。

「ということだ。わかったかい。だがまあ、鬼しぶがわざわざ訪ねてきたんだから、おれの方でもそれとなく調べとくよ。万が一、ってえこともあるからな」

それから吉岡は、素っ気なく渋井へ丸い背中を向けた。

「おれはここらをひと廻りしなきゃあならねえから、これでな。おう、いくぜ」

と手先らに顎をしゃくり、歩み去っていく。

手先と中間が、渋井にこそこそと頭をさげつつ吉岡のゆれる背中を追った。

書物を積んだ荷車が、渋井と吉岡の間をがらがらとゆきすぎた。

木挽町は書物問屋、地本問屋の多い町でもある。

「吉岡さんよ、隠しちゃためになならねえぜ」

渋井は吉岡が姿を消した木挽町の横丁の曲がり角へ、ぼそっと言葉を投げた。

一刻後、小網町の広国屋の長暖簾を、吉岡又五郎はのそりとくぐった。

おいでなさいませ、の声が店のそこかしこからかかり、店の間で手代らと商談を交わしている客たちも、町方の定服を着た吉岡へざわざわと頭をさげた。

「見廻りでございやす」

手先のひとりが、店の間奥の帳場格子のある大部屋へ声をかけた。

小僧が石畳の通路を、たたたと鳴らして走り寄り、

「お見廻り、おありがとう存じます」

と吉岡に深々とおじぎをする。

大部屋の帳場格子に座っていた副番頭の三枝吉が、長着の襟元や身頃を整えつつ土

間へおり、小僧に「お相手するからいいよ」と言って吉岡を迎えた。

「お見廻り、ごくろうさまでございます。主人はただ今、留守にいたしております。頭取の伊右衛門は……」

三枝吉は、少し出っ歯で顎の尖った浅黒い顔に愛想笑いを浮かべた。

「今日はいつもの見廻りじゃねえんだ。伊右衛門さんにちょいと用がある」

「はい。二階におります。どうぞお上がりください」

「おめえらは、商いの邪魔にならねえように待ってろ」

吉岡は三枝吉の後から店の間へあがり、右奥の暖簾の先に黒光りする階段を踏んだ。

二階の売倍方の十二畳で、伊右衛門は壁を背に机に向かって帳簿を付けていた。陶製の火鉢に伊右衛門は片手をかざしていた。

日本橋川に面した大窓が二つ開かれ、大窓の反対側は四枚の襖が閉じられている。

帳簿から赤ら顔をあげた伊右衛門は、吉岡へにんまりと笑いかけた。

「吉岡さま、お見廻りご苦労さまにございます。ささ、どうぞ」

伊右衛門は机の前から立って、吉岡に火鉢の側の座布団をすすめた。

しかし吉岡は立ったまま、苛々《いらいら》と言った。

「伊右衛門さん、ちょ、ちょいとまずいぜ。北の廻り方がだいぶ探りを入れてきてるんだ。おれにまで訊きこみにきやがった。大丈夫なんだろうな」

伊右衛門は薄笑いを頷かせ、

「ま、どうか落ちついて。吉岡さま、壁に耳ありですよ。お座りください」

と吉岡に手本を示すように、先に座へついた。

「三枝吉、吉岡さまにお茶を頼んできなさい。吉岡さま、まずは初めからゆっくりお話をうかがいましょう」

北町の鬼しぶがさ……と吉岡はどかんと胡座《あぐら》をかいた。

三枝吉は、襖の外の廊下へ出た。

廊下を隔てて、伊右衛門ひとりの寝所と手代部屋が続き、平手代や小僧の寝起きする大部屋が丁の字になった廊下を挟んで向かい合っていた。

三枝吉は磨き抜かれた廊下をゆき、突き当たりの階段をおりた。

店の間の階段と違い、そこは奉公人の使う狭い階段である。

階段は台所脇の廊下へおりていて、昼どきが近く、台所からいい匂いがした。

二

そのとき市兵衛は、広国屋の醬油の匂いが充満する大蔵にいた。

高い天井を見あげる吹き抜けの板階段の裏陰に、市兵衛と手代の平次が立ち、二人の前に三十半ばの売倍方手代頭の文蔵が明樽へ腰かけていた。

文蔵は伊右衛門の五人の取り巻きのひとりだった。

足を組み、鼻の付け根に目立つ疣《いぼ》をいじっていた。

「唐木さん、稼ぎたいんですって」

文蔵は話しながら組んだ足先を、ぴんぴんと跳ねあげた。

「そういう仕事があるなら、お世話願いたい」

戸口から外の光が入るだけで薄暗い大蔵に三人だけだった。

「ないわけじゃありませんが……」

文蔵は階段のごつい板の間から戸口の方を見やり、ふんと鼻息を吐いた。

「遠縁とは言え、唐木さんは美早さんの縁者でしょう。美早さんは主筋だし、ということは唐木さんもそっちの立場の方ですよ。それが昨日見えたばかりなのに、美早さんやご主人に隠れて、そういうことをやる覚悟はあるんですか」

「それを言われると面目ない。わたしは遠縁ということで志栄館へ入れていただいたが、道順先生の不肖の弟子でしてね。先生も内心は、わたしがいなくなってほっとしていらっしゃるかもしれない」

「塾を追い出されたって、わけですか」

「あくまで表向きは見聞を広めるためです。しかしながら、真っ当にやっていてもわたしら浪人者には、先がありません」

平次が文蔵に、ねぇ、という目配せをした。

「文蔵さん、頭取の仰っていた美早の……」

「おまえは余計なことを言うんじゃないよ」

文蔵は言いかけた平次をたしなめた。

平次は文蔵に睨まれ、口を掌で覆った。

「今朝、平次から夕べ唐木さんと呑んだときの話を聞いて、意外でしたね。こっちの方は相当の腕前なんですって」

壺を振る仕種をしてみせた。

「いや、それほどでも」

「人は見かけによりません。昨日はそんな人だとは思わなかった。だから唐木さんがどういう方か知ろうと思いましてね。きてもらったんです」

文蔵は疣をいじり、何か考えているふうだった。

「試しに一度、やってみますか」

「どのような」

「大したことではありませんよ。平次、伊勢町《いせ》堀の五十八《いそはち》んとこへ唐木さんを連れていって、例のこと、唐木さんに頼んでもらったらどうだい。美早さんの親類だといえば一応は主筋だ。じいさん、話にのってくるかもしれないよ」

「五十八じいさんは無理ですよ。相手が侍だろうが大店《おおだな》の主人だろうが、こうと決めたら梃子《てこ》でも動かない偏屈おやじなんですから。わたしは散々怒鳴られて、樽まで投げつけられて、危うく大怪我をするところでしたよ」

「だから試しにはいいんじゃないか。唐木さんが五十八じいさんを巧《うま》く説得できりゃあ大したものさ。そしたらまた次の仕事を廻してあげますよ。仕事たって遊んでいるようなものです。小遣いが少し稼げれば、いいんでしょう」

文蔵は明樽から腰をあげた。

「平次、昼飯が済んだら唐木さんといってきな」

「ええ、わたしがですかぁ……」

「おまえがいかなきゃ、誰が唐木さんを連れていくんだい」

平次は嫌そうに顔をしかめた。

「てめえ、ほどほどにしやがれっ。これ以上ほざきやがると、ただじゃあおかねえぞ」

五十八の喚《わめ》き声が九尺二間の狭い裏店の、表の破れ障子を震わせた。

四畳半のあがり端にかけた平次は、怯《おび》えて首を縮《ちぢ》め、五十八を「抑えて、抑えてください……」と両手でなだめた。

「何が抑えて、だ。そんなに抑えたきゃあ按摩《あんま》にでもなりやがれ」

五十八は平次の仕種に余計怒りを募《つの》らせた。

小柄で頭の髷は薄く白くなっていたが、胸幅が厚く、六十をすぎているとは思えぬほど手足も張りがあった。

腰高障子の外にも、狭い土間にも、黄ばんだ琉球《りゅうきゅう》畳の四畳半にも、五十八が横になれるほどの隙間を残して、明樽が積んである。

五十八は胡座のまま、太い腕を力強く伸ばして痩せた平次の襟首をつかみ、

「てめえ、それでも手代か」

と怒鳴りながらゆさ振った。

「……ああ、唐木さん、たた、助けてぇ」

これはまずい――市兵衛は戸の側で平次と五十八のやり取りを見ていたが、慌てて止めに入った。

思案橋を渡って荒布橋の北へ伊勢町堀の東堤、中の橋の通りを横丁へ折れた小舟町《こぶな》二丁目の裏店に、五十八はひとり住まいをしている明樽買いの行商だった。

所帯を持っている倅《せがれ》や娘らが面倒を見ようと言うのを、子供らの世話になんぞならねえ、身体が続く限り明樽買いの行商は止めねえと、とにかく短気で一徹《いってつ》な頑固《がんこ》おやじと、平次から聞かされた。

広国屋は、五十八から明樽を四十年以上も買っている。

「明樽の買い付けを帳面上では実際の数より少なくして、一個の明樽を相場より高く設定するんです。買い付け額は変わらないようにするから、損をさせているわけじゃないんです。ただ、受け証文の買い付け数を少なく書き換えるのをお願いしてるだけなんです」

平次は道々語った。

なぜそんなことを、と訊ねると、

「まあ、以前からの商習慣というか、唐木さんには商いのことはおわかりにならないでしょうから、ご存じなくてもいいんですよ」

と、平次はにやにやした。

「うちが買い付けをしている明樽買いの行商には、みなさんお願いしているんです。みなさん快く応じてくださいますよ。なのに五十八さんだけが……」

いくら頼んでも、その書き換えに応じないと言う。

数ヵ月前まで、平次が五十八の裏店へいかされ説得に当たっていた。

平次は繰りかえし頼んだが、五十八は絶対だめだと拒《こば》んだ。

激昂した五十八は、平次に樽を投げつけ、危うく怪我をするところだった。

「長年のお付き合いというものがあるんですから、それぐらい応じてくれてもいいじゃないですか。損をさせるわけじゃないんだし」

市兵衛に課せられたのは、その頑固一徹な五十八に書き換えに応じるように説得する役目だった。

「伊右衛門さんや副番頭の三枝吉さんは、承知なさっているのですか」

「ご承知かどうかわかりませんが、従来の商習慣通りであれば別に問題はないと、気に留めていらっしゃらないのだと思いますよ。だってね、唐木さん、こういう商習慣はどこのお店でも大なり小なりあることなのですからね」

市兵衛は平次に、手本を見せてくれませんかと頼んだ。

そういう談合はどのようにやるものなのか、商いや商談を知らない侍の己には皆目見当がつかず、平次さんのやり方を手本にしたいので是非に、とである。

平次は、しぶしぶと承諾した。

それもそうだと思った。

五十八の裏店を訪ねると、四畳半のあがり端に斜にかけて構え、また数ヵ月前の頼みごとを切り出した。

ところが五十八は見る見る顔を赤らめ、平次につかみかかったのである。

「てめえ、それでも手代か」

五十八は片膝立ち、頭を両手で守って逃げる平次をあがり端へ引き据えた。

六十すぎの五十八の方が、二十代の平次よりはるかに力が勝っていた。

「てめえみたいな野郎は、我慢ならねえ」

太い腕を振りあげた。

「やめろ」

市兵衛は殴りかかった五十八の太い腕を片手で防ぎ、平次と平次の襟首をつかんだ五十八の間に身体を割りこませ、二人を引き離しにかかった。

「てめえ、誰だ」

激昂した五十八は、猛然と市兵衛に向いた。

相当短気な男だった。

平次はその隙に五十八から逃れ、あわあわ……と土間に尻餅をついた。

「この男の連れだ」

「てめえ、仲間か……」

五十八は拳《こぶし》を振るい、市兵衛が防ぐと組み打ちでねじ伏せようと襲いかかった。

驚くほどの力だった。

だがどれほど力が強くても、市兵衛の敵ではなかった。

市兵衛は五十八を押し退けた。

五十八は積みあげられた明樽の山にぶつかり、ごろごろと明樽の山が崩《くず》れた。

「すまん」

市兵衛はぽろりと言った。

「くそっ、食らえ」

五十八は八升の明樽を片手で軽々とつかみ、市兵衛に打ち落とした。

仕方ない――市兵衛は思った。

明樽が音を立てて市兵衛の総髪一文字髷の頭で、樽木と箍《たが》を炸裂させた。

路地に集まり騒ぎをのぞいていた隣近所のおかみさんや子供ら、尻餅で後退さっていた平次が、一斉に声をあげた。

浪人とは言え二本差しなのである。

五十八が斬られると、みなが固唾《かたず》を呑んで見守った。

市兵衛は眉ひとつ動かさず、五十八を見ていた。

その額に一筋の血が、つうと伝った。

五十八は息を荒らげ、どうだ、と市兵衛に身構えたが、さすがにやりすぎたと思ったのか、次の攻撃には出なかった。

平次はこれ以上かかわったらまずいと思った。

逃げなきゃあ。

平次は路地へ飛び出し、木戸の外へ走った。

わあああ……と思わず声が出た。

そのとき市兵衛は、に、と五十八に笑いかけた。

四半刻（約三十分）後、平次は路地の木戸の側から、路地奥の五十八の店の様子をおずおずとうかがっていた。

路地は先ほどの騒ぎなどなかったように静まり、井戸端でおかみさんらが洗い物をし、路地奥の稲荷の祠《ほこら》の前では子供らが遊んでいた。

五十八の表戸の破れた腰高障子はぴたりと閉じ、軒下に積まれた明樽もそのままだった。

五十八の喚き声も聞こえない。

唐木さんも逃げたのか……と平次は小柄な身体をさらに縮め、路地へ踏み入った。

井戸端のおかみさんらが平次に気付き、振り向いた。

平次は「どうも」と呟いて、愛想笑いをかえした。

すると建て付けの悪い腰高障子ががたがたと開けられ、市兵衛が出てきた。

「ではまた。ごめん」

と市兵衛は、中へ一礼して戸を閉めた。

市兵衛は頭から手拭をかぶっている。

手拭に小さくうっすらと血がにじんでいた。

「唐木さん、ど、どうなったんですか」

平次は足音を忍ばせて駆け寄り、訊いた。

「おう、平次さん」

市兵衛は平次へ破顔した。

「五十八さんは、中ですか。何があったんですか」

「話が付きました。承知していただきました」

「ええ？　本当にぃ？　あの、書き換えの件ですよ」

平次は後の言葉をひそめた。

「はい。そっちの勝手にしろと」

平次は目を剝《む》いた。

売倍方に取り立てられてからほぼ一年、ずっと五十八との談合を押し付けられてきた。一向に埒が明かなかったのにたった四半刻で勝手にしろだと。

なら今までは何だったんだ、と不審が募った。

「一体何を言ったんです。妙なことを喋ったんじゃあないでしょうね」

「喋るも何も、受け証文の書き換え以外わたしは何も聞いていません。だから己の境遇をありのままに話しただけです。五十八さんはわたしを憐《あわ》れんでくれたのですよ。

可哀想だからと、書き換えを承知してくれました」

「たったそれだけで？」

「はい。ひたすら浪人暮らしの難しさばかりをつらつらと。五十八さんは同情して聞いてくれました」

平次は首をひねった。にわかには信じられなかった。

「戻りましょう」

平次は促され、背の高い市兵衛を見あげながらどぶ板を鳴らした。

井戸端のおかみさんらが、

「お侍さん、お大事にね」

「またねぇ」……

と、なぜか親しげに声をかけてくる。

平次は一度だってそんな声をかけられたことがない。

市兵衛は、妙に清々しく「ありがとう」などと会釈をかえしている。

なんだ、こいつ――と平次はちょっと癪に障った。

その夕刻、勘七郎は、日本橋の大通り本町二丁目から十軒店の小路へ折れて四半町ほど西の、小洒落《こじゃれ》た小料理屋の二階座敷にいた。

八畳の南方に開いた出格子の窓があり、勘七郎は仲居の運んできた膳を置いたまま、銚子と猪口だけを提《さ》げて、窓の敷居に腰かけていた。

日本橋本町の家々の甍《いらか》や、夕刻の空に架かった火の見の梯子、白壁の土蔵、家並のそこかしこに繁る樹木の光景が、暮れなずむ南の彼方に広がっていた。

勘七郎は、出格子の横木に寄りかかり、その光景をぼうと眺めながら、何度も溜息をついた。

溜息をつくたびに辛くなり、猪口に酒をついで、ちびりちびり舐めた。

常盤町のお園の家にいても心は晴れなかったし、と言って小網町の店へ帰る気にはなれない。

気になって夜も眠れないのに、何をしたらいいのかわからない。

勘七郎はそんな己がつくづくいやになる。

美早さんは呆れているだろうな――勘七郎は呟き、猪口を呷《あお》った。

お酒なんかちっとも美味《おい》しくない。

なのに、酒でも呑むしかなかった。

「しつれいいたします。お連れさまのお越しです」

襖の外で仲居の声がした。

襖がすっと開かれ、薄暗い廊下に細縞の羽織をぞろりと羽織った人宿《宰領屋》の主人矢藤太が、顎《あご》の尖《とが》ったやさぐれた顔をのぞかせた。

「これは広国屋の旦那さま、ご無沙汰いたしておりました」

矢藤太は部屋に入り、やさぐれた顔をにんまりとゆるませ、畳に手を突いた。

「久し振りだね、矢藤太さん。忙しいのに呼び立てたりして悪かったね」

「とんでもございません。旦那さまにお声をかけていただき、矢藤太、飛んでまいりました」

「どうぞ、ごゆっくり……」

と仲居が廊下の襖を閉めると、勘七郎は銚子と猪口をつかんで膳へ戻り、胡座《あぐら》をかいた。

「膳はすぐ運ばれてくるが、それまで、まず一杯いこう」

勘七郎は新しい猪口を矢藤太へ差し出し、銚子をあげた。

「いただきやす」

矢藤太は膳の前へにじり、猪口を載いてぬるくなった熱燗を受けた。

広国屋は神田三河町の人宿《宰領屋》にも、半季一季の下男下女などの奉公人の斡旋を頼んでいる。

矢藤太が宰領屋へ婿入りするずっと以前からの付き合いなのである。

「今夜はね、矢藤太さんに頼みたいことがあってね、きてもらったのさ」

「何なりと仰ってくだせえ。旦那さんのお力《ちから》になれるなら、矢藤太、どんなことでも喜んで務めさせていただきやす」

矢藤太は銚子を取って、勘七郎に差しかえした。

「そんな大したことじゃないんだ。ちょいとある人の素姓を調べてほしいのさ」

「人の、素姓を？　それならあっしの本業でございますね。お易《やす》いご用で。どういう人物の素姓を調べるんでやすか。男で、それともその筋の女で……」

矢藤太はそこでまた、にんまりとした。

「そんなんじゃないよ。お侍だよ。ちょいとうちとかかわりができた浪人さんなんだけどね」

「ほう。ご浪人でやすか」

矢藤太は続けて銚子を差した。

「名前は唐木市兵衛。何でも、お旗本の足軽勤めをしていた血筋の方らしいのだけれど、詳しいことはわからない。赤坂御門の……」

と言いかけて、勘七郎は訝《いぶか》しげに矢藤太を見た。

矢藤太が、は？　という顔付きで勘七郎を見つめていたからである。

三

その夜五ツ（午後八時頃）、銀座屋敷裏の松島町《まつしま》にある小料理屋の二階に、手代の文蔵、彦助《ひこすけ》、藤十郎《とうじゅうろう》、平次の四人と市兵衛が酒を酌み交わしていた。

四人とも五人の売倍方の手代であり、副番頭の三枝吉だけがいなかった。

三十すぎより半ばの年ごろの文蔵、彦助、藤十郎は、幼いころから広国屋へ小僧として奉公し、それなりの年になって、勘七郎とは主人と使用人の間柄であるとともに、美早の言う勘七郎の童友達でもあるのだろう。

勘七郎は、確かにやり辛《づら》いかもしれぬな、と市兵衛は思う。

「さすが唐木さんはお侍だ。やり方が違う。大したもんだ」

文蔵が言い、そうだそうだと、彦助と藤十郎が相槌を打った。

平次は、きまりが悪そうに猪口をちびちびと舐《な》めていた。

「五十八の八升樽を避けずに頭で受けて、血をたらりと流してさ、それであの頑固おやじの心をぎゅっと鷲づかんだ。口では簡単に言えても普通じゃできないよ」

「それほどでもありません。わたしは剣も我流の田舎剣法で、さっぱりです。ただ身体が丈夫なだけが、取り柄ですので」

市兵衛は額の上の総髪を掌でそっと押さえた。

痛みは大したことはなく、血も止まっている。

「五十八には本当に手を焼いていたんですよ。どうぞ、唐木さん」

と彦助が市兵衛の猪口に酒をついだ。

「人の心をつかんで取引をする。それが商いの心得です。これだって商いなんです。唐木さん、いきましょう」

藤十郎がちろりを差して、市兵衛に呑むように促《うなが》した。

市兵衛は、順々に猪口を乾《ほ》した。

「では、市兵衛さん。早速、やってもらいたいことがあるんです」

文蔵が鼻の付け根の疣をかいた。

「大したことじゃありません。けど唐木さんがはまり役なんです」

市兵衛は酒を呑み、喉をごくりと鳴らした。

「美早が、ちょろちょろとうるさくてね。お店の主でもないのにお店の勘定帳なんぞを勝手にのぞいて、お店の商いの内情を探っているらしいんです。美早がどれくらい探っているのか、何を探り出そうとしているのか、唐木さんが見張って、新しいことがわかり次第知らせて欲しいんです」

文蔵は唇をへの字に結んで、わけ知りに頷いてみせた。

「美早は勘七郎のお内儀の後釜を狙ってるんです。妹が幼い娘を残して亡くなったものだから、これさいわいと娘らを手懐《なづ》け、母親代わりを装って勘七郎を籠絡《ろうらく》しようとしてるんです」

「取り澄ました顔をして、本性はとんでもない性悪女ですよ。そりゃあ田舎の貧乏武家でくすぶっているよりは、江戸の豊かな老舗のお内儀に収まった方がいいに決まってますからね」

「けど勘七郎は常盤町のお園に夢中ときた。お園が気に入ったなら、美早を追い出してお園を後添えにしてやればいいのにさ。娘たちも慣れりゃあすぐ懐くよ」

「勘七郎は優柔不断な男だからね」

「ああ、あの男は子供のころから泣き虫だった」

「わたしたちがお坊ちゃんお坊ちゃんと立てて、今はすっかり主人気取りですけどね。勘七郎はわたしらがいなきゃあ、商いなんて何もわかっちゃいないんですよ。お店が儲《もう》かっているのは、わたしらがいるお陰なんだ」

「そういうことも知らず、美早がいろいろ詮索するのは許せませんね」

文蔵と彦助と藤十郎は、ここでは勘七郎さまとも美早さまとも言わなかった。

「わたしらは何も間違ったことをしているわけではないんです。わたしらはお店のためによかれと思って一生懸命働いているんです。でも唐木さん、こんなことをよそで言っちゃあだめですよ」

いいですね――文蔵は念を押した。

「唐木さんは、何も考えなくていいんです。わたしらの言う通りにしていただければ、それなりに稼げるように算段します。考えるのはわたしらに任せてください」

市兵衛は口を挟まず、笑みを作っていた。

「当面は美早を見張るだけだから、簡単でしょう。月に二分、手間賃をお支払いします。美早の動きで新しいことを知らせてくれたら、そのつど別に二分。これならいい小遣い稼ぎに、なるでしょう？」

四人のにたにた笑いが、市兵衛を囲んでいた。

同じ夜の五ツすぎ、渋井鬼三次は両手を懐へ入れ、土井家下屋敷の西隣の猿江裏町猿江稲荷の鳥居に凭《もた》れていた。

隣に座りこんだ助弥は、鳥居を支える石の土台に背を寄りかからせている。

狭い境内《けいだい》は暗闇に包まれ、不気味に静まりかえっていた。

その刻限、参拝にくる人影もないし、犬の遠吠えもない。

昨日春一番の南風が珍しく早く吹いたとは言え、まだ閏一月の下旬の夜更けは寒さが深々と身に染みた。

くしゅん、と助弥がくしゃみをひとつした。

渋井はおかしくなった。

普段は油堀の喜楽亭でおやじ相手に、そろそろ管《くだ》を巻いているころだった。

何でこんな刻限なんだよ、と愚痴を言ってもそれが務めである。

「ちきしょう。やけに冷えやがる」

「まったくでぃ」

助弥は鼻をすった。

夕刻、北町奉行所隠密廻り方同心谷川礼介の手先を務める男より、渋井へ谷川からの連絡がもたらされた。

《今夕五ツ半、いつもの場所にて待つ》

手先の伝言はそれだけだった。

谷川は、木綿問屋組仲間から訴えのあった木綿の抜け荷の一件で、七日ほど前から小名木川の土井家下屋敷へ臨時雇いの下男になり、隠密に探っていた。

奉行所への連絡は、谷川の手先が行商に変装して土井家下屋敷周辺を一日の決まった刻限に廻り、谷川からの伝言をつなぐという手筈《てはず》になっていた。

会って報告する必要がある場合は、場所は猿江裏町の猿江稲荷境内と決めていた。

谷川は詮議役の下役同心だったが、従来なら年季を重ねた同心が就く隠密廻り方に二十代で任用され、ほぼ十年、隠密役をこなしてきた北御番所の腕利きと評判の廻り方だった。

谷川は身分を隠して土井家下屋敷を、渋井は表立って大名屋敷の探索ができないため土井家と結んでいる商家の調べを分担した。

二人は七日の間に、夜更け、猿江稲荷で数度会い、互いのつかんだ内情を交換し合ってきた。

渋井は二つの提灯が角を曲がって鳥居へ近付いてくるのを認めた。

谷川と連絡を寄越した手先だった。

谷川は渋井の前へくると、提灯を差し向け、小さく頭を垂れた。

そして提灯の灯を吹き消し、声を絞った。

「お待たせしました」

「いや。進展があったかい」

「少し……」

渋井は先に立って境内の祠《ほこら》の脇へ誘った。

境内は闇に包まれ、互いの影がぼうっと認められるだけである。

助弥と谷川の手先は、鳥居の側で見張り役をする。

「そっちから、まず聞こうか」

はい――谷川の押し殺した低い声が、暗がりの中に冷ややかに流れた。

「一昨日《おととい》、六、七名の商人らしき者らが下屋敷へ訪ねてまいりました。みな藩邸御用達の商人ではなく、連尺で大葛籠《つづら》を背負って、中には手代ふうの者もともなっておりました。それで手先にひとりの後をつけさせ戻り先を確かめますと、日本橋の太物《ふともの》の嶋屋《しまや》という小売り商でした」

「やっぱり、木綿か」

「おそらく、土井家下屋敷を介して、気脈を通じ合った一部の商人の直買いが行なわれております。五代三郎太という勘定方の家士が仕切っていました。小此木主善という側用人の筆頭が頻繁に下屋敷へ出入りし、五代と密談を繰りかえしております」

小此木と五代……渋井は暗がりの中で繰りかえした。

「今日、日比谷御門の藩邸へ使いにいった帰り、嶋屋をのぞいてまいりました」

「どうだった」

「主と近ごろの太物の値上がりの話になり、地廻りの、特に武州の綿が不作で、と言っておりました。産地の仲買からの出荷が去年から抑えられて、値が上がって売れ行きが落ちるし品不足だしで、問屋も小売りも困っているとこぼし出しましてね」

「木綿は呉服（絹）と違って庶民が普段衣類に使う物だ。品薄になって得をするのはたっぷり在庫を抱えていられるひと握りの大店だけだ。貧乏人は困ってらあ」

猿江裏町の方から、夜廻りの鉄杖の音が遠く響いてきた。

「それから主は、評判の武州の青嶋《あおしま》木綿は特に品薄で物が届かないが、総州の物なら数日前問屋より入荷したのがある、少々値は張るが提供できると」

「なるほど。総州と言やあ古河藩も下総か。問屋は土井家下屋敷ってわけだな。わかった。ほかには……」

「下屋敷で知り合った中間がこっそり教えてくれました。わたしが下男に雇われる三日ほど前、邸内で斬り合いがあった模様です」

「斬り合い？　下屋敷でか。そりゃあただ事じゃねえ」

「斬り合いがあったらしいという噂だけで、それ以上詳しい事情は中間も知ってはおりません。その一件についてはみなが口を噤《つぐ》んでおるようです。もしかしたら、この度の抜け荷とかかわりがあるのかもしれません。調べてみるつもりです」

谷川は澱《よど》みなく言って、沈黙した。

短い沈黙の後、谷川が訊いた。

「渋井さんの方は……」

「広国屋に目立った動きはねえ。先だって、頭取の伊右衛門と副番頭の三枝吉という使用人が日比谷御門の土井家上屋敷へいったことがあるだけだ。醬油と酢の藩邸御用達なんだから、珍しいこっちゃねえ。藩邸の誰と会ったかはわからねえ。もしかしたら、あんたの言った用人の小此木とか勘定方の五代とか、かもしれねえな」

谷川は暗がりの中で息を殺して聞いている。

影は見えるが、気配を感じさせないのが隠密らしい男だった。

「それから、こっちでもひとり手代が妙な災難に遭って亡くなっている。お店の高瀬船から江戸川へ転落して溺れ死にだ。もう去年の四月のことで、別に不審な出来事じゃあねえかもしれねえが……」

渋井はそこで、ふと考えた。

「広国屋の使用人らにそれとなく探りを入れてみたところでは、大方は手代の災難を不審には思っていねえみたいだった。けど何かが引っかかってすっきりしねえ。だから広国屋出入りの人足やらご用聞きらにも、訊きこみに当たってみる」

それと――と渋井は言いかけて、ためらった。

「それと？」

谷川が訊いた。

「昨日、広国屋におれの知っている者が雇われたんだ。そいつはこの一件とかかわりはねえと思うんだが、けど、こっちも調べてから知らせるよ」

二人の言葉が途切れた。

猿江裏町の方から夜廻りの鉄丈の音は、もう聞こえなくなっていた。

第四章　出世

一

翌日、一昨日の春一番が嘘のように冷えこんだ朝だった。

広国屋では、朝の支度が済んで五ツ（午前八時頃）に店を開ける。

表店の接客に当たる手代が二十名、帳場格子を受け持つ副番頭ほか、会所事務に十四名、そのうちの四名と副番頭が二階に設けた大口客用の売倍方を兼務している。

手代は五つの組に分けられ、各組を手代頭が指図した。

ほかは、手代見習、小僧、台所仕事と蔵からの荷の出し入れとお客への配送を務める台所衆、そこまで全員が男衆で、掃除洗濯風呂焚《た》きなどの商い以外の仕事をする下男下女端女《はしため》など、裏の母屋で勤める腰元を除き、総勢六十名を超える所帯である。

それを本来ならば、主人勘七郎が陣頭指揮を執《と》ってお店を営むのだが、広国屋を実質において取り締まっているのは、頭取の伊右衛門だった。

伊右衛門は毎朝、店の間と土間に表店のすべての使用人を集め、

「今日もみな、精を出しておくれ」

と主人に代わって威厳《いげん》を示す。

次に副番頭の三枝吉が、「みなさん、ご唱和をお願いします。ひとつ、売り手よし、買い手よし、世間よし。ふたつ……」とお店の家訓を唱和させる。

それから開店となり、一同打ち揃《そろ》ってその日最初のお客を、「おいでなさいまし」と迎える。

その朝も、伊右衛門の朝の挨拶が始まる刻限が近付いていた。

店の間にはお客用の火鉢が用意され、広い表店を暖めている。

手代は店の間に居並び、土間には小僧や台所衆、石畳の通路には下男下女端女らがぞろぞろと揃いつつあった。

間もなく伊右衛門が二階からおりてくるのを待ちながら、店の間に居並んだ頭格の平手代が隣の同僚にささやいた。

「昨日、小舟町の明樽買いの五十八じいさんとこで、お店の誰かが、じいさんとやり

合ったみたいだよ。聞いてるかい」

欠伸《あくび》を噛み殺していた隣の同僚が、

「やり合ったって、何をやり合ったんだい」

と訊きかえした。

「喧嘩《けんか》だよ。それも血を見るくらいの」

「えっ。うちの者がじいさんに傷を負わせたのかい」

「逆だよ。お店の者が五十八じいさんに手ひどくやられたのさ」

「六十すぎの五十八さんにやられたのかい。情けない男だね。誰だい、そいつは」

「それがさ、一昨日きた、唐木市兵衛さんらしいよ」

「ええ？　なんで唐木さんなのさ。唐木さんは五十八じいさんと関係があるのかい」

すると同僚の向こう隣の同じ平手代が、「聞いてる聞いてる」と、ひそひそ声で話に加わった。

「そうじゃないよ。昨日、唐木さんは平次さんに手伝いを頼まれて、五十八じいさんとこへ二人で出かけたんだ」

「平次さんは、唐木さんにどんな手伝いを頼んだんだい」

「よくはわからないけど、平次さんは五十八じいさんの明樽の買い付けで前からもめ事を抱えていたらしいのさ」

三人は、列の端から中心に座っている売倍方の平次へちらりと視線を投げた。

「どんなもめ事を抱えてたんだ」

「どんなもめ事かは知らない。とにかくもめ事さ。五十八じいさんはあの通り頑固者の気の荒い人だし、腕っ節も強い。だから、五十八じいさんとの談合に唐木さんを用心棒に連れていった」

「それでやっぱりもめて、侍の唐木さんが六十すぎの五十八じいさんにやられて、血を流したってえの」

向こう隣の平手代は曖昧《あいまい》に、しかしわかるように首を振った。

「不甲斐ない用心棒だねえ」

「やっぱり世間知らずの田舎侍だったね。案外食わせ者かもしれないよ」

初めの頭格の平手代が言った。

「美早さまの後ろ盾の話はどうなったんだい。美早さまと旦那さまの間を取り持つために磯部家が寄越したんだろう」

「何だか、違うみたいだね。遠縁たって顔も知らなかったっていうから」

「旦那さまは、何も仰らないのかな」

「仰るも何も、夕べも前の晩も旦那さまは京橋の常盤町からお戻りじゃない」

「ひぇえ、常盤町の妾のとこへ居続け？　お店をほったらかしで？」

二人の手代が揃って頷《うなず》いた。

「まずいよ、それは……」

「まずいね。ますます頭取さんが幅をきかせるね」

「旦那さまがそれじゃあ、美早さまはさぞかしお辛いだろうね」

そこへ、店の間右奥の階段を人のおりてくる気配がした。

「しっ。頭取さんだよ」

店の間と土間の使用人たちが、一斉に畏《かしこ》まった。


表店から家訓の唱和が、仏壇のある八畳の居間に聞こえてきた。

庭へ出る濡れ縁の一間幅の腰障子が開かれ、朝の青い光が庭のおとめつばきに降り、木の下で光に包まれて久と昌が遊んでいるのが見えた。

朝の光は、美早の江戸紫の前身頃の周りの畳にも白い模様を描いていた。

「五十八さんが言っておりました。己は今までお店へ売り渡した明樽の数を書き換えたことは一度もない、お店の者とは長い付き合いなので、受け証の書き換えを頼まれて断わるのは苦しかったが、それとこれは別だと」

美早と向き合った市兵衛は、昨日の一部始終を語っていた。

「やはり、そうなんですね」

美早は江戸紫の膝の上に重ねた真っ白な長い指へ、目を落とした。

睫毛《まつげ》が戸惑い震えていた。

昨日、平次が五十八の裏店を逃げ出した後、市兵衛は五十八に、美早の遠縁の者と表向きは装い広国屋に逗留することになった本当の事情を明かした。

「ご主人も美早さんもお店の者を偽るのは後ろめたいが、今のままお店を放ってはおけず、ある筋に相談なされたのだ。それでご主人に代わり、わたしが表沙汰にはせずにお店の中の間違った習慣を改める役目を引き受けることになったのです。どうか、気を鎮めてくれ」

五十八は短気だが、純朴な男だった。

市兵衛の事情を知ると、粗暴な振る舞いを身を縮《ちぢ》めて詫《わ》びた。

そうして受け証の書き換えを、文蔵らからたびたび求められてきた経緯《いきさつ》を語った。

難しい手口ではなかった。

五十八のような明樽買いの行商から仕入れた明樽の数を、文蔵らは勘定帳に少なく記し、仕入れ値をひと樽につき相場より高めに定め、総額を変わらないようにする。広国屋出入りの明樽買いのみなにそれを求め、薄く、広く、勘定帳に載らない明樽を作り、こっそり売り払い仲間で山分けにするだけだった。

明樽買いも、一度の書き換えの数がわずかなうえに稼ぎは同じであるため、気楽に応じることができたろうし、繰りかえし長期に亘《わた》って行なえば大きな金額になるとしても、明樽買いがそこまで思いをはせるのは無理である。

「これぐらいなら付き合いもあるでと、みなそう思うべえ」

五十八はそう言った。

久と昌の甲高いはしゃぎ声が、庭から聞こえてきた。

「古いお店の使用人らの間で、この明樽に限らず、おそらく昔よりさまざまに行なわれている悪しき慣《なら》わしと、言えば言えます。文蔵らはさして悪びれるふうはなく、このくらいの余禄を得て何が悪い、お店は己らの働きで儲けているではないか、と考えているようです」

美早は、目を膝に落としたまま何も言わなかった。

「頭取の伊右衛門さんや副番頭の三枝吉さんは、四人が手を染めている明樽横流しを知っていると思います。知っていて知らぬ振りをしているのです。たぶん、ご主人の勘七郎さんも気付いておられると思われます」

美早は意外なという表情を、畳の上の光の模様に漂わせた。

「波風を立てたくないと仰ったのは、それは昔からあるお店の、悪いけれども見ぬ振りをしてきた慣わしで仕方があるまいと、お考えなのではないでしょうか」

美早は市兵衛に問いかけた。

「勘七郎さんは、知らなかったと仰ったんです。あれはわたしに遠慮して、お芝居をなさっていたのですか」

人は道理がわかっていても、道理に背いた道を歩むときがある。

だが、それを美早に言うのは酷《こく》に思われた。

「わたしは、古い商家の慣わしも働く者の気持ちもわきまえず、しなくてもいい詮索をしてしまったのですね。だから勘七郎さんはお店に戻ってこないのですね。子供のときから馴染《なじ》んだ手代らを、責めることになるのが辛くて……」

美早は庭の娘たちを眺めた。

確かに、勘七郎が戻ってこないのはそのためかもしれなかった。

だとすれば、一家の主として勘七郎は無責任である。

「商家の営みとは、そういうものなのですか」

美早は戸惑い、ぽつりと言った。

「わたしは若いころ、大坂の商家に寄寓し、商人から商いを学びました。師匠である商人は、商いの心得は律儀《りちぎ》であれ、嘘はつくな、と繰りかえし申しておりました。勘七郎さんにも商人の心得がわかっているから、あなたの律儀な思いを拒《こば》まなかったのです。それが道理だからです」

「わたしの道理は、あの子たちに……」

と美早の横顔が庭の娘らへ流れ、母親のように慈愛にあふれた。

「広国屋の娘に生まれたことを、大事に、幸せに、思って欲しいだけなのです」

子供らはまるで、庭に降りそそぐ光と戯《たわむ》れているかのようだった。

「唐木さん、わたしはどうしたらいいのでしょう。わたしは広国屋から去るべきなのでしょうか」

「何を言われるのです。あなたが去ればお嬢さん方の心はいたく傷つくでしょう。こちらにお雇いいただいてわずか三日目のわたしが口を挟むのは差し出がましいことですが、そのお考えは間違っています」

市兵衛は言いながら、美早の胸に秘めた支《つか》えに憐憫《れんびん》を覚えた。

自分はあの子たちの何なのだ、と美早は考えている。

美早と幼い娘たちの絆《きずな》はもろく、嵐の中で心細く見えた。

「わたしはこちらに五両のお手当てでお雇いいただきました。わたしごとき者には破格の額です」

五両の金額は、最初の日に勘七郎から言われていた。

市兵衛の心にかすかな疑念が、黒い頭をもたげていた。

それを確かめぬまま、広国屋を去るのは渡りとして雇われた本分に悖《もと》る。

五両の手当てに見合う働きを、果たさねばならぬ。

「わたしは渡り奉公で身を立てております。己の腕と技量をつくして務めを最後まで果たすのが渡りの本分です。そこで、ひとつお訊ねしたいのです」

美早は、怪訝そうに市兵衛を見た。

「一昨日、あなたが圭助さんという手代が災難に遭って亡くなった話をなされたとき、どことなく不審げな様子をお見受けしました。もしかして圭助さんの災難に、何ぞ屈託《くったく》を覚えておられるのですか」

美早はためらいを見せた。そして、

「詳《くわ》しい事情がわからないのです」

と応えた。

「勘七郎さんのお手伝いをし始めたころ、圭助さんが、売上帳などの正確な読み方を教えてくれ、手伝ってくれたのです。最初に明樽の数を不審に思ったのも、圭助さんがそれとなくほのめかしてくれたからなのです」

それから膝の上で掌を握り合わせた。

「去年の夏、土浦のお醬油蔵へいくので磯部の実家に託《ことづ》けがあれば伝えると言っていたのに。その帰り船で突然、災難に遭って亡くなったのです。本当にお気の毒でなりません。それだけなのですけれど、でも……」

「でも?」

美早は考えていた。

でも、なぜ、どうして、という思いを心の底に沈ませている。

市兵衛の中で疑念が符合した。

「昨日、五十八さんから広国屋の内情をうかがった折り、五十八さんは去年亡くなった圭助さんについても触れたのです」

市兵衛は美早の表情の変化を見逃さなかった。

「じつは五十八さんは、圭助さんとは以前から親しい間柄でした。その五十八さんの言うところによれば、去年の夏の圭助さんが遭った災難は、たまたま起こった災難とは違うのではないかと、疑っているようなのです」

「疑っている、五十八さんがですか」

「はい。明樽の件にかかわりがあるのかないのかは、わかりませんが」

昨日、五十八は市兵衛に言った。

圭助は、十二歳の春、広国屋の小僧奉公を始め、十八で手代見習の若衆、二十歳で平手代となり、足掛け十八年、いずれは小さくとも表店を構え、一家の主になる望みを持つ仕事熱心な手代だった。

二年前、圭助は売倍方に取り立てられ、土井家御用達の掛に就いた。

が、売倍方に就いてからの圭助には、手代頭の文蔵より小舟町の五十八を訪ね、明樽買い付けの数の書き換えを頼む役目も与えられていた。

「圭助はそれまでの手代と違ってよ。そいつあできねえと断わると、いいんです、誰だって嫌ですからとしつこく言わなかった。叱《しか》られるんじゃあねえかと心配したが、文蔵兄さんに小言を言われるくらい大したことはありません、と笑っていやがった」

圭助は文蔵に言われ、たびたび五十八の裏店にきた。

ときには手土産を提《さ》げて顔を出し、五十八相手に土井家御用達の仕事やいずれは店を構える夢をあれこれ語るのが楽しくてしょうがない、という手代だった。

「明るくて面白い男だった。あっしは、あいつだけは気に入っていた」

その圭助が、去年の夏の初め、売倍方のご用で広国屋の舟運に便乗し土浦へいったその帰り船で、夜更けの江戸川へ差しかかったとき、江戸川へ転落し命を落としたというのである。

何ぶん夜更けの出来事のため事情がわからず、足を滑《すべ》らせ誤って川へ落ちたのだろうという説明に落ちついた。

だが五十八は圭助の変事を聞いたとき、なぜか、やられたと思った。

「けどよ、土浦へ出かけるだいぶ前から、ここへ顔を出すたびにひどくふさいでやがったのさ。それまではそんなことはなかった。具合が悪いわけじゃねえと言うし、明樽の件で文蔵に叱られて困っているんじゃねえかと気遣ったが、明樽の件なんぞ大した事柄じゃないので気にしないでください、とわけは話さなかった」

だが圭助はそのとき、

「世間には、明樽の横流しどころじゃないもっと性質《たち》の悪い悪さがあるんです」

とぼそぼそと呟《つぶや》いたと言う。

「もしかしたら、気がふさいで頭ぁおかしくなって己から川へ飛びこんじまったか、まさか、世間のもっと性質の悪い悪さをしている者にやられたんじゃねえかとか、そっから先はあっしなんぞにはわからねえが……」

あれから十ヵ月もたつ今でも圭助の変事を考えると胸騒ぎがする、と五十八は市兵衛に言った。

「あんなことになっちまって。後釜に平次がきやがったが、平次なんぞ圭助と較べたら話にならねえ」

二

市兵衛は、白金台《しろかねだい》より六軒茶屋《ろっけんぢゃや》、目黒《めぐろ》の行人坂《ぎょうにん》を下って目黒川に架かる太鼓橋《たいこ》をひたひたと渡り、中目黒の畦道《あぜみち》をたどった。

日は中天に昇り、朝の冷えこみは和らいでいた。

圭助は、目黒不動へいたる中目黒村の百姓の倅《せがれ》だった。

一体、圭助の身にどんな災難が降りかかったのだと、渡り奉公で稼いできた勘のような何かが市兵衛の底に澱《よど》んでいた。

黒い地肌を見せる田んぼのそこかしこに藁塚《わらづか》が散在し、百姓家の集落が木々の間に集まり、畦道のずっと彼方には目黒の町家や寺院の屋根、そして目黒不動尊の小高い杜《もり》が眺められた。

畦道を二度折れ、百姓家の集落へ入った。

崩れた土壁が囲う一軒の百姓家を訪ねると、納屋《なや》の農耕馬が鼻息を鳴らした。

家を継いだ圭助の兄が母屋《おもや》から出てきて、庭の鶏《にわとり》がばたばたと逃げ廻った。

兄は日焼けした人のよさそうな痩せた百姓だった。

市兵衛が訪問のわけを話すと「それはわざわざ……」と、台所の土間続きの板敷にある囲炉裏端へ招き、太った女房に白湯《さゆ》を言い付けた。

「あれには可哀想だが、誤って川に落ちたんなら、それがあれの定めだったんだ。仕方ねえことでごぜいやす」

と兄は市兵衛に言った。

「去年の正月十六日の藪入《やぶい》りに戻ってきたのが、あれと会った最後でごぜいやした。できれば四十までには金さ溜《た》めて、ちっちゃくとも江戸は日本橋に店を構えたいと語っておりましたのに、不憫《ふびん》なことで」

圭助の素振りや、気質が以前とは違っていたり、何か気になることを言い残していないかと訊ねると、

「離れて暮らしてるだで、変わった様子はこれと言って気が付きませんでした。しい

て言えば、二年前、お店の売倍方という掛に抜擢されて、今はお大名屋敷へお出入りしていると、嬉しげに言っていたのを覚えておりやす」

兄は弟を思い出したのか、そこでふっと笑った。

「お店の一番偉い頭取さんに可愛がられて、己もいつかは頭取さんみてえに出世するんだと言っておりやした。おらがお店で一番偉いのはご主人だべと訊ねると、ご主人は別格だが、お店を仕切っているのは頭取さんなんだと言うだで、そうしたもんかと聞いておりやした」

ところが、去年の正月、藪入りで戻ってきたときは圭助は仕事のことや頭取のこと、出世の話もほとんどしなかったと、兄は言った。

「出世するばかりが偉いわけじゃねえ、商いはいろいろ難しいことがあって、容易《たやす》くはねえとも言っておりやしたで、おら、仕事で疲れてるべなと思ったものでやした」

容易くはない――圭助はどういう意味をそこにこめたのか。

お店での出世に執着《しゅうちゃく》しなくなっているのが、それとなくうかがえた。

とそこへ、腰の曲がりかけた圭助の老いた母親が、圭助から去年の春に届いた文を持って現れた。

「おっかあ、それを探してただか」

「そうだ。お客さまにお見せするべえと思ってな」

母親は、見た目よりしっかりした口調で応えた。

市兵衛は許しを得て、折り封の文を開いた。

文の内容は、特別な用件ではなかった。

小僧のときから算盤《そろばん》手習いを仕こまれた手代の見事な字で、母親の身体の具合を気遣い、兄の田植の備え、兄嫁や子供らへの気遣いなどが連綿と綴《つづ》ってあった。

己のことはわずかしか記しておらず、変わらず元気に勤めているとあり、

《毎度毎度、大名屋敷へご用うかがいへまいり申すのは飽き申したゆえ、売倍方より別の掛へ替えていただけるよう、旦那さまにお願いする所存に御座候》

と結んであった。

江戸町飛脚はおよそ五十文ほどでさして高くはないが、圭助の文は町飛脚を頼むほどの用件とは思えなかった。これ以外に圭助の文は残っていなかった。

「小僧のときに、字を覚え立てで嬉しかったんだな。一度寄越したが、それ以外はよっぽどの用がねえ限り、飛脚なんぞ贅沢《ぜいたく》なものは頼んだりしねえだで」

と兄は言った。

「あの子は優しい子で、一生懸命働いて、早く暖簾《のれん》分けをしてもらえるほどの商人に

なって、おっかあが望むなら、江戸へ呼んでやると言うてくれたんでごぜいやす」

母親は皺《しわ》だらけの目を潤《うる》ませた。

「あの子の葬儀の折りは、江戸のお店から旦那さまやお内儀《ないぎ》さま、頭取さまや番頭さまにわざわざお越しいただいて、おら、身の縮《ちぢ》む思いでやした。腰が抜けるほど器量よしのお内儀さまは、おらのことを本当に気遣ってくださいやして……」

「おっかあ、あの方はお内儀さまではねえだ。先年亡くなられたお内儀さまの姉さまの美早さまと仰るお方だで」

「そうだったかな。その美早さまという器量よしのお内儀さまがおらの手を取って、一緒に泣いてくださいやしたで」

兄が苦笑を浮かべた。

「おら、こんなに器量よしのお内儀さまに泣いて惜《お》しまれる倅が、嫁ももらわずに命を落とした不運は不憫《ふびん》だが、せめてもの自慢に思えて胸の支《つか》えが少しおりたのでごぜいやす。あの子はきっと、旦那さまやお内儀さまに褒《ほ》められるくらい、ちゃんと働いて立派な商人になったんだと、そう思うことができやした」

母親は鼻をすすり、古びた手拭で目頭を覆った。

「そうだなおっかあ。圭助の一生もあれでまんざらでもなかったかもしれねえな」

兄が母親を慰めて言い、母親はうんうんと頷いた。

市兵衛は圭助の文の《売倍方より別の掛へ替えていただけるよう、旦那さまにお願いする所存に御座候》の結びの一節に、目が釘付けになっていた。

なぜせっかく出世した売倍方から別の掛へ替わるのだ。

頭取さんではなく旦那さまに頼む。取り立てて奇妙ではない。

けれど圭助の心境に変化があった――市兵衛にはそう思えてならなかった。

三

小網町行徳河岸から下総本行徳村へ、長渡船の行徳船が通っている。

行徳船は行徳河岸を出ると、大川を越え、小名木川と新川の水路を途中の河岸場で荷物や人を積みおろししながらたどり、半刻（一時間）以上のときをかけて江戸川東堤の本行徳村の新河岸へ着く。

河岸場の桟橋には、江戸川利根川の舟運の高瀬舟、平田《ひらた》船が繋留《けいりゅう》され、安房《あわ》、上《かず》総《さ》へ通う五太力《ごだいりき》船などとつなぐ艀や川船が絶えず発着し、小揚げ人夫が威勢よく船荷を積み替え、物見遊山《ゆさん》や旅へ出る船客が賑やかに桟橋を鳴らしていた。

河岸場の周辺は、荷車が騒がしく往来し、常夜灯が備えられ、番所、船会所の施設、宿屋と女郎屋が合わせて十数軒、食い物屋も甍《いらか》を連ね、下総、常陸、安房、上総と江戸を結ぶ航路や陸路の旅客、船頭に漁師、近在の物売りの百姓らで賑わっていた。

市兵衛は七丈（約二十一メートル）は優に越える船体を河岸場に繋留した一艘の高瀬舟の艫《とも》の方から、板桟橋を踏み締め近付いていった。

船は長い帆柱を帆筒と挟みに横たえ、次の船荷を積んで就航するまでのときを川面にゆったりと船体を浮かべて寛《くつろ》いでいるかのようだった。

黒の腹掛に無印の法被《はっぴ》を羽織り、下帯だけの水手《かこ》が三人いて、楫柄《かじつか》や艫船梁、胴船梁のあけ板のところで何かの作業をのんびりとやっていた。

春ののどかな日が、三人の褐色の肌とねじり鉢巻を照らしていた。

市兵衛は、楫柄の利き具合を確かめている若い水手に声をかけた。

「お訊ねいたす。船会所でこちらは仁三郎《にさぶろう》さんの船とうかがいました。船頭の仁三郎さんはおいでですか」

「ああ、世事《せいじ》にいるべえ」

水手は船首の方を指差した。世事とは船室のことで、船頭と雇われた水手の生活の場である。

ほかの二人の水手が作業の手を止め、市兵衛に興味を示した。

「仁三郎さん、仁三郎さん、お客だで」

水手は楫柄を動かし水面をゆっくり波立てながら、船首へ呼びかけた。

市兵衛が船首の方へいくと、世事の小さな引き戸がごとごとと開いて月代の伸びた男が「呼んだか」と首を出した。

船頭の仁三郎は年のころは五十前後、腹掛の上に盲縞《めくらじま》の布子《ぬのこ》の半纏《はんてん》を羽織り、股引《ももひき》を着けていた。

「唐木市兵衛と申します。数日前より広国屋でお世話になっている者です。広国屋の美早さんにうかがい、小網町よりまいりました。少々物をお訊ねしたいのです」

「ほお、広国屋の美早さまの……どのようなことで、ございやしょう」

仁三郎はきょとんとした顔付きで、市兵衛に和《やわ》らいだ目を向けた。

それから、引き戸よりのそっと這い出て、船腹の板子へ肩幅のある船頭らしいごつい身体を現した。

「昨年の四月、土浦よりの帰り船が差しかかった夜更けの江戸川で、船から転落して亡くなった手代の圭助さんの一件についておうかがいしたいのです」

「おや、また圭助さんのことでございやすか。半刻ほど前、やっぱり圭助さんの一件で人が訪ねて見えやして、さっき引きあげられたところで」

仁三郎は白い物の交じった無精髭を生やした口元に、人懐っこい笑みを浮かべた。

「へえ、江戸の町方のお役人で……」

それから仁三郎は、

「どうぞ、狭えところだが、お入りくだせえ」

と市兵衛に勧め、また這うように先に世事へ入った。

市兵衛は小縁に軽々と足をかけた。

江戸川利根川の舟運に用いた高瀬舟は、諸国一大きい川船と船頭らは胸を張る。浅瀬でも航行できるように底を平たくし、最大の船で回米千三百俵、小型でも三、四百俵は積むことができた。

東廻り航路の主に奥州の米や材木、物産は、銚子湊や利根川の潮来《いたこ》で川船の高瀬舟やひと廻り小さい平田船に積み替え、利根川江戸川舟運で江戸へ運ばれる。

黄ばんだ茣蓙《ござ》が敷いてあり、四畳半ほどの広さがあった。

隅に蒲団が重ねてあり、鍋に鉄瓶、碗、土火桶なども備えられていた。

「何であんなことになったのか、あっしには今でも腑に落ちねえんですがね」

仁三郎は土火桶にかけた鉄瓶から白湯《さゆ》を碗についで市兵衛に出した。

「船は舳先《へさき》にかがり火を焚《た》いて、あっしが楫柄を操り、水手が二人、竿《さお》を使っておりやした。けど、あの晩の妙な変事があったため、もうひとり水手を増やしやした」

仁三郎は世事の板屋根を少し上げてつっかえ棒をし、日差しを世事に取りこんだ。

「土浦からの醤油樽を満載しておりやしたから、積荷の陰に隠れてしまうと人がいてもわからねえ。水手らも川の方に注意を向けておりやすのでね。それにあの夜は月も出ていない闇夜だった。流れは見た目はゆるやかだが、流されてしまえばあっという間でやす。誤って夜の川へ落ちたら水手でもほとんど助からねえ」

仁三郎は太い腕を組み、「気の毒なことで」と呟いた。

「圭助さんはいきの船でも考え事に耽《ふけ》ってるみたいで、あまり喋らない大人しい様子の人でやした。いつもなら、手代の文蔵さんともうひとり、二人が必ず土浦までいくのに、あの折りは珍しく圭助さんひとりだった」

圭助は、いつもは文蔵らが務める仕事を任されたということらしい。

「あっしが話しかけても、この船は最大何樽積めるのかとか、月に何回就航するのかとか、そういう仕事の話以外は、何となく上《うわ》の空という様子に見えやしてね。土浦で醤油樽を帰り船に積んで河岸を出発したのは、江戸を出て四日目の朝でやした」

仁三郎は煙草盆の長煙管《ながぎせる》を取り、五分切りの刻みを詰めた。

「障りはなく、いつも通りの、穏やかな船路だった」

火桶の火を点《つ》け、ふう、と煙を吐いた。

煙は、座してちょうどよい高さの屋根板の隙間から見える昼の青空へ上った。

「帰り船では、圭助さんはずっと世事にこもり切りでやした。夏の初めのちょうどいいころ合いで、川風が涼しい日だったんでやすがね。帰り船が境河岸に着いたのが夕暮れで、そこで……」

言いかけて煙管の吸殻《すいがら》をやにの付いた灰吹きに落とした。

「例の土井家の荷物を積みやしてね。土井家のお侍が二人乗ってこられやした」

「土井家の荷物？　ですか」

市兵衛には、まったく意外だった。

土井家の荷物のことなど、聞かされていなかった。

「ご存じじゃあ、ありやせんか。文蔵さんともうひと方が乗られる折りは、土浦からの帰り船では必ず土井家の荷物を積むことになっておりやす。文蔵さんの指示で、土浦で醬油樽を積むとき、その分の隙間を空けておくんでやす。そのときは文蔵さんがいなかったんで、圭助さんが指示をくれやした」

「荷物とは、何ですか」

「あっしらにはわからねえ。文蔵さんは、広国屋は土井家の御用達だから藩邸のご用に使う物をついでの舟運に載せてくれと頼まれれば断われないんだよ、と言ってましたがね。本当に藩のご用の荷物かどうか怪しいもんでさ」

「なぜ、怪しいのです？」

市兵衛は身を乗り出した。

「いつも同じ藁莚でくるんだ荷物が十箇か、もう少しあって、ひとりじゃあとても運べねえが、手伝わなくていいと言われておりやした。けど、荷物は反物みたいでやすね。土井家のお侍がそんな話をしていたのを、小耳に挟んだことがありやす」

仁三郎は長煙管を玩《もてあそ》び、ふふふ、と笑った。

「それと荷物の周りに醤油樽を高く積んで、外からよく見えねえように工夫してるみたいで。船頭ならわかりやすけどね。そうやって昼間、堂々と江戸川を下ったこともありやすよ」

「それで、土井家の荷物はどうするのです」

「あっしらは利根川より江戸川の本行徳までで、後は荷物を艀に積み替えて小網町まで艀を連ねて運びやす。土井家の荷物も別の艀を仕立てて、土井家ご用の会符を付けて広国屋の艀の後ろについていきやすが、どこへ運ぶかは知りやせん」

「何度くらい、土井家の荷物を運んだんですか」

「一年くらい前からだから、ひと月、二月、いやひと月半に一度くらいの割合で年に六、七度運びやしたかね。今月の七日にも運びやした」

今月は、閏《うるう》一月七日である。

市兵衛の底に澱んだ澱のような何かが、明樽の横流しとはまるで違う得体の知れぬわだかまりとなって形を作り始めた。

仁三郎はまた煙管に刻みを詰めた。

「で、そのとき圭助さんはどうしたんです」

「むっつりと何も話さず、土井家雇いの中間《ちゅうげん》らが荷物を積むのを眺めてやした。あっしらはその間に河岸場にあがり、晩飯を食ってひと休みしやした。四ツすぎに船に戻って境河岸を出、境河岸より江戸川へ入えって関宿《せきやど》の番所を通り、後はよっぴて江戸川を下るだけでやした」

「番所では船荷を改められないのですか」

「改めは形ばかりで。広国屋の醤油樽は番所のお役人もご存じでやすし、土井家のお侍と番所のお役人は顔見知りみたいでやすから」

「圭助さんと二人の侍は、世事にこもっていたのですか」

「あっしは、そうだと思いこんでおりやした」

関宿をすぎて四半刻ばかりたってからだった。

闇夜にかがり火が火の粉を散らす江戸川に、高瀬舟は帆を夜風に孕《はら》ませていた。

いつもと変わらぬ、眠気を誘われる穏やかな船路のはずだった。

と、突然、数百の樽を船の板子にぎっしり積んだ胴船梁あたりに黒い人影の動くのが見え、男の悲鳴が聞こえ、直後に大きな水音が立った。

「大変だ。人が落ちた。助けろ」

影の叫び声がした。

船縁で竿を使っていた水手はたまたま船首の方へいっており、反対側のひとりは川の方に気を取られ、それまで影には気付かなかったと言う。

仁三郎は水手らにそのまま竿で船を操れと命じ、船縁のかがり火の燃え木をつかんで小縁を伝って影の方へいくと、土井家の二人の侍が真っ暗な川をのぞいていた。

「圭助が落ちた。助けようとしたんだが」

侍が呆然《ぼうぜん》として言った。

ひとりは川面をのぞきこんだままだった。

「何をしてたんでやす、こんな狭《せめ》えところで」

仁三郎は怒鳴った。

「寝る前の夕涼みに外へ出たんだ。圭助が気分が悪いと言って船縁に凭れたが、手を滑らせたか足を滑らせたかで、あっという間に姿が見えなくなった」

「馬鹿こくでねえ。おっちんじまうべえ」

仁三郎は川面に燃え木をかざしたが、川は穏やかで、何事もなかったかのように、ひとりの男を飲みこんで、漆黒《しっこく》の中に沈んでいた。

「おおおい、圭助さあん、おおおい……」

水手らが仁三郎に続いて暗闇の彼方へ呼びかけた。

おおおい、おおおい、どこさいるだ、返事しろお……

呼び声ばかりが空《むな》しく響いて、返事はなかった。

えらいことになった、と仁三郎は暗闇の先を睨《にら》んで足の震えが止まらなかった。

「とにかく、船を止めて水面を火で照らして探したが、見つかりゃあしねえ。川下へ流されるべえと思って、ゆっくりゆっくり闇夜を探りながら船を進ませやした。けど結局、見つからなかった」

仁三郎はそう言って煙管を咥《くわ》え、静かに煙をくゆらせた。

「侍の名前は、ひとりは板垣《いたがき》という人でやした。もうひとりは、うかがいやせんでした。本行徳河岸の番所で訊ねればわかりますべえ。あっしが番所に届けやしたで。後になって、流山《ながれやま》の百姓が水草に引っかかっている圭助さんの亡骸《なきがら》を見つけたと聞かされやした」

渋井鬼三次と助弥が、本行徳村の旅人改めの番所から新河岸周辺の賑わいの中に、町奉行所同心と手先の身軽な様子を現した。

八丁堀町方同心の着流しに黒羽織の小洒落《こじゃれ》た拵《こしら》えは、江戸から離れた河岸場の鄙《ひな》びた賑わいの中では、ちょっとずれて不似合いだった。

往来する旅人や土地の百姓らが、珍しげに渋井と助弥を見廻しては通りすぎてゆく。

「渋井さん」

市兵衛は呼びかけた。

渋井が市兵衛を見つけて、「あれ?」という顔付きになった。

助弥が、こりゃどうも、というふうに市兵衛へぺこりと頭をさげた。

「市兵衛、おめえ、ここで何をしてるんだい」

渋井は顔を斜にし、こんなところで会うのが照れ臭いというふうに眉間に皺を寄せた。

市兵衛は軽い笑みを投げた。背筋を伸ばし、ぶらりぶらりと歩み寄った。

「調べ事できたんですよ、渋井さんと同じ……」

「おれと同じだと?」

渋井は首をさらに傾《かし》げ、にやついた。

「今、船頭の仁三郎さんに会って話を聞いてきたところです。わたしより半刻ほど先に、渋井さんがいかれたそうですね」

はははあん――渋井は納得がいったように、髭剃り跡の骨張った顎《あご》に人差し指と親指をあてがった。

「市兵衛が広国屋に居候《いそうろう》しているのはわかっていたんだが、ちょいとこっちの用が優先なもんだから、事情を訊きにいけなかったのさ。明日は顔を出してわけを訊こうと考えてたとこだった。まさか、ここで会うとは思わなかったぜ」

「渋井さんはなぜ、広国屋の手代が江戸川で災難に遭った一件をお調べなのですか。しかも町方支配地ではない行徳までわざわざ出張《でば》って」

「お上のご用を市兵衛に話すわけにはいかねえよ。おめえこそ、どういうわけで広国屋に居候しているんだ。船頭の仁三郎に会いにきたってえのは、江戸川で溺《おぼ》れ死にした手代の一件に、広国屋の何か裏事情でもあるのかい」

「わたしだって居候先の内情を、簡単にお教えするわけにはいきませんよ」

市兵衛は、芝居っ気の交じった澄まし顔を作った。

「渋井さんが町方であっても。ふふ……ですが、渋井さんがなぜその手代のことを調べているのかを話していただけるのなら、わたしもお教えして構いません」

渋井が鼻息を、ふん、と吹いた。

「次の行徳河岸へ戻りの船が出るのに、少し間があります。どうです、行徳名物笹屋《ささや》のうどんを食いながらご相談というのは。あそこは評判のうどん屋なんだそうです。うどんのお代は、わたしに任せてください」

市兵衛はうすっぺらい懐《ふところ》を、叩いてみせた。

賑わう河岸場の町並に、笹屋の半暖簾をさげた一軒が見える。

「いいねえ。腹がへっていたところだ。よし、わかった。市兵衛、うどん代はおれに任せろ。代わりにまず、おめえが事情を話せ。その事情次第によっちゃあ、お上のご用であっても話に乗ってやれねえこともねえ。おめえが間違ってなけりゃあ、お上だってたまには正しい者の味方につく用意があるんだ」

渋井は痩せた頰を悪振って歪めた。

それからくるりと踵《きびす》をかえし、通りがかりの荷駄を積んだ馬が落とした糞《くそ》を軽々と飛び越え、先に立った。

四

笹屋の品書きには、しっぽく、けいらん、あんかけ、あられ、天ぷら、花巻などの献立が並んでいた。

渋井は茸や野菜と煮こんだしっぽく、助弥は玉子でとじたけいらん、市兵衛はひもかわの汁は煮抜きのだしに、薬味は梅干を添えたあられにした。

それをぐい飲みの冷酒と一緒にやる。

三人とも遅い昼になって、空腹に温かいうどんと酒が堪えられなかった。

三人が通された三畳間の部屋の明かり取りの格子窓から、ゆるやかに海の方へ蛇行する江戸川の流れと、艀や川船や漁師船の賑わう河岸場が見えた。

やがて市兵衛は、

「小網町の広国屋とかかわるきっかけになったのは……」

と、兄片岡信正と土浦の儒者磯部道順の話から始め、三日前、主人勘七郎と美早に会って以来、一昨日、昨日と、明樽買いの五十八、中目黒村の手代圭助の兄と母親を訪ね、そして今日は船頭の仁三郎と会って話を聞き、これまでに知り得た広国屋の内情をつぶさに語った。

ただ兄信正については、江戸の知人と言うのみで、兄とも言わないし公儀十人目付筆頭を務める旗本とも明かさない。

渋井は渋井で、市兵衛が語ろうとしない氏素姓を詮索せず、知っていて知らない振りをしているのかもしれないし、本当に知らないのかもしれなかった。

というのも二人は、すぎたことでもこれからのことでもなく、今のままで十分なのだという気心を、暗黙のうちに了解していたためだった。

「話はのみこめた」

渋井は市兵衛が話し終えると、しいしい、と爪楊枝《つまようじ》を使いつつ言った。

「勘七郎はそういう男か。頭取の伊右衛門に任せっ切りってえのが怪しい。ぼんくらの坊ちゃんの振りをして、案外すべてを心得ているってえことも考えられるぜ」

「勘七郎さんとは三日前に会った切りですが、そんな複雑な人とは思えません。やっかいな事柄に立ち向かう気構えが、乏《とぼ》しいのです」

「確かにな。おめえを雇っておきながら妾宅にずっとしけこんだままなのは、事が終わったころにしれえっと戻ってくる腹積もりなのかもしれねえ。だとしたら、そういう男にろくな悪さはできねえよ。どっちにしろ、美早という義理の姉さんは、さぞかし居心地が悪かろう」

渋井は愉快《ゆかい》そうに笑った。

「とにかく、市兵衛、この一件は手代の明樽の横流しどころの悪さじゃあ済まねえんだ。おめえもあちこちから話を聞いて、大方の察しがついただろうが、こいつにはさる大名と老舗広国屋が絡んだ、抜け荷の疑いがかかっているのさ」

渋井はぐい飲みに残った酒を、ひと息に呷《あお》った。

「知ってたかい。去年から江戸では木綿の値段が高騰している。柳町のおらんだの先生は包帯代わりの白木綿が五割方値上がりして困っているし、喜楽亭のおやじはふんどしが高くて買えねえもんだから、毎日ふるちんですごしているそうだ」

助弥が、くすっと吹いた。

「なぜ値段が高騰しているかと言うとだな、地廻り木綿の仲買が江戸の問屋に買い値の値上げを要求して出荷を抑えてけつかるのさ。問屋は値上げには応じられぬと譲らねえ。それで木綿不足となって、木綿が値上がりするって仕組よ」

渋井は空になったぐい飲みをまた呷った。

「旦那、もう一本いきやすか」

助弥が訊いた。

「そうだな。もう一本頼んでくれ。市兵衛、もう少しいこう」

助弥が座敷の外へ顔を出して冷酒を言い付けた。

はあい、と女の声が土間にかえる。

「そういう木綿の値上がりという江戸の事情を踏まえて、おれの話を聞くんだぜ」

渋井が爪楊枝を鳴らした。

「この七日、問屋の組仲間の見張人に雇われている利十郎という男が、小名木川のさるお大名の下屋敷に、木綿らしき荷物がこっそり運びこまれるのを見つけ、町奉行所へ抜け荷の疑いがありお調べ願います、と訴え出たわけだ」

「土井家、ですね」

船頭の仁三郎から聞いたかい、と渋井はにやにやした。

「その七日、仁三郎の高瀬舟は広国屋の醬油樽にまぎれこませて土井家の荷物を運んだ。ここの河岸場で艀に積み替え、広国屋の艀と一緒に新川から中川の番所をすぎ、小名木川へ入った。で、土井家の艀だけは離れて小名木川の下屋敷の川縁に横付けた。それを見張人の利十郎に見つけられちまった。利十郎は中間に鎌をかけて、中味は反物だと聞いたそうだ」

女が冷酒の二合徳利を運んできた。

助弥は渋井と市兵衛のぐい飲みに、とととと、とそそいだ。

「土井家は江戸の木綿不足と高騰に目を付け、小此木主善という側用人の頭と五代三郎太とかいう勘定方が取り仕切って自領の総州木綿の抜け荷でひと儲《もう》け企んだ。お大名も金がなけりゃあ首が廻らねえ、難しい世の中だからね」

渋井は、ぐびりと喉を鳴らした。

「藩邸御用達の広国屋の醬油樽を積んだ高瀬舟が利根川江戸川をしょっちゅう往来している。具合よく小名木川沿いには藩の下屋敷がある。それを使えばできる。広国屋を実質に取り仕切っているのは頭取の伊右衛門と三枝吉と言う副番頭だ。勘七郎が何も知っちゃあいないとすれば、小此木らは伊右衛門らに話を持ちかけたんだ」

渋井は己を納得させるように言った。

「間違いねえ」

市兵衛は頷いた。

「古河の木綿を、境河岸で広国屋の醬油を積んだ帰り船にまぎれこませ、江戸川を本行徳河岸、それから小名木川の下屋敷へ運び入れる。下屋敷を仲介して気脈を通じた一部の小売り商に直買いさせる、そういう道筋だ」

「広国屋には売倍方という大口の客に応対する掛があります。売倍方は頭取伊右衛門の腹心と言ってもいいでしょう。船頭の仁三郎によれば、売倍方の文蔵という手代が土浦よりの帰り船に土井家の荷物を境河岸で積みこむ際は、必ずその船便に乗って積荷の指図をしていたそうです」

「ああ、おれも仁三郎から聞いた。文蔵たあどんな手代だ」

「売倍方の手代頭です。伊右衛門と副番頭の三枝吉が指図し、文蔵が手代らを率いて動く、そういう役目を果たしているようです。昨年の夏、江戸川へ転落して亡くなった圭助も、文蔵の配下におりました」

「ふむ。その圭助という手代のことだ」

と渋井は言った。

「初めに圭助の災難を聞いたのは小網町の行徳河岸の船頭らからだった。去年の夏、船から江戸川へ転落して溺れ死んだ。土浦へお店のご用で舟運の便を使っていき、その帰り船で遭った災難だと言うじゃねえか。帰り船の江戸川と言やあ土井家の荷物を運んでいたかもしれねえじゃねえか。それでぴんときた」

市兵衛はぐい飲みの手を止めた。

渋井は助弥を三年ばかり旅に出て江戸を離れていた圭助の旧知の者ということにして広国屋を訪ねさせ、奉公人らに圭助が遭った災難の経緯を訊いて廻らせた。

「お店の中で詳しい事情を知っている者は、見つかりやせんでした。みな圭助はたまたま災難に遭ったと思っているだけのようで」

と、助弥が言い添えた。

「けどひとつ驚いたのは、市兵衛が広国屋に居候しているというじゃねえか。市兵衛というやつはおれのいく先々に現れるやつだなと、まったく呆《あき》れたね」

渋井と助弥が声を揃えて笑った。そして、

「おめえの詮索は後廻しにして、広国屋出入りの人足や業者にもそれとなく当たった。みな昨年の圭助の災難は覚えてはいるが、裏に何か事情があるかどうかなんぞ知ってるやつはいなかった」

と渋井が続けた。

「だがな、それでもおれには何かあると思えてならねえんだ。それで今日、仁三郎の訊きこみにきたってわけよ」

「さっき番所から出てこられましたね。番所でも事情を訊かれたのですか」

「ここの番所の改めには、去年の四月、広国屋の手代圭助が誤って江戸川に転落、行方不明と船頭仁三郎から届けがあったことと、その後、圭助の遺体が流山で見つかったと記されているだけだ」

渋井は思い出したように唇を舐めた。

「仁三郎からは事情を一応訊いてるが、土井家の侍からは何も訊いてねえ。土井家と言やあ、公儀ご執政の土井家だ。改めの下っ端役人が余計な詮索をして後で何かあったらまずいと、思ったんじゃねえか」

「手代の圭助はたまたま災難に遭った、という見立てですか」

「わからねえ。ただ不審だ。限りなく怪しい」

渋井はぐい飲みを物思わしげに玩んだ。

「こっから先はおれの推量だ。圭助は、広国屋が御用達大名土井家と結んで手を染めたご法度の抜け荷に当然気が付いた。そりゃあ気が付くさ。実際に船で荷を運ぶときは手代らが指図するんだから。頭で仕切っているのは、広国屋は頭取の伊右衛門、土井家は用人筆頭の小此木、ということに今はしておこう」

「圭助は災難に遭う前の母親へ宛てた音信に、売倍方の掛を替えてもらうように主人の勘七郎へお願いすると書いておりました。己も抜け荷を手伝っていることに気が付いて、伊右衛門から逃げたかったのかもしれません」

「そうかもな。と言っても主人の勘七郎がかかわっていねえとは言い切れねえよ。まあそれは今後の調べで明らかになるだろう」

渋井は冷めた口調で応じた。

「伊右衛門らは、圭助がお上に訴え出て抜け荷が露顕《ろけん》することを恐れた。で、圭助を始末することにした。去年の四月末、圭助に土井家の抜け荷を運ぶ役目を命じた。本来なら文蔵と二人でいかせるところを圭助ひとりに、だ」

仁三郎は、圭助が船でずっとふさいでいたと言った。

「土浦からの帰り船に境河岸で土井家の荷物を積み、土井家からは板垣とかいう侍らが二人乗りこんできた。そいつらは土井家の、たぶん小此木から圭助を偶然の災難に見せかけて始末するように命を受けていた」

市兵衛は明かり取りの窓から河岸場を望んだ。

「侍らは船の世事で圭助に酒を勧めた。まあ呑めとか言ってな。その酒には怪しい薬が仕こんであり、圭助は眠らされたか、あるいはすでに毒殺されていたか。侍らは、世事の外に圭助を運び出し、夜の川風にでも当たる振りをして誤って落ちたように川へ突き落とした。あたりは暗くて見えないし水手らは川に気を取られている」

何とでも言い逃れるさ——と渋井はぼそりと言い募った。

市兵衛は中目黒村の圭助の兄が、それがあれの定め、と言った言葉を思い出した。

「広国屋は、頭取の伊右衛門が頭で、副番頭の三枝吉、売倍方手代頭の文蔵、彦助、藤十郎、平次の五人が伊右衛門の腹心です」

市兵衛は言った。

「土井家は用人筆頭の小此木主善、勘定方の五代三郎太、それに板垣とかいう侍らの名前がわかったところだ」

「土井家藩主の土井大炊頭利和さまは……」

「物騒なことを言うなよ。相手は天下のご老中さまだぜ」

渋井はふてぶてしい笑い顔を浮かべ、ぐい飲みを乾《ほ》した。

行徳船が中川の番所をすぎるころ、西に傾いた午後の日が川面を染めていた。

中川の番所を越えると新川から小名木川へ入る。

閏一月下旬の小名木川は、まだ肌寒さが刺す。

渋井は渡船の表船梁にかけ、市兵衛と助弥は船板のさなに向き合って座り、船縁に背を凭《もた》せかけていた。

渡船の客は町方の渋井に遠慮してか、胴船梁から艫船梁の方へ寄り集まっていた。船頭の漕ぐ櫓の音が眠気を誘った。

助弥は赤い顔をして、さっきからうつらうつらとしている。

だが市兵衛も渋井も、少々の酒では顔に出なかった。

「中川の番所では怪しまれなかったのでしょうか」

市兵衛は中川右岸の番所を望みつつ、静かに訊いた。

「土井家御用の会符がついていれば、改めなんかしねえよ」

渋井は煙草入れから鉈豆《なたまめ》煙管を出し、火入れの火を点けた。

「ご老中土井さまご用の荷物だぜ」

美味《うま》そうに煙を川風になびかせる。

「なぜ伊右衛門も小此木も、そんな危ない企てに手を染めたのでしょうか。抜け荷は大名だって改易《かいえき》になるし、商家は闕所《けっしょ》になる重罪です。どういう背景が両者をそんな危ない企てに走らせたのか、不思議です」

市兵衛は渋井を見あげた。

「少なくとも伊右衛門は老舗の頭取に昇りつめ、お店の商いを仕切り、暖簾分けだって許される立場でした。商家の勤め人として、十分な給金もそれなりの名声も手に入れていた出世頭です。それ以上、何を望んだのだろう」

「人の欲は限りがねえらしい。伊右衛門はご老中の用人筆頭と親交を結び、権力のすぐ側にいることに気付いて大それた望みを抱いたのかもしれねえ」

「大それた、望みを？」

「例えばだよ、ご公儀のご威光を借りて主人勘七郎とその同族を広国屋から追い出し、己が老舗広国屋の主人になるとかな……荷抜けに手を貸すことで、伊右衛門は土井家に貸しを作った。貸したものがどんな形でかえってくるか。まさかただじゃあ、あるめえ」

「そんなことが、できるんですか」

「勝手な推量さ、みんな。けどな、ご公儀のご威光と商人の富が手を結べば、世の中、何だってできるんじゃねえか。やつら、ご法度破りの抜け荷を平然とやっていることは、間違いねえぜ」

渋井は煙管を船端に叩き、吸殻を落とした。

「土井家はそんなに財政が逼迫《ひっぱく》しているのですか。それとも小此木と仲間が藩邸を隠れ蓑に、私腹を肥やすためにこっそりとやっているだけなのでしょうか」

「おれたち町方は、藩邸を調べられねえから、事情がなかなかつかめねえんだ」

「隠密が、探っているのでしょう」

「それは言えねえ」

渋井は煙管を煙草入れに仕舞った。

「ただな、もう十日以上前になるが、この先の土井家下屋敷で斬り合いがあった。江戸勤番の藩士が斬られたらしい。ただ今、専《もっぱ》ら探索中だ。何が藩邸内であったか、まだつまびらかではないがな」

土井家で、藩士が斬られた。

広国屋では若い手代が災難に遭い命を落とした。

渡りの勘のようなものが、はっきりとした像を結んできた。

美早を慕《した》う、幼い久と昌の愛くるしい姿がよぎる。

「渋井さん、わたしは広国屋に雇われている者です。このことは主に報告する務めがあります。むろん、町方の探索のことは言いません。よろしいですね」

市兵衛は言った。

「好きにしな。おれも町方の役目を果たすまでさ。広国屋がこの先も安泰《あんたい》とは言えねえよ。お互い、人事をつくそうぜ。おう、船頭、ここら辺でおろしてくれ」

渋井が船頭に声をかけ、助弥がひょいと頭をもたげた。

「あれが土井家の下屋敷だ。土井家に雇われている男と会う約束になっている。今日はこれまでだ。いろいろ助けになった。またな、市兵衛。気を付けろよ」

渋井は鬼しぶの渋面に、何とも言えぬ愛嬌《あいきょう》のある笑顔を浮かべた。

小名木川の北堤に、武家屋敷の長屋門と門の上に伸びる欅の木々が、遅い午後の青空の下に見えた。

五

その夜、市兵衛は鎌倉河岸の京風小料理屋薄墨の奥の四畳半で、兄の信正、弥陀ノ介とともに銘々の膳を囲んでいた。

店土間の客の話し声や笑い声が聞こえてくる。

「しつれい、いたします」

とき折り襖が開き、客の声と一緒に女将《おかみ》の佐波が、京の嵯峨野《さがの》の景色をあしらった目隠しの衝立《ついたて》からにこやかに現れ、新しい銚子と椀物などを運んでくるばかりである。

佐波は、三人の話の邪魔にならないように気遣い、すぐさがっていく。

「土井家と広国屋の抜け荷なぞ、思いもよらぬことでした」

市兵衛は困惑を覚えつつ、話を続けていた。

「事は商家の奉公人と土井家の家士が結託して不正を行ない私腹を肥やす、という加減を越えています。これが明るみに出れば広国屋は闕所、勘七郎と幼い娘らは……」

信正は黙々と盃を重ね、市兵衛の話に口を挟まなかった。

弥陀ノ介は、ふうむと溜息をもらした。

「やむを得ぬよ、市兵衛」

信正が口を開いた。

「隠しても隠し切れん。木綿問屋の組仲間が町方へ訴え、町方がそこまで調べあげていては、抜け荷がいずれ表沙汰になるのは避けられん。策を講ずるとすれば、表沙汰のなり方にどう手を打つかだ」

「それによって広国屋が百年の暖簾を守れるかどうかの、分かれ道になりましょうな」

と弥陀ノ介が言い添えた。

「広国屋にどのような手が打てますか」

「広国屋に打つ手はひとつしかない。愚直に、急いで、お店の中の抜け荷の全容を明らかにし、それにかかわった奉公人らを質し、処罰を受けさせるしかあるまい」

市兵衛は眉間を曇らせた。

「老舗の一商家の使用人らの不正を糺《ただ》す程度の簡単な仕事、と考えていたおれが不覚だった。やっかいな仕事を押し付けてしまったな」

「自分で決めたことです」

と市兵衛は応えた。

「だがときはあまり多く残っておらぬ。おれもできるだけ手を打ってみる」

「手を打つと申しますと」

信正は珍しく難しい顔をした。

「一方はご執政の土井家だ。事が表沙汰になれば、お家に処罰がくだらぬように策を廻《めぐ》らすだろう。そこを突けば広国屋への波風を防げるかもしれぬ。それに関して、じつは、小名木川の下屋敷であったという斬り合いの件で思い当たる節があるのだ」

信正は弥陀ノ介に向き、促した。

「弥陀ノ介、土井家の内情を話してやれ」

弥陀ノ介は盃を置いた。そして、

「土井家の内情は、この一件とはまったくかかわりなく探っておった」

と市兵衛へ落ち窪んだ目を、ぎょろりと向けた。

「お目付は幕閣の指図を受けるが、ご執政であれご参政であれ、権勢を振るう幕閣を監視するのもお目付のお役目ゆえにな」

弥陀ノ介は、部厚い唇の間から何でも食い破りそうな白い歯をのぞかせた。

「探っておるうちに、偶然、土井家の内紛をつかんだのだ。土井家が下総古河藩八万石であるのは知っておるな」

「…………」

「国家老は住田正眼。代々家老職を継ぐ藩屈指の家柄で、藩内の隠然たる勢力を持つ守旧派の中心人物だ。君公土井さまも住田には遠慮しておられ、住田の承認がなければ藩政は一歩も進まぬ実力者と言われておった」

おった？——市兵衛は訊きかえした。

「数年前、小此木主善という身分の低い若い納戸《なんど》掛《がかり》が側用人に取り立てられた。頭の切れる秀才なのだろう。土井さまの覚えめでたく、用人らの中で頭角を現し、先年、用人筆頭の役に昇った。年はまだ三十二、三の若さらしい」

しかしながら、と弥陀ノ介は言った。

「小此木は用人筆頭という君側の立場に就いて以来、藩政に口を差し挟むようになった。と言うのも、土井家も近年の諸侯と同様、藩財政逼迫の難題を抱えておる。台所事情は苦しく、土井さまの老中職を務めるうえの付き合いにも費《つい》えがかさむ」

小名木川の土井家下屋敷の長屋門が、脳裡に浮かんだ。

「小此木は藩財政の逼迫を、長年藩政を執ってきた国家老住田の失政と責めた。事あるごとに殿のお言葉、ご意向と言い立ててな。小此木の歯に衣着せぬ言動が評判になり、殊《こと》に身分の低い若い藩士らの間に共感を呼んだ。若手の下級藩士らは身分家柄の壁に阻まれ出世も覚束《おぼつか》なく、そのうえ財政窮乏のためお借り上げ米と称して禄を減らされておる。藩内には住田を中心にした守旧派への不平不満がくすぶっていた」

「そこへ小此木が現れたのか」

「そうだ。小此木自身も、かつては不平不満を抱えていた若手のひとりだった。破綻《はたん》の窮地にある藩財政の再建と藩政改革を主張する小此木の人気は高まり、若手らの間に小此木を領袖《りようしゆう》に立て改革派が生まれた。改革派が生まれたのはここ二年ほどのことらしいが、たちまち守旧派を圧倒する大きな勢力になった」

弥陀ノ介はそこで間を置き、眼窩《がんか》の底の目を光らせた。

「身分家柄の高い藩内の名家を中心にした勢力で、家老の住田を領袖に仰いでいる守旧派は、容易ならざる事態と巻きかえしを計るものの、数に劣り、何より君公の用人筆頭に小此木が就いているため、君公は改革派の味方と見られておる」

そして光る目を、愉快そうに歪めた。

「守旧派の劣勢覆《くつがえ》し難く、しかしながら今なお藩政を執っているのは住田ら守旧派であり、今のところ藩内は表立っては平穏を保っておる。が、水面下で両派は睨み合い互いの失策を暴き合い、いつ衝突してもおかしくない構図なのだ」

「先だって、中川昭常という土井家の留守居役が藩邸公金横領の科《とが》で、突然切腹を申しつけられた」

と、信正が横から継いだ。

「中川昭常はそつなく留守居役をこなし、諸侯の留守居役の評判もよかった。中川どのが公金横領など信じられぬ、と噂にもなっておるようだ。だが、確かな事情はわからぬ。土井家では中川がどんな横領をしたのか、表沙汰にはしておらん。ただし、中川は守旧派の住田の腹心と言われていた家士だ。江戸藩邸の守旧派の中心だった」

それで……と市兵衛は信正に頷いた。

信正は市兵衛が頷くのを確かめ、続けた。

「小名木川の下屋敷であった斬り合いは、中川昭常が斬られたのではないか。中川は切腹したのではない。子細は下屋敷を介在した小此木らの仕切る抜け荷に中川が気付いたため、小此木の一派が口をふさいだ」

だが市兵衛は、疑念に突き当たった。

「それを表向き、公金横領の切腹などと、誰がそんな見え透いた筋書きを書くのですか。留守居役が斬られて、それを切腹という一大事に仕立てるなど、いくら小此木が用人筆頭だとて、できるとは思えませんが」

「ふむ。君公の土井利和さまの命がなければな」

信正はそう言って、酒を含んだ。

市兵衛は沈黙した。

弥陀ノ介は何も言わず、盃を呷《あお》り始めた。

店土間の酔客の甲高《かんだか》い笑い声が響いた。

身分の力というものを市兵衛は沈黙の中で覚え、言葉をなくした。

「ならば抜け荷の張本人は……」

「だからな、市兵衛。そこが付け目なのだ。そこを押さえておけば、広国屋の処罰は穏便《おんびん》に計られるかもしれん。姑息《こそく》だが、それが広国屋を救う鍵だ」

と言った信正の手が、盃をあげたところで止まった。

「ただし、この抜け荷の一件に主人の勘七郎がかかわっていたら、話は別だ。もしそうであったなら、広国屋の百年の暖簾は、地に落ちるだろう」

はい——市兵衛は短く、それだけを応えた。

六

日本橋川の堤道に土蔵造りの店を構える広国屋は、鎧の渡しの目と鼻の先にある。

市兵衛は八丁堀の茅場町と小網町を渡す鎧の渡しで猪牙《ちょき》をおり、桟橋から堤道へ軽々とあがった。

昼間は本行徳村で渋井鬼三次と、夜は鎌倉河岸の薄墨で信正らと酒を呑んだが、むろん、己を見失うほどは酔っていない。

闇夜で堤道は暗がりに覆われていた。

四ツ半（午後十一時頃）をすでにすぎて、対岸の茅場町の町の灯も消えている。

広国屋は両開きの鉄製の表戸をしっかりと閉じ、屋根看板も、夜の闇の中にまぎれていた。

野良犬が弱々しく道を嗅《か》ぎ廻り、市兵衛の足元にまとわり付いた。

そのとき店脇の木戸に明かりが差し、堤道をうすく照らすのが見えた。

木戸から人が出てくる。

市兵衛は明かりの方へゆっくり進んだ。

野良犬が、くん、くん、と小さく鳴いてついてくる。

木戸が軋《きし》み、人影が二つ道へ出てきた。

ひとりが畳提灯を提げていた。

二人は深編笠に黒味がちな羽織袴の侍だった。腰の厳《いか》めしい二本が、うすい提灯の灯を跳ねかえしていた。

二人の侍は暗がりの先に市兵衛を認め、歩みを止めた。

市兵衛はゆるやかな歩みを止めなかった。

侍は市兵衛の様子をうかがい、提灯がわずかに持ちあげられた。

やがて市兵衛は二人の側を、会釈を投げて通りかけた。

その刹那だった。

うん?——市兵衛は意表を突かれた。

後ろの深編笠の侍から脂粉の香りが流れてきたからだ。

侍は痩せて背が高く、隙がどこにもない。

が、間違いなく女だ。

どこぞで……と思ったのは市兵衛の思いすごしかもしれなかった。

後ろの侍の深編笠が市兵衛の動きに合わせて廻り、脂粉の香りがゆれた。
二人の側をすぎ、市兵衛は木戸へ近付いた。
背中に二人の眼差しが粘りついていた。
野良犬は市兵衛を諦め、提灯を提げた侍の足元にまとわり付いていた。
市兵衛は木戸をくぐる前、二人の侍を一瞥《いちべつ》した。
市兵衛と二人の侍は、夜道の暗がりを挟んで見つめ合った。
野良犬が提灯を提げた侍の足元を嗅ぎ廻っている。
と、突然、侍が冷徹に野良犬を蹴りあげた。
きゃっ。
甲高い悲鳴が夜道に響き、野良犬は走り去った。

同じ夜の八ツ（午前二時頃）すぎ、勘七郎は布団から跳ね起きた。
寝間は有明《ありあけ》行灯が薄く灯り、お園が隣に並べた布団をかぶって寝息を立てている。
勘七郎の胸の鼓動がどんどんと、まだ打っていた。
遠くで鳴らす夜廻りの拍子木が、細く聞こえていた。
勘七郎は己を取り戻すまで、暗がりの中でうな垂れていた。

やがて布団を出て、二階の寝間から階段を静かにおりて台所の板敷を踏んだ。

土間の水瓶の水を柄杓で汲《く》み、ごくごくと喉を鳴らした。

はあ……と勘七郎はひと息ついた。

台所の明かり取りの窓に立てた板戸を三寸（約九センチ）ばかり開けた。

冷たい涼気が、弁柄格子《べんがらこうし》を通して流れこんできた。

勘七郎は涼気を汗ばんだ胸に受けながら、弁柄格子の先の闇夜にぼんやりと眼差しを投げた。

隣家の黒い影がうずくまり、夜空に夥《おびただ》しい星がまたたいている。

夢の残像が、まだ生々しく脳裡に息づいていた。

そうだあれは――と勘七郎は思い出した。

土浦の町はずれの小川へ、うなぎを捕りにいったときのことだ。

夏の暑い朝だった。筑波山が青くそびえ、緑の畠が遠くまで広がり、その間を小さな小川が流れていた。

土手に草いきれが蒸《む》し、山桃の木が堤の上に繁っていた。

夢の中の勘七郎は、まだ幼い子供だった。

着物を裾端折《すそはしょ》りにし、冷たく透き通った小川に足を浸《ひた》していた。

そして、もっと幼い童女が、着物の裾を帯に挟み白い足を膝小僧まで水面に浸し、勘七郎の傍《かたわ》らにいたのだった。

初めは童女が誰かわからなかった。童女は勘七郎に籤《ひご》を使い、ねぐらに隠れるうなぎの捕り方を優しく愛らしく、懸命に教えてくれていた。

童女の額《ひたい》に汗が浮かび、垂れた髪が濡れていた。

なのに勘七郎は巧《うま》く籤を操れないのに腹を立て、

「できないよっ」

と童女を見かえったそこに、大人の美早が立っていた。

美早は童女の白地に赤い花模様の単《ひとえ》の姿で、小川の中に佇み、たとえようもなく悲しげな顔で勘七郎を見つめていた。そして、

「勘七郎兄さん……」

と美早に呼ばれ、勘七郎は布団から跳ね起きたのだった。

胸をかき毟《むし》られるような悲しくせつない思いに捉えられた。

きりきりと胸が締め付けられた。

お父っつあん……久と昌の声が聞こえた。

美早と娘たちの姿が、脳裡から消えなかった。

おまえは何をしている。なぜここにいる。なぜそれほど臆病なのだ。どれほど人を傷つければ気が済むのだ。なぜだ。愚か者、愚か者、おろかもの……

己を繰りかえし罵《ののし》った。

暗闇の中で勘七郎は両手で顔を覆った。

そして、獣のように呻《うめ》いた。

第五章　有　情

一

四日目の朝、勘七郎が京橋常盤町の妾宅から戻ってきた。

青白い瓜実顔《うりざね》に役者絵を思わせる切れ長の一重が、締まりなくたるんでいた。

妾のお園の元にずるずると居続け、悪びれるふうもなく戻っても、老舗広国屋の主の務めを果たそうとする気構えを一向に見せなかった。

路地の石畳をからころと桐の下駄を鳴らし、使用人らに「旦那さま、おかえりなさいまし」「へえ、おかえりなさいまし」……と次々と頭をさげられ、「ああ」だの「うう」だの右左に会釈を送って、それで主のひと仕事が済んだかである。

庭のおとめつばきは花を咲かせるにはまだ間があり、勘七郎はただだるげに庭を眺《なが》めている。

久と昌は久し振りに戻ってきた父親に、じゃれ付いて離れなかった。

勘七郎は、玉のように澄んで汚れなき久と昌を両腕に抱きあげ、

「お父っつあんは、おまえたちの顔が見られなくて寂しかったよぉ」

と頰ずりを繰りかえした。

娘たちのはしゃぎ声は、井戸端で洗濯仕事を始めた下女たちにも聞こえ、

「帰り道を覚えていただけでも、感心じゃないか」

「やれやれ、糸の切れた凧《たこ》じゃなかったね」

「早く後添えをもらっちゃえばいいのにさ。そしたら少しは、商いにも身が入るんじゃないかい」

「後添えったって常盤町のお園じゃ、あたしゃあ勘弁だよ」

「あんたがもらうわけじゃないのに、何言ってんだい」

「美早さまは、後添えにお入りにならないのかい」

「美早さまと旦那さまかい。旦那さまは意気地がないからねえ。気がもめるよ」

下女たちのひそひそ話も、勘七郎みたいな主でも帰ってくると賑やかになる。

勘七郎が娘たちと戯《たわむ》れている傍らで、美早は着替えた勘七郎のよそいきを仕舞い

ながら、勘七郎が留守にしていた三日間のお店の出来事を伝えていた。

勘七郎はお店の様子が気になるのかならないのか、生返事をかえすのみだが、と言って美早の面白くもない報告を煩《わずら》わしがらずに聞いている。

「しつれい、いたします」

市兵衛は庭側の縁廊下に座った。

勘七郎は、抱いていた娘らを畳におろし、居ずまいを正した。

畳に手を突いて言った。

「これはこれは唐木さん、長々と留守をしてしまいました。申しわけありません。どうぞお入りください。いかがですか。何か変わったことは、ございましたか」

勘七郎は市兵衛と何か話したそうに見えた。

市兵衛は座敷に入って庭を背に着座し、

「いささか難しい要件《ようけん》を、ご報告いたします」

と、淡々とした口調で言い始めた。

「ご主人がお戻りにならなければ、美早さんおひとりにでもお伝えする所存でしたが、折りよく戻られましたので好都合です。どうかお二人でお聞きいただき、そのうえでご決断なされますように」

市兵衛の冷静な口振りに、勘七郎は表情を引き締めた。

瓜実顔の役者絵を思わせる勘七郎も、こんな表情をするときがあるのかと、市兵衛は意外に思った。

市兵衛は立って縁廊下の腰障子を閉め、改めて座り直した。

久と昌が勘七郎から離れ、美早の膝にすがった。


一刻がすぎた。

首に赤い紐《ひも》の可愛らしい鈴を着けた近所の飼い猫が縁廊下に寝そべり、日向《ひなた》ぼっこをしている。縁廊下が東側と南側を囲む客座敷に立てた腰障子へ、三寒四温の春の日差しが降っていた。

手代や小僧がお客に応対する店の間や台所衆と下男下女の働く表店の賑わいは、母《おも》屋《や》の奥まった客座敷までは届かなかった。

気まぐれに、勝手にやってくる近所の飼い猫が、縁廊下の決まった場所に寝そべり欠伸《あくび》をしたとき、立てた障子越しにこぼれる男らの押し殺した、しかし強い声が飼い猫を驚かせた。

「ともかく四日振りにお戻りになられ、使用人一同ほっとしております。ただ今のお訊ねの件につきましては、合点いたしました。ははは……ご説明いたします。ですが一日の商いのもっとも忙しいこの刻限でなく、店を仕舞った後にしていただければよかったのですがな」

と言ったのは、頭取の伊右衛門だった。

手代らのお仕着せとは異なる鳶色の竜紋地の長着に、独鈷の博多の男帯を下腹にゆったりと締め、勘七郎に対して肩幅の広い上体を貫禄たっぷりにそらしていた。赤ら顔の口元に余裕の笑みを浮かべるものの、瞼《まぶた》の厚い鋭い目は用心深く主人勘七郎と隣の美早、そして斜め後ろに控えた市兵衛にそそがれていた。

伊右衛門の隣には出っ歯の三枝吉が座し、勘七郎と美早に向かい合っている。

二人の後ろに、文蔵、彦助、藤十郎、平次の売倍方の四人が居並び、どこか不貞腐《ふてくさ》れて思い思いの方角に目を遊ばせていた。

「しかし、旦那さまがご心配なさいますのもごもっともでございます。ご心配をおかけし、伊右衛門、申しわけなく思っております。旦那さまには些細《ささい》なお店の用に煩わされず、後ろでどっしりと構えていただければ、わたしども使用人は心置きなく商いに専念することができるのでございます」

伊右衛門は廻りくどく言った。

「わたしは十歳をすぎたころにお店の小僧奉公にあがり、それから三十五年、広国屋ひと筋にすごしてまいりました。先々代、先代の旦那さまにお仕えし、商いを教えられ、一人前に育てていただきました」

隣の三枝吉が、伊右衛門の言葉に一々頷いている。

「広国屋はわたしの命より大事なお店なのでございます。その広国屋の商いをお任せいただいておりますす旦那さまのご恩は、言葉につくすことができないほどありがたく思っております」

伊右衛門は瞼を閉じ、勘七郎にゆっくりと頭を垂れてみせた。そして、

「不肖伊右衛門、ご恩ある旦那さまに、また命より大事なお店に、仇《あだ》なす行ないなど金輪際《こんりんざい》、いたした覚えはございません。なんでそのような行ないができましょう」

と頭を垂れたまま続けた。

「律儀ひと筋、正直ひと筋、小僧のときから教えこまれました当家の家訓、己だけのことと考えず広く天下のご用を務める考えで商いに励む心得、それがわたしの心の支えなのでございます」

勘七郎も黙ってうな垂れていた。

勘七郎は紺の綿縞の、長着に着替えていた。小洒落た色柄の小袖ではなく、地味な

紺地が手代見習のように初々しい商人に拵えていた。

「旦那さま、わたしは情けないのでございます。旦那さまがお生まれになる前から奉公いたし、三十五年、ひたすらお店のためにつくしてまいりました。どなたの讒言《ざんげん》か知りませぬが、そのような埒《らち》もない中傷を真に受けられ、伊右衛門をお疑いになるのはまことに辛《つら》く悲しいことでございます」

伊右衛門は市兵衛と美早へちらりと鋭い眼差しを向け、また勘七郎へ戻した。

「この者らも、わたしと同じ考え心得の、みな腕のある手代らでございます。わたしが仕こみ、わが子のように慈《いつく》しみ育て、売倍方に選《え》りすぐった手代らでございます。この者らもわたしの手足となって、どれほどつくしてくれたことか」

男らの目が、鑓《やり》のように勘七郎を刺した。

勘七郎は明らかに、使用人らの目に怯《ひる》んでいた。

みな、子供のころからこのお店で育った童友達でもある。

だが珍しく懸命に言った。

「伊右衛門には感謝している。みんなもよく働いてくれていると思っている。明樽の横流しの件なら、わたしは以前からうすうす気付いていた。でもそれくらいなら、内輪のことだから、改めてくれれば不問にするつもりだった。けれども伊右衛門、広国屋が抜け荷にかかわっているとなったら、これは、これは違うよ……」

「誰が、何を証拠に、抜け荷などと申したのでございますか」

伊右衛門の声が座敷中にとどろいた。

勘七郎は肩をすくませ、口を閉ざした。

隣の美早が、ひと筋に伸ばした上体を身じろぎもさせず勘七郎に代わって言った。

「小名木川の土井さまのお屋敷へ、広国屋の高瀬舟で境河岸から運んだ荷物です。一年前から繰りかえし行なわれ、お店では伊右衛門さんが、みなに指図なさっていたのではありませんか」

「美早さま、あなたはこのお店の何なのですか。お店に見えられてわずか二年、亡くなられたお内儀さまのお姉さまということでお立て申してはおりますけれど、わずか二年でこのお店の何をご存じなのですか」

伊右衛門は赤ら顔を不敵に歪《ゆが》めた。

「それからそちらの唐木市兵衛さん、あなたも食えぬ人ですな。美早さまの遠縁と偽り、美早さまと気脈を通じ、知りもしないお店の内情を嗅ぎ廻り、挙句《あげく》に明樽横流しの仲間に入る振りをして、この者らを落とし入れようとなさったとか。うす汚いやり口ではありませんか。それでもお侍ですか。まるでごみ溜めを漁《あさ》る犬のようだ」

は、は、は……と伊右衛門は腹を震わせ、手代らも揃って笑い声を立てた。

「明樽の件など、昔からあることです。少々のことは目をつむるのです。そういう余禄が、給金の低い手代らの励みになるのです。水清《きよ》ければ魚棲《す》まずと申します。わたしらも若いころは、こっそりそんなことをして、遊ぶ金を捻出したものです。むろん先代の旦那さまもご存じで、目をつむっておられました」

伊右衛門は、たるんだ首を勘七郎へねじ曲げた。

「旦那さま。土井家ご用のお荷物はお運びいたしました。土井家から利根川舟運の便のついでに、藩邸ご用の荷物を少しばかり運んでくれまいかという申し入れがございました。御用達を務めさせていただいております手前、無下《むげ》にお断わりもできず、よろこんでお引き受けいたしますと申しあげたのが始まりでございます」

三枝吉、おまえから――と伊右衛門は命じた。

「はい、手前から申しあげます」

と出っ歯の三枝吉は畳に手を突いた。

「初めはわずかな荷物でございました。むろん、荷物の中身を確かめたりはいたしません。ご老中さまの土井家ご用の荷物でございますので。それがまたよろしくと頼まれ回数を重ねるごとに増えていったのは確かでございます。美早さまの仰いました通り、一年と少し前から、都合、六、七度お運びしたと記憶しております」

「土井家のどなたが申し入れられたのですか」

と美早が訊いた。

三枝吉が応えようとしたとき、伊右衛門がそれを制した。

「ですから美早さま、あなたは何なのですかとお訊ねしております。さしたるかかわりもないあなたが、あたかもお内儀面《づら》して、長きにわたってお店をお支えしてきたわれらを罪人のようにお責めになる。一体何がお目当てなのです。土浦の貧乏儒者の磯部家が、広国屋へ乗りこんでくるおつもりなのですか」

まあ——美早のうなじが伊右衛門のあまりの言い草に怒りで朱に染まった。

「そうだよ。どうしてここにいるんだ。お店に関係ない人じゃないか。なあ……」

と後ろの文蔵が言い、三人の手代らが「わたしらを罪人にし立てる腹か」などと口々に不平をもらした。

美早は身じろぎせず、じっと伊右衛門を見つめている。

するとそのとき、

「黙れっ」

と、勘七郎がいきなり手代らを一喝した。

手代らは勘七郎のそんな激しい言葉を予期しておらず、唖然《あぜん》とした。

「おまえたち、美早さんに何て言い方をするんだ。美早さんはわたしの女房の姉さんだぞ。つまり、主人であるわたしの義姉《ねえ》さんでもあるんだ。主人の義姉さんに向かっておまえたちが失礼なことを言うのは、わたしが許さない。伊右衛門、三枝吉、おまえたちも同じです。義姉さんの訊ねたことに、ちゃんと応えなさい」

三枝吉が畳に付くほど頭をさげ、後ろの三人がならった。

市兵衛にも意外だった。

娘らとじゃれていた今朝の勘七郎とは別人のようだった。

伊右衛門だけが不敵な笑みを浮かべ、勘七郎へ小さく頭をさげた。

「しかし旦那さま」

と伊右衛門はしたたかだった。

「お客さまにご迷惑がかからぬよう、お客さまの秘密はお守りするのが商人の務めでございましょう。土井さまは広国屋にとって大事なお客さまでございます。ましてやそのようなお疑いがかかっているとすれば、余計、どなたがとお教えするわけにはまいりません」

そして美早へも軽く礼をして、

「たとえ旦那さまのお義姉さまでありましても、これぱかりはできません。なにとぞ、ご自分でお調べいただきますよう」

「伊右衛門、事は天下のご法度破りの抜け荷だ。おまえは広国屋を潰すつもりか」

勘七郎が問い詰めた。

「繰りかえしますが、わたしたちは抜け荷などに金輪際かかわってはおりません。ただ土井家より頼まれたご用の荷物をお運びしただけでございます。その中身がご用の荷物と言う以外、知るわけがないではありませんか。なあ、みなもそうだろう」

そうだそうだと、手代らは言い立てた。

「旦那さま、土井家は幕閣の長たるご老中をお務めのお家柄であり、そのようなお家柄が抜け荷などに手を出されると、本気でお考えですか。誰がその荷物が抜け荷と確かめられたのですか。その人は本当に見たのですか。ただ怪しいと疑って、そうではなかったら、それこそ広国屋はただ事ではすみませんよ」

勘七郎は唇を嚙み、黙った。

後ろの手代らが、くすくすと笑い始めた。

土井家がかかわっている、とそれを頼みに高をくくっている。

市兵衛は言った。

「みなさんは、考え違いをなさっておられる」

伊右衛門らが一斉に市兵衛に顔を向けた。

「おやおや、ごみ溜め漁りの犬も口が利けるのでしたな」

伊右衛門が露骨に嫌味を言った。

二

伊右衛門の嫌味など、他愛もないことである。

商いは律儀と心得よ。

市兵衛は律儀に思うことを言った。

「伊右衛門さん、わたしを蔑《さげす》まれるのはあなたの勝手だ。だがわたしは渡りを生業《なりわい》としています。渡りは受けた仕事を人事をつくして果たすのが務めです。あなたが商人の心得を説かれるように、渡りには渡りの心得があるのです」

「何を気取っておることやら。渡りなど、下賤の者の務めですよ」

「そうだ、渡りに心得などあるものか。考え違いはあんただ」

手代のひとりが言った。

「刀を差せば侍だと、威張《いば》っていられると思っているのだろう。間抜け」

手代らがへらへらと笑い、罵《ののし》った。

市兵衛は腹が立たない。むしろ手代らに同情を覚えた。

「伊右衛門さん、事は行なわれたのです。抜け荷があったかなかったかを問うているのではない。考え違いをなさるな。抜け荷はあった。みなさんがご存じのはずだ」

「そんなこと、知らないと言ってるだろう」

文蔵が喚き、不貞腐れて疣《いぼ》をかいた。

「証《あかし》はない。見た者もいない。ご執政の土井家がついている。だからないと言い切ればないことで済む。みなさんはそう考えておられる。だが事は行なわれてしまったのです。みなさんがかかわって」

「知らないものは知らないのだよ。しつこい男だ」

「この七日、小名木川の土井家下屋敷へ藩ご用と称した木綿の荷物が運びこまれるのを木綿問屋の組仲間の見張人が見つけ、奉行所へ抜け荷の調べ願いを訴え出ました。奉行所が調べを始め、荷物は広国屋の高瀬舟が運んだものだった。文蔵さん、あなたはその高瀬舟に乗っていたのでしょう」

文蔵がぎくりとした表情を見せた。

「だ、だから証はないし、見た者がいなきゃあ、しょうがないじゃないか」

「町奉行所のお白州《しらす》でも、詮議所の与力の追及にそう言い切れますか。みなさんがそう仰る限り、おそらく責問《せきもん》が行なわれるでしょう」

文蔵は市兵衛を睨みかえしたが、それまでの勢いが消えていた。

「抜け荷の証と見た者がいなくとも、訴えの筋を調べている町奉行所に疑いが残れば、奉行所は疑いを厳しく問うてくる。奉行所が力を行使し、疑いのあるみなさんに容赦《ようしゃ》なく牙《きば》を剝《む》くのです。つまり……」

と市兵衛は四人のひとりひとりを見つめた。

「証がなく、見た者がいなくとも、この五人の内の誰かひとりの白状があればよいのです。そのとき、白状したひとりは遠島になるかもしれない。敲《たたき》刑、手鎖かもしれない。だが白状しなかった後の者は、白状するまで責めつづけられ、挙句《あげく》、もっと重い処罰をうける。なぜならひとりの白状が、何よりの証になるのです」

四人と三枝吉が、そわそわとし始めた。

「抜け荷は行なわれた。みなさんはそれをご存じです。知らないものは知らないと売倍方の五人と頭取の伊右衛門さんが間違いなく言い切れば、言い逃れられるかもしれない。しかしひとりでも白状してしまえば、言い逃れはあり得ません」

文蔵が市兵衛から目をそらした。

「文蔵さん、あんたは四人の手代頭を務める人だ。文蔵さんは言い切る自信があるのでしょう。しかし、彦助さん、藤十郎さん、平次さんもそうだと言い切れますか」

縁廊下で近所の飼い猫が鳴いた。

おとめつばきの植わった庭に、午前の少し肌寒いがのどかな日和《ひより》が流れていた。

しかし座敷では、重苦しいときが刻まれていた。

「わたしは……わたしは、命じられたことを、やっただけだ」

平次が額を両手で押さえ、誰にともなく言った。

「平次、黙っていなさい」

伊右衛門が一喝した。

「だって、頭取さん。文蔵兄さん、だってそうでしょう」

文蔵は応えなかった。

「みなさんを威《おど》すつもりはない。だが心を落ち着けて考えれば、事はそのようになるのではないかと言っているのです」

市兵衛は伊右衛門と三枝吉に向いた。

「伊右衛門さん、三枝吉さん、あなた方が命じて手代らにやらせたことなのだから、お二人が責めを負うべきではありませんか」

市兵衛は、憤りも憐憫《れんびん》もなく平静な気持ちだった。

「あなたは仰った。この者らをわが子のように慈しみ育て、この者らも手足となってどれほどつくしてくれたことかと。あなたがわが子のように慈しみ育て手足となってつくしてくれた将来のある手代らに、あなたの負うべき責めを負わせるのは可哀想ではないか」

市兵衛は律儀に言い募《つの》った。

「手代らが何らかの咎《とが》めを受け、広国屋にも沙汰がくだされるのはやむを得ないとしても、抜け荷を取り仕切ったあなた方とは違うはずだ。伊右衛門さん、三枝吉さん、もはやこれまでだ。己の負うべき責めを潔《いさぎよ》く引き受けるのが、広く天下のご用を務める真の商人の心得ではないか」

三枝吉は明らかにうろたえた。

は、は、は……

伊右衛門の堂々とした笑い声が座敷に響いた。

「青臭い御託をぐだぐだと。知らないものは知らないと言っておる。犬が、何も知らない手代らを威かして騙そうとしてもそうはいきませんよ。拷問はご老中さまのお許しがなければできないのです。土井さまが確かな証も見た者もいないそんないい加減な疑いを問うために、拷問など許されるわけがないのだ」

「ご執政は土井さまひとりではない。土井家にかかわりがある抜け荷の取調べに土井さまが手心を加えるようなことがあれば、土井家の疑惑がいっそう深まることになるのですよ」

それに——と市兵衛はためらいなく言った。

「牢屋敷の牢問いはご老中の許しを得なければなりませんが、責問は町奉行の許しがあればできるのです。奉行所の責問は、笞打《むちうち》と石抱《いしがかえ》です」

四人の端に座している平次が頭を抱えた。

「いやだ。そんなの、わたしはいやだ……」

伊右衛門は、平次の動揺など歯牙にもかけぬふうに平然と言ってのけた。

「仕方がありません。旦那さま、これはどこまでも内密にいたしておくつもりでしたが、そこまでお疑いならお教えいたしましょう」

勘七郎は、ん？　と眉間をしかめた。

「土井家ご用の荷物を運ぶ話を初めに持ってまいったのは、土浦の醤油蔵の甲二郎《こうじろう》さんなんですよ」

「甲二郎？　甲二郎は醬油蔵の職人らの頭を務めている腕のいい職人だよ」

「そうなんです。初めに甲二郎さんより申し入れがあり、わたくしも深くは考えず、土井さまのご依頼なら仕方あるまいねと、それは先ほど申しあげました。旦那さまに申しあげなかったのは、ご心配をかけるほどのことではあるまい、われわれだけでと、甲二郎さんと話し合うたからでございます」

勘七郎は動揺を顕《あら》わした。

抜け荷に土浦の醬油蔵の職人までかかわっていたら、事は土浦藩の土屋家との間にも複雑な事情がからんでくる。

伊右衛門は勘七郎の未熟さを見透かしたように言った。

「ぜひ、虚実をご自分でお確かめ願います。もしかしたら甲二郎さんなら、土井家ご用の中身を知っていたかもしれませんよ」

さらに伊右衛門は、ほくそ笑みながら美早に向いた。

「それから美早さま、甲二郎さんに土井家との間を取り持ったのは磯部家の私塾の方とうかがいました。お名前は存じあげませんが、土井家国家老住田正眼さまの所縁の方だとか。よろしければ、そちらもお確かめいただきたいものですな」

は、は……と伊右衛門の笑い声がまた響いた。

磯部家の名を出され、美早が穏やかでいられるはずがなかった。

勘七郎と美早は考えあぐね、言うべき言葉が見つからない様子に見えた。

「わかりました。わたしが土浦へいってこよう」

やがて勘七郎が言った。

「わたしも、土浦へ一度戻ります。父に会い確かめてまいります」

そう言った美早の頰が朱に染まっていた。

「ぜひ、お二人でそうなされませ。明後日の夕刻、土浦へ明樽を運ぶ高瀬舟が本行徳河岸より出るはずです。その船便でいかれるとよい。土浦へご自分でいかれれば、すべてが明らかになりましょう。わたしがどれほど忠実に旦那さまにお仕えしているか、わかっていただけるでしょう。は、は、は……」

伊右衛門の振る舞いには余裕があった。

一筋縄ではいかぬ。何というしぶとさ、ときを稼ぐ気だ——市兵衛は気付いた。

三

市兵衛は小僧の信吉に導かれて、大蔵の二階へあがる板階段を踏んだ。

東側に観音開きの鉄の戸を開いた窓は、明るい空をくっきりと切り取り、白い雲を浮かべていた。

紺の長着の勘七郎は手を後ろに組んで佇み、窓外を見やっていた。

勘七郎ひとりだった。

「旦那さま、唐木さまをお連れいたしました」

信吉が勘七郎の背中に言った。

勘七郎は振りかえると、市兵衛に「こんなところへお呼び立ていたしまして」と膝に手を重ねて頭を垂れ、信吉には「もういいよ。戻りなさい」と言った。

「市兵衛さん、旦那さまのご用が済みましたら上方の溜《たまり》醤油と江戸の生揚醤油の味覚くらべを始めますから、市兵衛さんも加わってくださいね。上方暮らしのある市兵衛さんのお考えも是非うかがおうって、みんなで話し合ったんです。お願いしましたよ」

と信吉が言った。

「承知した。これでも醤油の味覚にはうるさいのだ。上方では醤油は薄口が一番と、誰もが言っているからな」

市兵衛が笑いながら応じた。

「ええ、そうなんですか。お醤油と言ったら濃口でなきゃ、ぴりっとこないでしょう。上方好みの薄口なんてどっちつかずだし……」

信吉が大人振って言うのを、主人の勘七郎は微笑ましげに聞いていた。

「じゃ、ご用が済んだら台所へ顔を出すよ」

「はい。お待ちしています」

信吉の、とんとん、と階段をおりていく足音が、静かな蔵の中に小気味よく響いた。

勘七郎は微笑みを市兵衛に向けた。

「伊右衛門と三枝吉は土井家のお屋敷へ出かけました。自分らでも確かめてまいると申しまして。後の者は普段通り、接客をしております。わざわざこちらへきていただいたのは、誰にも聞かれたくなかったからです」

そして勘七郎は、微笑みを自嘲《じちょう》するような笑みに変えた。

「お店のことで伊右衛門らとあんなに言葉を交わしたのは、何年振りでしょうか。何もかも伊右衛門に任せていたものですから」

勘七郎は窓の外へ顔を戻した。

「わたしが弱くて、伊右衛門には何も言えなかった。だからわたしには、お店では伊右衛門の許しがなければ、することがなかった。気が付いたら百年続いたお店がこんなことになっていた。わたしが百年の暖簾に泥を塗ったも同然です」

　市兵衛は黙っていた。

「二十歳をすぎて父が亡くなり、若造のわたしが広国屋の主に収まりました。ですが伊右衛門の助けがあったからやってこられたのです。伊右衛門には今でも心底、感謝しているのです。十年前は、あんな男ではなかった」

　勘七郎はほつれた髪を微風にそよがせた。

「明後日の船では娘たちも土浦へ連れていきます。心配で残してはいけませんし、娘たちとはできるだけ一緒にいたい。美早さんに土浦の磯部家へ子供らを一度連れていってもらうことにしました。それで唐木さんもご一緒にお願いしたいのです。子供らと美早さんの道中を守っていただきたい」

　市兵衛は微笑み、頷いた。

「承知、いたしました」

　しかし勘七郎は言い足りなそうだった。

「今朝の今朝まで妾のところで現《うつつ》をぬかしていたわたしが言うのも愚かですが、嫌な胸騒ぎがしてならない。広国屋はどうなってしまうのか、娘らに老舗広国屋を残してやれるのか。娘らの身に何事もなく、それから美早さんも無事に戻って……わたしは心配でならないのです。自分の愚かさが嫌になります」

勘七郎は物思いに耽《ふけ》っているかのように、外の景色に見入った。

「唐木さんは、お生まれはお旗本なのですね。気を悪くなさらないでください。じつは少々調べさせていただいたのです。宰領屋の矢藤太さんとは懇意《こんい》にさせてもらっているのですよ。それで、……」

「前にも申しましたように、祖父が旗本の家の足軽奉公をいたしておりました。母は祖父のひとり娘だったのです。母が二十歳をすぎたころ、二十以上年の離れた主の側室に入ったのです」

「片岡賢斎さまですね。今のご当主が片岡信正さま」

市兵衛は静かに頷いた。

「母はわたしを産んで亡くなりました」

「ほう。それはお寂《さび》しいことです」

「十三歳のとき父が亡くなり、思うところがあって足軽の祖父の元で元服し、以来唐木市兵衛を名乗っております。わたしは足軽身分の者です」

勘七郎が振りかえり、

「身分とは、何ですか」

と訊いた。

「背負うことに正理のない荷物です。だがその荷物は重い。わたしはその重さに慣れました。今をどう生きるか、それだけを考えるようにしています」

勘七郎は、市兵衛の言い方がおかしそうに目を細めた。

「わたしは母が四十近い年に生まれた跡取りでしてね。子供が授からなくて、親類から養子を迎えることにしていたそうです。母が亡くなったのは、父に遅れて三年後でした」

勘七郎はまた窓の外へ目を投げた。

「五年前、広国屋の醬油を納めていた磯部家の妹娘の春を見初《みそ》めたのです」

「さぞかしお綺麗な方だったのでしょうね」

「ええ。自分で言うのも気恥ずかしいですが、美しい娘でした。でも、春は姉妹でも姉の美早さんとはずいぶん違っていました。美早さんはあんなに綺麗で、頭も気立てもよくしっかりしていて、わたしみたいな柔弱な男は、話しかけるどころか近付くのさえ恐ろしいくらいの」

市兵衛は「わかります」と言った。

「春は姉の美早さんに甘える、どちらかと言えば、明るく可愛らしい妹でした。この娘ならと思ったんです。磯部家に申し入れ、五年前、春を嫁にもらいました。幸せでした。何か自分に自信が湧いてきて。なのに儚《はかな》いものです。たった二年半で、あんなに元気だった春が、突然いなくなってしまった」

勘七郎は頬を指先でさりげなく拭った。

「ひとりっ子だったせいもあるかもしれませんが、わたしは子供のころから泣き虫の寂しがり屋でね。奉公人の小僧だった文蔵にも泣かされた覚えがあります。こんなことでお店を継げるのだろうかと、父や母をはらはらさせました」

「しかし主になられた。玉のようなお嬢さん方も、授かられた。お嬢さん方のためにも、強い気持ちをお持ちにならねば……」

「意気地のない主です。父親としても」

市兵衛は十三歳の冬の朝、ひとり片岡家を去ったときの孤独を思い出した。

そしてその孤独は、今でも市兵衛の道連れである。

勘七郎の不安が、市兵衛にはわかる。

「ご主人、ぶしつけなお訊ねをしてよろしいですか」

「どうぞ。どんなことでも」

と、勘七郎の薄い背中が応えた。

「ご主人は美早さんを、どのようにお考えなのですか」

「わたしが父に連れられて土浦の磯部家を訪ねたのは十歳のときでした。美早さんが五歳で春がまだほんのよちよち歩きの……」

勘七郎は、美早や春と交わった子供のころの思い出をぽつぽつと語った。

「正直言いますとね、あのころのわたしは、美早さんを女房にもらうつもりだったんです。美早さんは五つも年下なのに、賢《かしこ》くて、可愛らしくて、優しくて、すぐべそをかいたわたしを慰めてくれましてね。わたしが悲しむと一緒に悲しんでくれる子だった。子供心にもわたしは、美早さんを嫁にするのだと思っていたんです」

それから額に掌をあてがい、何か考えこんだ。

「でもね、大人になってから美早さんとお会いしたら、わたしなんかにはとてもそぐわない遠い人になっていたんです。美早さんが、勘七郎兄さんと懐かしんでくれていたのに、わたしは満足に口もきけなかった。おかしいですよね」

「おかしくはありません。美しさはときには恐いものです」

「そうですね、本当に。ですから……」

と勘七郎は続けた。

「……わたしなんかには、わからないのです。美早さんは学問ができ武家の娘らしく剣の修行も積まれ、しかもあんなに綺麗になられた。いずれ磯部家へ戻り、磯部家を継ぐ相応のお侍を婿《むこ》に迎えられるのでしょう。たとえば唐木さんのような」

勘七郎は切れ長の一重を、窓外へ遊ばせた。

「美早さんはお嬢さん方を心より愛しておられます。それゆえ美早さんは迷っておられるのです。このまま広国屋にいた方がいいのか、去るべきなのか。美早さんはひとりで苦しまれ、きっと寂しく思っておられます」

「けれど、わたしみたいな駄目な男が美早さんのためになど考えても、どうせろくなことはできません。あの人は強い人です。にっこり微笑《ほほえ》んで、ありがとう、でも大丈夫です、と仰るに決まっています」

市兵衛にも、それはわからない。

そうかもしれないし、そうでないかもしれない。

一寸先は誰も知らないし、移ろいゆく人の心は計り知れないのだ。

しかしながら、と市兵衛は思った。先がわかって人の心が読めてしまえば、なんとこの世は味気無いではないか。

「美早さんは、そうは仰らないと、思います」

市兵衛は言った。

すると勘七郎は振り向き、青空を背に役者絵を思わせる顔に笑みを浮かべた。

「唐木さん、あなたは不思議なお方だ。あなたにそう言っていただくと、本当にそんな気がします。照れ臭いけれど、勇気が湧いてきます」

そして、窓から吹きこむそよ風にほつれた髪をなびかせた。

「あなたが見えてこの三日間、わたしはお店を空けていました。ですが、今日、戻ってお店の様子が変わっているのを、ふっと感じたんです。店の者が働いている息吹やら、お店の気配やらが……何なのだろう、何が違うんだろうってぼんやり考えてました。けどさっきの信吉の様子を見ていて、それがやっとわかりました。小僧があんなに伸びやかにしている。わたしにあんな様子を見せたことはありません。唐木さん、あなたです。あなたがわたしたちの何かを、変えてくれたんですね」

四

夕刻七ツ、小名木川土井家下屋敷――

土井家用人筆頭小此木主善、同家勘定方組頭五代三郎太、同じく勘定方板垣進二《しんじ》

郎《ろう》、さらに今ひとり小此木が密かに雇い入れこの下屋敷に住まわす女が従って、奥の座敷への板廊下を踏み鳴らしていた。

しかし四人目の女は、屋敷のお女中ではなかった。

言葉につくせぬ妖艶な化粧を施し、厚い唇は朱に燃えているものの、艶《あで》やかな総髪を後ろで真田紐《さなだひも》のような荒い組紐《くみひも》で束ね、背中に長く垂らしていた。

前の三名にも劣らぬ身の丈があり、痩軀だが見事な骨格が萌黄《もえぎ》の小袖に濃い藍《あい》の袴と腰の長い差料に、妖しく映えていた。

小此木は奥まった書院造りのひと部屋の襖を自ら開け、白足袋を、しゅっ、しゅっ、と畳に擦った。擦り音が苛立たしげだった。

床の間を背に畳へ直に座り、左右に五代と板垣、小此木の斜め後ろに女が控えると、周りに脂粉の香がゆれた。

縁廊下に立てた障子の前には、広国屋頭取伊右衛門と副番頭の三枝吉が畳に手を揃え小此木に平身していた。

座敷には昼の名残《なご》りの明るさが、橙《だいだい》色に映えていた。

痩身に灰色がかった浅黒い肌の小此木は、細い一重を伊右衛門らにそそぎ、まだ三十を二つ三つすぎたばかりとは思えぬ沈着振りで、声を低く響かせた。

「委細は先ほどの知らせで相わかった。難しい事態に立ちいたったことは確かだ。だが心配することはない。すみやかに次の手を打つだけだ。要は広国屋の勘七郎と美早とか申す女を押さえれば、いくら疑いが残っても土井家の力で鎮静できる」

　小此木は手の扇を、膝の上でゆっくり動かした。

「町奉行所は屋敷へは絶対手が出せん。広国屋を土浦へいかせることにしたのは巧《うま》い手だ。それだけのときが稼げた。ただし、土浦へいくまでに片を付けねばならんな」

「やりますか」

　五代が小此木に短く言った。

「やれるか。不慮の災難に広国屋が遭うのだ」

「川賊を装って広国屋の高瀬舟を襲い、勘七郎、女、舟運にかかわった船頭と水手《かこ》もろとも殲滅《せんめつ》します。去年、広国屋の手代をひとり始末しました。ひとりやるのも十人やるのも同じです。後詰めに、古河より屈強の者を集めます」

「ふむ、とにかく、広国屋にかかわる者らの口をふさげば何とでもなる。当面、荷物を運ぶのは控える。われらの改革を進めるための軍資金は必要だが、事が鎮静するまで自重すべきだ。ひとつの失敗も許されん」

「住田派の宝井祐之進《たからいゆうのしん》がこちらになびいております。宝井を落とせば住田派は相当の打撃を受けるでしょう。国元から資金の要請がきております」

「宝井の件はわかっているが、今は無理をしない方がいい。得た資金を最優先に手当てすべきは、わが殿のための費《つい》えとすることだ。殿のご機嫌を損ねてはならん。国元には今しばらくしのげと伝えておけ」

「承知いたしました」

と五代が応えた。

「それから伊右衛門、事態が鎮静したら、いよいよおぬしが広国屋の主人になる謀《はかりごと》を進めるときだぞ。心得ておけ」

小此木は声をひそめて笑った。

「はあ、はい。伊右衛門、小此木さま並びに土井家のご繁栄のために身命を賭す覚悟でおります。ですが小此木さま、勘七郎と美早には唐木市兵衛と名乗る妙な渡り者がついております。侍のようですが素性が知れません。ろくでもない渡りかと思っておりましたら、この男、油断がなりません」

伊右衛門は頭をもたげた。

「土井家の荷物を嗅ぎつけたのもこの男です。なにとぞもろともに……」

「ふむ。渡り者か。そちらもついでに始末せねばな」

小此木が五代に言った。

「どこの馬の骨とも知れぬ渡りごとき、さしたる手間はかかりますまい」

五代は薄く笑い、板垣へ言いかけた。

「おぬしはこれより急ぎ古河へ戻り、番方の……」

と、それを遮《さえぎ》って小此木の後ろの女がいきなり言った。

「あの男は、強い。難しい相手だ」

武家に仕える者の言い方ではなかった。

小此木は咎《とが》めもせず、女を振りかえった。

「あお、その唐木とかを知っているのか」

頷いた女の目が、妖艶に光った。

五代三郎太は小此木が《あお》と呼んだ唐人の女が好かなかった。

異国の女ゆえ、武家のしきたりがわからぬのは仕方がないとしても、まるで小此木に飼われる猛禽《もうきん》のように周囲をはばからず寄り添う素振りが、気に入らなかった。慇懃《いんぎん》とか無礼ではない、武家の身分の隔《へだ》たりへの配慮がこの女には欠けている。

それでいて猛禽は飼い主に従順だった。

主の夜伽《よとぎ》もし、主の命で恐ろしい牙も剥く。

先だって、下屋敷で留守居役中川昭常を襲った折り、激しい抵抗に遭い家士らが斬りあぐねた中川を、一刀の下に斬り伏せた女のあの剣捌《さば》きは、五代が古河の道場で身に付けた技とはまるで違っていた。

目を見張る速さと、奇妙な剣筋、不可解な身体運びだった。

去年冬、小此木が前触れもなくこの女を連れて下屋敷に現れ、女を愛玩物、あるいは従者、あるいは得体の知れぬ客のように住まわせ始めたとき、五代は、

「何者です」

と訊いたことがある。

「異国から流れてきた、凶暴な化け猫だ。男を食いつくしながら生き長らえておる。使い道を間違えなければ役に立つ。使い道を間違えれば……女と思って侮《あなど》るな。化け猫に食い破られるぞ。それとも一度、食い破られてみたいか」

小此木は笑った。

去年の冬、小此木は偶然、市《いち》ヶ谷《や》八幡《はちまん》参道の岡場所で春をひさいでいた女を買った。

異国の女だった。

小此木は女の色香に惑溺《わくでき》したが、それとともに女の白い四肢《しし》に強靭《きようじん》で不気味なほ

どの力がひそんでいることに気付いた。

これは面白い……と小此木は思った。

小此木は女を身請けし、《あお》と呼んで密かに下屋敷へ住まわせた。

土井利和とともに古河へ戻るときは、女も連れて戻るつもりだった。

小此木は女に家士のように拵えさせ、二本を差させた。

女は小此木が下屋敷にきたときのみ、小此木の命に従い立ち働いた。小此木の命以外は誰の命にも従わない。悠然と暮らしている。

だが五代は、小此木の変質じみた女の扱いに、眉をひそめていた。

所詮は売女《ばいじょ》ではないか、と蔑んでいた。

「どういう知り合いだ」

五代がかえすと、女は横柄に一瞥《いちべつ》をくれただけで応えなかった。

「あお、応えよ。どういう知り合いだ」

小此木が促《うなが》した。

「立ち合うたことがある。あの男、からきいちべえと言うのか。名は知らなかった。

恐ろしい男だ。風のように空を舞い風のように相手を倒す。風は前からも後ろからも小さな隙間からも吹いてくる。逃げても逃げても風に吹かれる。風に吹かれたときはもう斬られている。そんな風の剣を使う男だ。あの男はあたしも恐い」

五代が「あは、あは、あは……」と大袈裟に笑った。

「埒《らち》もない。子供騙《だま》しか。異国の読み本に風の剣を使う男が描かれていたか」

女は表情を変えず、五代をじっと見た。

「夕べ、おまえも会っただろう。気付かなかったのか」

女が言った。

「夕べ？　何のことだ」

「そこの、男に会いにいったろう」

女は伊右衛門へ顎を振った。

昨夜遅く、五代と女は小此木の命で、次の荷物の日時の取り決めのため広国屋へ伊右衛門を密かに訪ねていた。

「店の外へ出たとき、男と遇った。侍だ。おまえ、提灯を照らして見た」

「ああ、夕べのあの男なら」

「おまえあのとき、男が強いとわからなかったのか。恐いと思わなかったのか」

「立ち合うてもおらぬのに、わかるはずがなかろう」

「強い者は強い者がそこにいるだけでわかる。馬鹿は己の腕のほどさえ知らぬ」

「おまえ、許さんぞ。女と思うて無礼を咎《とが》めぬのだぞ」

五代が脇の刀をがしゃりとつかんだ。

「やめておけ。あたしはおまえなど、もう何度も斬った」

「言わせておけば、調子に乗りおって」

「止めよ。つまらぬいがみ合いは止せ」

小此木が声を低くして双方を睨んだ。それから、

「あお、その唐木という男のことを、ほかに何か知っているのか」

と言った。

あお、こと唐人の女《青》は考えた。

「数ヵ月前だ。目付という役人の下で働いていた。そのとき剣を交わし、あたしの姉さんが斬られた。役人ではない。だがあの男、目付の身寄りと聞いた」

「目付と言えば旗本だぞ。唐木は目付の身寄りなのか。間違いないのか」

小此木の顔付きが変わった。

青は深く頷き、小此木がうなった。

「ふうむ……目付の探索が入っておるとすれば、これは容易ならん。単純に広国屋の口をふさぐだけでは済まん。別の手を打つ必要がある。唐木という男、小人目付かも

しれん。目付の隠密だ。あお、その目付の名前がわかるか」

「なまえは、名前は、そうだ、かたおかだ。かたおかと聞いた」

「かたおか、筆頭の片岡信正か」

小此木は震撼《しんかん》した。

「片岡信正なら知っておる。わが殿利和さまの派に属さぬ堅物《かたぶつ》だ。融通《ゆうずう》の利かぬ尊大な男と、わが殿がひどく嫌うておられる。あいつが、広国屋を隠密に探らせておるのか。それは土井家を、利和さまを狙ってなのか」

そして腕を組んでうな垂れた。

「しかし片岡ならあり得る」

小此木はうなった。

「前から殿に目を付け、殿の幕閣失墜の事由《じゆう》を探っていた節がある。だがなぜ片岡に広国屋が知れたのだ。伊右衛門、唐木が広国屋にきたのはいつだ」

「はい、四日前でございます」

「五代、今月七日の荷物の運び入れの折り、木綿問屋の組仲間の見張人と申す者が現れ、荷物の中身を訊ねてまいったと報告があったな」

「は。あの折りは藩ご用の荷物と言ったのみで追いかえし、見張人もそれで引きさがりました」

五代がぼそっと応えた。

「組仲間から町奉行所へ訴えが入り奉行所の調べが始まった。それはやむを得んとしても、奉行所から片岡へ知らせが流れた。それで、あの片岡が動き出したか。当然、あり得る。手抜かりだったか……」

ちっ、と小此木は舌打ちをした。

「ということは、目付衆が探っているのですか」

「いや、片岡ひとりだ。片岡以外の目付衆に動きがあればわが殿のお耳に届く。目付衆の中には殿にお味方する者が大勢いる。殿は目付の動きはまったくご存じない。ということは片岡ひとりだ。あいつはいつも隠れてこそこそと……」

隠密に探らせてな――と小此木は唇を嚙み締めた。

「しかし目付はご参政（若年寄）の支配下、わが土井家の失態を暴き殿の幕閣失墜を計ったとしても、下役の目付がなにほどのことができましょう」

「そこが目付の恐いところだ。目付はご参政の支配下でも、幕閣を監視する権限を与えられておる。幕閣の中の誰かれが、公儀において強大な権勢を振るうことがないようにするためだ」

小此木は扇子《せんす》で膝を、ゆっくり繰りかえし叩いた。

少しずつ部屋は薄暗くなり、夕刻の屋敷は静かである。

烏《からす》の鳴き声が遠く聞こえている。

「ここまできたら後戻りはできん。徹底してやるしかあるまい」

一同が小此木に注目した。

「あお、おまえは片岡信正を始末せよ。得体の知れぬおまえにしかできぬ仕事だ。片岡はあの辣腕《らつわん》ゆえ陰では多くの御家人や旗本らの恨みを買っておる。誰かが恨みを晴らすために始末人を雇って片岡を襲わせた。事の説明はつくし、土井家に疑惑の目が向けられたとしても、殿のお力があればもみ消せる」

小此木の膝を叩く音が続いた。

「五代が広国屋の者らと唐木市兵衛、あおが片岡信正……さしたる背景はない。賊に襲われた、あるいは誰かの恨みを買ったためと、そういう見立てでどちらも収束させるのだ。五代、あお、必ずやりとげるのだ。失敗はあり得ぬぞ」

五代が頷き、青は目を妖しく光らせた。

「伊右衛門、おまえたちは主の災難の知らせを受けたら、お店の者らの動揺を鎮め、粛々《しゆくしゆく》と葬儀の支度にかかれ。特に配下の手代らには気を配れ。万が一、仲間内から落ちこぼれが出ることのないように。当然、店は主人の四十九日の法要が済むまで商いを控え、藩邸へもこちらからの指示があるまで顔を出すな」

「へへえ」

伊右衛門と三枝吉が平身した。

「南町の吉岡又五郎さまには、どのように」

伊右衛門が上目遣いに見あげた。

「ふむ。吉岡にはこれまでも十分金をつかませてきたはずだ。さらに金を与えて、町方の動きを逐一探らせろ。どんな小さな変事も見逃さず知らせろと。心配ない。あの男は金さえ与えれば言いなりになる。必ず上手くいく」

小此木が苛立ちを隠さずに言った。


伊右衛門と三枝吉はすっかり暗くなった土井家下屋敷を出た。

小名木川の新高橋の河岸場で猪牙を頼むつもりだった。

二人は不安に苛《さいな》まれ、言葉がなかった。

ここまできたら後戻りはできん。徹底してやるしかあるまい。

そう言った小此木の、顎が尖り薄い唇を歪めた顔が不気味だった。

うろたえているのを懸命に隠していた。

小此木の策はあまりにも荒っぽく粗雑《そざつ》にすぎると、伊右衛門は思った。

若い。あれでいいのか。だがほかにどんな打つ手がある。

それにしても、あの唐木市兵衛という男……

伊右衛門は息苦しさを覚えた。

唐木市兵衛の存在が頭から離れず、煩《わずら》わしくてならなかった。

己の三十五年が、わずか四日前に現れたあの男に崩《くず》されていくような恐れに伊右衛門は背筋が寒くなった。

そんな馬鹿な。あり得ん。

刹那《せつな》、無理だ……と伊右衛門は思った。

小此木では唐木市兵衛に勝てない。なぜかそんな気がした。

「無理だ……」

と、声に出した。

三枝吉が「はい?」と後ろで返事をした。

そのとき、ひゅっ、と夜風が伊右衛門の首筋を撫でた。

土井家下屋敷の近ごろ雇ったらしい見覚えのある下男が、小名木川沿いの猿江町の薄暗い路地で、行商ふうの男とひっそりと話し合っているのが見えた。
今時分に？——と伊右衛門が思ったとき、下男と目が合った。
下男は話を止め、路地からよそよそしい会釈を寄越した。

第六章　襲撃

一

十人目付筆頭片岡信正の下城は半蔵門《はんぞう》より麴町《こうじ》の大通り、三丁目から平川《ひらかわ》天神前の通りへ折れ、平川町二丁目の馬場西側の小路をすぎ、貝《かい》坂、平川町三丁目、それから屋敷のある諏訪坂へと出る。

信正は登下城に連銭葦毛《れんせんあしげ》の愛馬を駆った。

一昼夜がすぎた翌日の夜六ツ（午後六時頃）だった。

信正は自ら手綱《たづな》を取り、鑓持ち、挟み箱持ちの中間《ちゆうげん》二人を従え、そして小人目付の返弥陀ノ介が、馬の少し前を畳《たたみ》提灯を持って岩塊のような短軀をのそりのそりと歩ませていた。

馬上の信正は麴町の通りを平川天神の鳥居前に出る方角へ折れた。

そこは町家と武家屋敷地を隔てる通りで、平川天神の鳥居前をすぎるとすぐに三軒屋の辻がある。

辻を折れたところに辻番はあるものの、信正一行には見えない。

材木店の多く並ぶ表通りは、どの店もすでに表戸を立て、武家屋敷の門も固く閉じられている。

昼間は商人や職人、武家の奉公人や侍がいき交う通りだが、日が落ちた後は一転人の気配が途絶え、闇の魑魅魍魎《ちみもうりょう》の支配地となる。

御櫓《やぐら》の御太鼓方御坊主の太鼓が終わり、赤坂田町《あかさかた》円通《えんつう》寺の時の鐘は物寂しく、藁《わら》沓《ぐつ》を履かせた愛馬の馬蹄の響きがやわらかく聞こえていた。

信正の右手前方に、平川天神境内《けいだい》の樹林が、薄い墨色を暮れ泥《なず》む空に刷《は》いていた。

信正は手綱を物憂く操りつつ、老中土井利和のことを考えていた。

まさかそのようなことをなどと、一昨日から信正は思えてならなかった。

大名家が抜け荷など、どう考えても得る物と失う物の違いが大きすぎた。

馬鹿げていると、信正には映った。

利和に近侍する小此木主善という若い側用人が、主のご意向と称して、独断で行なったことではないのか。
平川天神の樹林がわずかに騒いでいた。
一行は神社の鳥居と暗い境内を右手に見ながら、鳥居前をすぎかかった。
信正は、神社の樹林が風もないのにゆれていると思ってはいた。
しかし信正は気に留めなかった。
通り慣れたわが界隈である。
三軒屋の先の平川町の馬場では、今でもとき折り、愛馬にひと鞭《むち》当て汗をかく。
信正は土井利和のことに囚《とら》われすぎていた。
それは後方へさがった鳥居へ、信正が何気なく見かえった瞬間から始まった。
きらりと光る物が、信正の視界をよぎったのだった。
うん？　と訝《いぶか》った間だけ、信正は遅れた。
その一瞬にはすでに、黒い塊が薄墨色に暮れかかった夜空に舞っていた。
光る得物がびゅんびゅんと弧《こ》を描いていたのだ。
信正は抜かった。
瞬く間もなく、光の円弧《えんこ》が信正の頭上へ襲いかかった。
賊の勝利の奇声が聞こえた。

はあああっ。

しまった——と思ったと同時に、剣に見覚えがあると思った。

咄嗟に信正の身体が応じた。

大刀を抜きざま、頭上に襲いかかる一撃を片手で払った。

がしん、と激しい衝撃が鍛《きた》えた信正の右腕に伝わった。

かろうじてかざした刀がはじき飛ばされ、くるくると宙を回転する。

同じ一瞬、黒い塊《かたまり》が地上で毬《まり》のようにはずむのが見えた。

馬がいななき、中間らの言葉にならぬ叫びがとどろいた。

地上から高々とはずんだ塊は、艶やかな黒髪を衣のようになびかせ、手にかざした刃より燃えきらめく目を信正へ射た。

朱に燃える唇が、獲物を倒す歓びに妖艶《ようえん》に歪んでいた。

脂粉が臭った。

信正に小刀を抜く間はなかった。

すべてが束の間であった。

いえええっ。

奇声が響いた。

二撃目の瞬間、信正の愛馬がいななき、前脚を暮れ泥む空へ高く跳ねあげた。

それが賊の二撃目を、紙一重で狂わせた。

賊の刃は馬の首を斬り裂き、血飛沫《ちしぶき》がびゅうっと吹いた。

悲痛な悲鳴とともに、馬は信正を乗せたまま、どどっと道に横転する。

愛馬もろとも信正は乾いた地面へ叩き付けられた。

さらに、倒れてもがく馬と地面の間に信正の足が挟まれた。

そのとき、剣を振りかざした刺客の顔が宵《よい》のうす暗がりの中に、くっきりと見えた。

去年秋、川越《かわごえ》城下赤間《あかま》川に架かる東明寺《とうみようじ》橋で、市兵衛や弥陀ノ介らとともに迎え撃った柳屋稲左衛門《やなぎやとうざえもん》の配下、奇っ怪な異国の剣技を駆使する三人の唐人女の生き残りではないか。

ぴたりと四肢を覆《おお》う黒い細袴を脚半《きやはん》で絞り鎖帷子《くさりかたびら》に黒い胴着が、あの夜明けを彷彿《ほうふつ》とさせる。

青、という女だ。

青は、ちぃっ、と顔をしかめた。

ほんのわずかな間で、必殺の二打が信正を打ち損じたためだ。

青が倒れた馬を飛び越えようとしたそのとき、弥陀ノ介の一撃が間に合った。

おりゃああ。

弥陀ノ介は叫び、青の横手から上段に打ち落とした。

それを受け止めた鋼《はがね》と鋼が火花を散らした。

その瞬間、弥陀ノ介の岩塊の短軀は青へ体当たりを計った。

激しく衝突し両者の肉体が軋み、青の痩軀がはじけ飛んだ。

青は初めて女の悲鳴をあげたけれども、同じ瞬間、宙で体勢を直し、くるりと回転し地面にふわりとおり立った。

弥陀ノ介は目を剝いた。

上段に振りかぶり、さらに追撃を加える。

弥陀ノ介の長刀が暗がりを斬り刻んだ。

青は次々と繰り出される攻撃を後ろへ後ろへと回転しながらかわし、最後にひと際高く回転し、武家屋敷の練塀の屋根に飛びあがった。

青の長髪が鳥の羽のようだった。

「おまえはっ」

弥陀ノ介が叫んだ。

「おまえの剣など、お見通しだ。ははは……」

「今一度、わが一刀の餌食《えじき》となるか」

「おまえなど、いつでも斬れる」

弥陀ノ介は歯噛みした。

三軒屋の辻番が、騒ぎを聞き付け駆けてくる。

通りの武家屋敷や町家からも、人の出てくる気配がした。

青は梟《ふくろう》のように首を廻すと、いきなり翻《ひるがえ》り、練塀の屋根を走り始めた。

「待て」

追いかける弥陀ノ介が啞然とする速さだった。

青の姿はたちまち暮れ泥む宵の彼方へかき消えた。

はははは……

艶めいた笑い声だけが夕闇の中に残った。

弥陀ノ介は構えたまま、歯噛みした。

それから踵をかえし、信正の元へ駆け戻った。

「お頭、ご無事で」

信正は中間らに助け起こされていた。

しかし信正は倒れた愛馬の傍らに跪《ひざまず》き、声を絞り出した。

「こいつは、おれの身代わりになって、斬られた」

馬は首筋より血をどくどくと吹き出させ、最期のか細いいななきをもらしていた。

「ああ可哀想に。済まん、許してくれ」

信正は涙を頰に伝わらせた。

辻番や通りの住民らが集まり出し、周りが騒がしくなっていた。

「弥陀ノ介、誰だ。誰がおれを狙った」

信正が顔を歪ませ、激しく言った。

「見覚えがござる。東明寺橋の、唐人の女でした」

「いや。女に、あの女に指図した者がいるはずだ」

「もしや、市兵衛の一件と……」

「弥陀ノ介、すぐ市兵衛のところへいけ。市兵衛の側を離れるな。あの男を守ってやってくれ」

「御意。頭は大丈夫でござるか」

「おれはいい。くそ。愚か者め。許さん」

信正は立ちあがり、女の消えた通りの闇の彼方を睨み据えた。

二

同じとき、永代寺門前仲町《えいたいじもんぜんなか》――

界隈の住人が行きどまり横丁と呼ぶ一画にある、間口二間ばかりの小店の板戸を、野羽織に裁着袴《たっつけばかま》、編笠で顔を隠した旅拵《ごしら》えの侍が叩いていた。

店は看板も行灯《あんどん》もなく、一見しただけでは何を商っているのかもわからなかった。

だが、行きどまり横丁周辺の表店の中では一軒だけの、とき折り、得体《えたい》の知れぬ客が逗留《とうりゅう》するうす汚れた旅籠《はたご》だった。

今しも閉じられた表戸を叩く侍も、日もとっぷりと暮れた中、隆とした体軀を軒下の暗がりに溶けこませている様子が、何やら得体が知れなかった。

《ふな屋》というのが旅籠の屋号だった。

二階に横丁の狭い通りに面して出格子の窓があり、そこにも立てた板戸の隙間から細い明かりがこぼれていた。

表戸の横に格子の小さな窓が備えてある。

中から引き戸を、がたがた、と開ける物音がし、格子窓の板戸が二寸（約六センチ）ほど引かれ、手燭《てしょく》の明かりが横丁にこぼれた。
侍は表戸を叩く手を止め、編笠を少しあげた。

「拙者《せっしゃ》だ」

一重の厚い瞼が気難しそうな細面を、手燭の明かりに晒《さら》した。

中の男は小さく顎をしゃくり、板戸をばたりと閉じた。

だがすぐに表の板戸に付けた潜り戸が開き、明かりが侍の足元を照らした。

潜り戸を入ると四十五、六の主らしき男が手燭を掲げて狭い土間に立っていた。

主は潜り戸から横丁の様子をちらとうかがい、潜り戸を閉めて閂《かんぬき》をおろした。

編笠を取った侍は、低い天井と板敷を見廻した。

板敷から奥へ通じる土間の通路を隔てた壁際に二階へあがる階段があり、あたりは暗がりに包まれていた。

「五代さん、こっちへ」

主が手燭で導き、五代三郎太の先に立った。

土間の通路は、通路と言っても人ひとりが通れる隙間ほどしか幅がなかった。

安物の魚油の臭いが、暗がりに染みこんでいた。

隙間をゆくといっそう魚油臭い台所があり、台所の板敷の奥の六畳が内証だった。

内証にうすく行灯が灯《とも》り、無精髭を生やし剃り残した月代《さかやき》もごま塩になったおやじが胡座《あぐら》をかいており、湯呑を呷《あお》りながらじろりと五代を見あげた。

おやじは縞の半着に股引で、老いてもふてぶてしい面構えだった。

五代を見あげ、居ずまいを正そうともしない。

「泥《どろ》めの山河《さんが》さんだ。まあ、座んなよ」

主が五代を山河に向き合って座らせ、湯呑を置き、行灯の側の徳利を傾けた。

「頭、こちらが例のお侍だ。ひとつ、頼まれてくれるかい」

主は山河の湯呑に酒をつぎ足した。

「わしらの稼業だでな。金次第だ」

山河は、五代に向けたままの濁った目を細めた。

二人は会釈も名乗り合うこともしなかった。

「金は用意してある」

五代は背中の荷をおろした。

荷物を解き、中から晒《さら》しに巻いた小判らしき包みを二つ、黄ばんでところどころが擦り切れた琉球畳に置いた。

五代は包みをひとつ取り、白い伊予《いよ》紙を山河の前で破ってみせた。

行灯の灯《ひ》に照らされ、小判がじゃらじゃらと音を立てた。

「ひと包み二十五両、合わせて五十両ある」

五代が血の気の薄い黒ずんだ唇を引きつらせた。

山河と主が顔を見合わせた。

ふな屋は表向きは旅籠でも、裏では泥棒宿を稼業にしている。

泥棒宿とは、盗っ人働きをするための元手を盗っ人に融通する一種の裏金融である。

ふな屋は裏街道では名の知られた泥棒宿だった。

江戸市中のみならず、武州、下総の街道筋を荒らす強盗団なども、まれにだがふな屋の客になる。

五代はふな屋の主から、泥がめの山河を引き合わされた。

しかし五代は、もうひと包みの二十五両を懐にねじこんだ。

「これは仕事が終わった後に渡す」

山河はそれを見て、ははん、と笑った。湯呑をひと舐めし、

「やるべえ」

と、散らばった小判に手を伸ばした。

山河の太り肉《じし》の手首を五代の大きな手がつかんだ。

「待て。おまえのことをもっと詳しく知りたい」

山河は五代を睨み、その手を振り払った。

ふな屋の主が煙草盆を引き寄せた。

「頭はもう五十年近く川働きで稼いできた人だ」

主はつぎ煙管の火皿に細切りの刻みを詰めた。

「川働きを始めたのは、十歳のころだで」

そう言って山河は、ぐぇっとおくびをもらした。

「頭の昔の仲間は、みな捕えられて、打ち首獄門、遠島、生き残ったのは頭だけなんだ。五十年、一度も仕事をしくじったことがない。そんじょそこらの川賊とは年季が違う」

主は行灯から火を点けた。

江戸市中の堀や川、のみならず舟運が就航している江戸川や利根川にも、夜陰にまぎれて川船を駆使し、河岸場の荷物や材木を狙う川賊は昔から横行していた。
二、三人の小盗っ人もいれば、何艘も川船を仕立て、徒党を組み、荷物を満載した大型の高瀬舟や平田船を夜陰にまぎれて襲う川賊もいる。

「頭は手下を十数名従えて、江戸の河岸場のみならず、時どきは江戸川でも稼ぐ腕利きの一味の頭目ですぜ。抜かりはありませんて」

主は煙を旨《うま》そうに吹かした。

盗み強盗ばかりではなく、山河一味は殺しも金次第で請ける冷徹な集団と、五代はふな屋の主から聞かされていた。

「いいだろう」

五代は散らばった小判を、ざざ、と山河の前へ押し出した。

山河は小判を片手でじゃらじゃらと玩《もてあそ》んだ。そして、

「中身を、聞くべえ」

と言い、舌舐めずりをした。

「明日、小網町の醬油酢問屋広国屋の高瀬舟が土浦へ向かう。舟運の船頭に水手《かこ》が三人、それに広国屋の主人と女、おそらく幼い子供が二人。供に腰元がひとりつくだろう。それから用心棒の侍がひとり、荷物はあんたらの好きにしていい。ひとり残らず始末するのだ」

山河は濁った目を細めた。

「子供もか」

「止めを刺さなくとも、川に捨てればそれでいい」

「女や子供は知れている。船頭に水手、広国屋の主人、用心棒……六人か。その用心棒は腕が立つのか」

「わからんが、大したことはないと思う。主人の勘七郎はからっきし意気地のない男らしい。そう難《むずか》しくあるまい」

山河は頭の中で何かを思い廻らしているみたいだった。

「子供を入れてぜんぶで十名に、五十両はちいと安くねえか」

五代は懐の二十五両を、着物の上に触れて確かめつつ言った。

「船の荷物と人は、一切あんたらの好きにできるんだ。広国屋は老舗だ。主人の勘七郎はさぞかし、たっぷり金を持っているだろう」

「それもそうだ。面白え。久し振りのでけえ仕事になりそうだ」

主が煙管を咥《くわ》えたまま口を挟んだ。

「では頭、手数料をいただこうか」

山河は玩んだ小判の二両と腰の巾着から二分金を出し、主の前に置いた。

「きっちり二両二分。仕事が済んだらまた二両二分、でいいな」

「やった相手の懐の分はどうなる」

主の顔が深い陰りで歪んでいた。

「稼ぎ次第で、考えてやってもいい」

山河は上機嫌で笑った。

主もつられて笑い、煙管の吸殻を吐月峯《とげつぽう》へ、かん、と叩き落とした。

三

その夜五ツすぎ、広国屋の市兵衛の部屋では、下女のお房が動くたびに手足の丸いよく太った身体で畳を震わせながら、市兵衛の旅の支度をいそいそと拵えていた。下帯から肌着に足袋《たび》、手拭、腹痛の薬、明日身に着ける手甲《てっこう》や脚半《きゃはん》、紙入れと、まるで亭主を旅に送り出す世話女房のようである。

「お房さん、わたしがやるからいいんだよ」

市兵衛が断わっても、

「いいべえ。遠慮はいらねえ」

と、お房は白いぽっちゃりした顔をはじけさせ、甲斐甲斐《かいがい》しく市兵衛の世話をやくのだった。

「これは南京《なんきん》らくがんだ。うまいっぺ。今日、使いへ出たついでに買ってきたから入れとくで、旅の途中で食べてくだせえ」

「済まん。わざわざ」

市兵衛は少々迷惑でなくもないが、お房が親切心で旅支度を整えてくれるのを無下に断わることもできなかった。

それにお房はなにかあるとすぐ笑い声を周囲に遠慮なく響かせるので、何がおかしいのかわからないときでも市兵衛もついつられて笑ってしまい、いつの間にか気を晴らしてくれる明るさが可愛らしかった。

お房は市兵衛が広国屋へきた当日の夜食の膳を運んできて、話すことに夢中になり市兵衛の酒をひとりで呑んでしまって以来、市兵衛の膳は必ずお房が運んできた。

そして給仕をしながら店の使用人らの間で流れている噂話や評判事を、面白おかしく途切れることなく話してくれるので、広国屋へきてほんの五、六日の市兵衛がもう何年も勤めてきた使用人みたいに、お店の内情に詳しくなっていた。

どうでもいいことだが、常盤町の勘七郎の妾お園の、腰巻の色や襦袢《じゅばん》の柄まで市兵衛は知っていた。

「お房さんは、甲二郎さんのことを知っているかい」

市兵衛は、はちきれそうな指先を器用に動かし荷造りしているお房に訊いた。

「もしかしたら、土浦の醤油蔵の甲二郎さんのことかね」

「そうだ。職人頭を務めている」

「広国屋の醤油造りの名人だと聞いてますべえ。小っちゃいときから醤油職人に弟子入りして土浦の醤油蔵で働き始めて、五十五年以上も広国屋ひと筋の職人さんだね」

「五十五年以上？　甲二郎さんはいくつだ」

「もう六十半ばのはずだよ。けどまあだ矍鑠《かくしやく》として、醤油蔵の気の荒い職人らを指図しながら、己も職人らに交じって働いてるってね。広国屋の醤油造りは甲二郎さんで持っているって言うくらいだから」

「となると、土浦の醤油蔵では甲二郎さんは別格なんだな」

「別格かどうかはわがらねえが、醤油造りには厳しい職人さんだそうだね。酒も呑まねえし博打《ばくち》も打たねえ。醤油造りしか能がなくて、娘さんが三人いるけど、醤油造りを継がせる倅《せがれ》ができなくて、とても残念がってたとも聞いたよ」

市兵衛は腕を組み、虚空にじっと目をそそいだ。

醤油造りひと筋の六十をすぎた職人か――と市兵衛は首を傾げた。

お房は市兵衛の真剣な顔付きを見て、けたけたと笑った。

「唐木さま、甲二郎さんのことでなんぞ気にかかるでがんすか」

「いや。埒《らち》もない作り話のことを考えていた」

市兵衛はお房と一緒に笑った。

「甲二郎さんは人付き合いはいい方かい、悪い方かい」

「そんなあ、気難しい職人さんが人付き合いがいいわけねえべ。あははは……」

そのとき市兵衛は壁に立てかけていた黒鞘の大刀をさりげなくつかみ、左脇へ引き寄せていた。

お房は明るく笑いながら、荷造りをしている。

市兵衛は笑顔のまま、静かに立った。

はい？　という表情を向けるお房に人差し指を唇に当て、し……と制した。

お房はきょとんとした。

市兵衛は縁廊下を仕切る腰障子の方へ、音もなく身体を滑《すべ》らせた。

障子を静かに引くと、薄暗い縁廊下に黒々とうずくまる人影があった。

人影は長刀を肩に凭《もた》せかけて抱え、行灯の灯の届かない真っ暗な庭に見入っているかであった。

肉の盛りあがった広い肩幅が、人よりも岩塊を思わせた。

岩塊は首だけをおもむろに廻《めぐ》らし、骨張った顎に厚い唇、ひしゃげた鼻に落ち窪《くぼ》んだ眼窩の底に光る目を市兵衛に向けた。

両者は、に、と不敵な笑みを投げ合った。

「思わせ振りな現れ方をする男だ。なぜ入ってこん」

「仲睦《むつ》まじいので、遠慮したのさ」

「からかうな。お房さん、この男はわが友だ。顔は少々恐いが心配はいらない」

市兵衛はお房に言った。

お房の丸い顔に笑顔が戻った。

「まず入れ。用件を聞こう」

「気まぐれな風の行方《ゆくえ》を確かめてこいと、お頭のご命令だ」

弥陀ノ介は小人目付の黒羽織ではなかった。

盲縞の木綿の上着に渋茶の袴を引きずる姿が、貧乏浪人の風体に見える。

「だから、おぬしには迷惑でも、面倒を見にきたのさ」

弥陀ノ介は一升徳利を太く短い腕で掲げた。

「土産だ。少々話したいこともある」

「兄じゃの身に変事があったのか」

「ふん。心配か。普段はお屋敷へ顔も見せぬくせに。大丈夫だ。お頭は元気にしておられる。しかし、変事がまったくなかったわけでもない」

「青が、また現れた」

「密《ひそ》か事か」

「青が？　先だっての、十二社《じゅうにそう》で斬り合った唐人の、あの青のことか」

市兵衛は声をひそめ、弥陀ノ介はにんまりとした。

「何のために現れた。やはり仇討ちのため」

「違うと思う。仇討ちなら、まずおれかおぬしだろう。青は頭を狙《ねら》っておった。今度も誰ぞに使われておるのではないか」

「何とあの女、哀れな」

「だろう。おれもあのしつこさが気にかかってならん」

市兵衛はお房へ振りかえり、

「お房さん、湯呑を二つ、いや三つ頼みたい。友が酒を持ってきてくれた。お房さんも一緒にどうだ」

はあい――とお房は嬉しそうにけらけらと笑い、畳をゆるがした。

「微笑《ほほえ》ましい仲よ、のう」

弥陀ノ介が尻を左右に振って縁廊下をゆくお房を見て言った。

「からかうな」

市兵衛は弥陀ノ介をたしなめたが、それでもちょっと照れた。

第七章　高瀬舟《たかせぶね》

一

古河藩土井家藩邸上屋敷は、西丸下、日比谷御門を出て日比谷濠端に、両脇に片庇屋根の番所を設けた長屋門を構えていた。

海鼠《なまこ》塀が樹林の繁る藩邸を長々と囲繞《いにょう》し、老中土井大炊頭利和の威厳《いげん》ある家格を誇示していた。

まだ朝の五ツ（午前八時頃）前だった。

上屋敷の表御座の間の一段高い上座に、藩主土井大炊頭利和が老松を描いた鏡板を背に着座していた。

下座には公儀十人目付筆頭片岡信正が備後畳に手を突き、深々と平身していた。

老中登城の正四ツ（午前十時頃）までにはだいぶ間があり、土井利和はまだ正装ではなく錦繍《きんしゅう》の羽織姿だった。

御座の間には、利和と信正の二人だけが向かい合っていた。

政務を執る刻限ではないこともあるが、信正が早朝の突然の訪問を幾重《いくえ》にも詫びた後、「なにとぞ、お人払いを……」と願ったからである。

利和は不機嫌を隠さず、眉間に深い皺を刻んだ。

日ごろより快く思っていない片岡信正を見おろし、やがて言った。

「頭をあげよ」

は――と信正は頭をわずかにあげるも、利和と目を合わせる無礼は取らない。

やはり間が合って、利和の許しが出るまで信正は待った。

広い御座の間をぐるりと畳廊下が廻り、廊下を隔てた小姓衆の間や家士らが詰める間からはしわぶきひとつ聞こえてこなかった。

「手短に申せ。そろそろ登城の支度にかからねばならん」

享和《きょうわ》二年（一八〇二）よりほぼ二十年にわたって執政の職にある利和は、老練な口振りだった。

「申しあげます」

と信正は平身のまま言った。

昨夜夕刻、襲撃を受けた後の激しい怒りは、収まっていた。

信正は冷静さを取り戻し、どうしても内密に土井利和に会うべきだと判断した。

それも登城後の老中の詰める用部屋上の間ではなく、西丸下の土井家藩邸でなければならなかった。

むろん、土井家藩邸に訪問の知らせを送り、許しを得たのである。

今しかないと、信正は思っていた。

「小名木川下屋敷に運びこまれておりますご当家ご用お荷物についてでございます」

信正の低く絞った声が、御座の間に響いた。

利和は黙って信正を見つめていた。

「去る七日夕刻、小名木川土井家下屋敷に艀船よりお荷物が運びこまれておりますところを、大伝馬町木綿問屋組行事雇いの見張人利十郎なる者が見つけ、利十郎が御荷物の改めを申し入れましたが、許されませんでした。それゆえ利十郎は組行事と談合のうえ、北町奉行所へ顔人《がんにん》を立て……」

信正は、るる、語った。

利和は顔を背け、締まりのない、どこかしら自堕落《じだらく》なふうにさえ見える様子で信正の説明を聞いていた。

しかしながらこれはまだ公のことではなく、だから藩邸なのである。

信正の配慮を、利和は察せねばならない。

そうして信正がおよそ四半刻（約三十分）をかけて語り終えたとき、土井家藩邸は暗く重苦しい静寂に包まれていたのだった。


同じ朝、小網町行徳河岸から広国屋の明樽や塩俵をうずたかく積んだ艀船が、船列を連ね、小名木川を下総本行徳村新河岸を目指していた。

旅が終わるころには季節は二月、梅がほころびやがて桜も花を咲かせるだろう。

それでも朝は冷たい寒気が川面におりて、船頭らの漕ぐ櫓の音が寒気を分けて川筋を進んでいく。

その船列の一番後ろの艀の船梁に、広国屋主人勘七郎、続いて茣蓙を敷いた板子に、江戸紫に麻葉模様の小袖の美早が腰元お駒《こま》を供に従え、美早の膝の前には折り紙模様の布子の袖なし羽織を着た久と昌が座っていた。

市兵衛は火熨斗をかけた紺羽織に小倉袴のいつもの出で立ちで胴船梁、そして弥陀ノ介が艫《とも》の船梁にかけていた。

みな手甲脚半に草鞋《わらじ》の旅拵えで、それぞれ菅笠や編笠をかぶり、美早と腰元、娘らは杖《つえ》を手にしている。

双子の娘らは、初めての心浮き立つ旅に幼い胸をふくらませていた。日々を暮らすお店と日本橋小網町界隈しか知らない娘らにとって、その朝の見慣れぬ景色は何もかもが物珍しく、頬を撫でる冷たい風や匂いはしっとりと、降りそそぐ日差しも心地よかった。

大人たちの様子も普段とは違っている。

何よりも、お父っつあんと美早伯母《おば》さまが揃っていることが嬉しかった。

それから行徳河岸でわいわいと見送るお店の使用人らには、河岸場が見えなくなるまで小さな手を振って名残《なご》りを惜しんだ。

また、唐木さんという大きなおじさんと、

「唐木さんのご友人で、ご一緒に旅をしていただくことになりました……」

と伯母さまが言っていた顔の恐い小さなおじさんが旅の道連れなのも、娘らの好奇心をかき立てずにはおかなかった。

「大きな大きなお船に乗って、遠くまで旅をするのです。夜はそのお船で寝て、次の日の夕方、土浦というところへゆくのですよ」

土浦というところには、亡くなったおっ母さんの子供のころに住んでいたお家があって、そのお家にはお祖父《じい》さまとお祖母《ばあ》さまが住んでいらっしゃって、お祖父さまとお祖母さまに会いにいくのですよ、と伯母さまは言った。

お祖父さまとお祖母さまはどんな人なのだろう。

娘らはそう考えただけでも胸が躍《おど》り、あまりに考えすぎて疲れてしまうのだった。

本行徳村の新河岸には船が、江戸川の川面が見えないくらい沢山泊まっていて、大きな船も何艘か浮かんでいた。

艀をおりて小網町の行徳河岸より賑やかな河岸場の人通りの中を改めの番所へいき、番所から船待ちの旅人が大勢いる旅籠の座敷へ入った。

「ここでお昼ご飯をいただいて、あそこの大きな高瀬舟にお店の荷をぜんぶ積みこむのを待つのです。荷を積み終えたらみなも高瀬舟に乗って、それから本当の旅が始まるのですよ」

伯母さまが言った。

お昼ご飯が済んだ後、伯母さまは「まだ間がありますから、お昼寝をなさい」と言ったが、娘らは船に乗るまでの間が待ち遠しくて、二階座敷の出格子の窓から河岸場の船を見てすごした。

けれども我慢ができず、伯母さまに無理を言って夕刻に乗る高瀬舟を見に河岸場へ連れていってもらった。

高瀬舟はこれまで娘らが見たことのない大きな船で、下帯に腹掛だけの何人もの小揚げ人夫が船積みにかかり、水手《かこ》らは帆筒に帆柱を立て、風を受ける帆の支度にかかっていた。

お父っつあんが船頭と高瀬舟の艫に立ち、人夫や水手の仕事を見守っていた。

船頭は時どき、大きな声で人夫に指図している。

娘らが河岸場からお父っつあんを呼ぶと、お父っつあんが手を振った。

桟橋には、唐木のおじさんと顔の恐い小さなおじさんがいて、伯母さんに手を引かれた堤の娘らを振りかえった。

娘らは顔の恐いおじさんにすっかり慣れて、ちっとも恐くなっていた。

むしろ、小さなおじさんの顔がおかしくて、おじさんを見るたびに笑ってしまう。

そんなふうにして船出が待ち遠しい午後のときがすぎ、ようやく高瀬舟に乗りこんだのは、まだ日の残る夕刻前だった。

水手が大きな腕に久と昌を抱えて、桟橋から船に乗せてくれた。

娘らは世事に近い船縁に寄りかかり、江戸川の向こう岸に飛び交う川鳥を眺めた。

きゅろろろろ……と川鳥の鳴く声が遠くから聞こえた。やがて、

「船を出すぞおい」

と楫柄《かじつか》を取る船頭が合図を送った。

小縁の水手らが竿を使い、櫓をごとりごとりと操り、高瀬舟が軋みつつゆっくり河岸場を離れ始めたとき、振り仰いだ娘らの目に、白い帆が吹き寄せる風を丸々と孕《はら》み、傾いた日が青空の残る西の彼方を真っ赤に染めているのが映った。

市兵衛と弥陀ノ介は、胴船梁のあけ板に腰をおろし帆筒に凭れかかっていた。

船の前と後ろの板子一杯に、明樽と塩俵が左右偏らずに整然と積みあげてある。

船はほとんどゆれず、ゆっくりと川を滑っている。

娘らは船縁から向こう岸の川鳥の群れへ手を振っていた。

「何と、玉のような娘らではないか。見飽きんのう」

弥陀ノ介がのどかに言った。

「娘らはまだ這うことさえままならぬころに母親を失い、父親は甘やかすか放っておくかなのに、よく躾《しつけ》られた聞き分けのいい子らなのだ。見ているだけで頰《ほお》がゆるむ」

「娘らの旅が、無事であればいいが」

弥陀ノ介は、青空の残る北の彼方へ大きくくねる川上を見やった。

「父親の勘七郎は、娘らのことが心配でお店に残していくことができなかった」

「無理もない。思いも寄らぬことがお店の中で起こっているのだ。いかにお坊ちゃん育ちでも、娘らやお店をほったらかしにしてきたことを今は悔《く》いているのだろう」

「おそらく、美早さんをほったらかしにしていたこともな」

ふうん——と弥陀ノ介は市兵衛へぎょろりとした目を流した。

二

その半刻後、小名木川土井家下屋敷の奥の書院で、藩主土井利和の側用人筆頭小此木主善は、じっとしておれぬ胸騒ぎを覚えつつ、夕暮れを迎えていた。

昨日早朝、勘定方組頭の五代三郎太と板垣進二郎は、それぞれ使命を持って下屋敷を出た。

そして唐人の女あおは、二人から一刻ほど遅れていつの間にか姿を消していた。

あの化け猫なら、必ずや片岡信正を食い破るだろう。

そう思ってはいても、一昼夜と半日がすぎて日も暮れようとしている今、どこからも何の報告もないことが、小此木を不安で居たたまれなくしていた。
そろそろあおが戻ってきてもいいころだが、もしや……
小此木は呟《つぶや》いた。
かすかに後悔が兆《きざ》した。急に何かが一斉に崩れ始めている気がする。
何が。何も崩れてはおらんではないか。
小此木は自らに言い聞かせた。
書院は薄暗がりに包まれていた。
障子の外で、今ごろ誰かが庭を掃《は》いていた。
何どきだ、暗いな、と小此木は立ち上がった。
障子を開けると、縁廊下の先の庭で下男が竹箒《たけぼうき》を使っていた。
下男は小此木を見て、片膝をついた。
「申しわけございません。お耳障りでございましたか」
今月になって雇った下男だった。
この男を雇ったのは誰だ。小此木は意味もなく考えた。
「よい。それより、誰かに明かりを持たせてくれ」
「かしこまりました」

障子を閉め床の間の前に戻った小此木は、溜息をついた。

腕を組み、考えを廻らした。

だが考えは千々《ちぢ》に乱れて、まとまらなかった。

ときがたち、ほどなく暗くなった障子にぼうっと手燭の明かりが差した。

「明かりをお持ちいたしました」

いつもの女中ではなく、家士の声だった。

「入れ」

小此木は腕組のまま、目を膝に落としていた。

視界の隅に、障子が開いて侍が手燭を提《さ》げて入り、行灯の側へいくのが見えた。

小此木はまた溜息を吐き、目を閉じた。

部屋がぼうっと明るみに包まれるのを覚えた。

「御免」

小此木はそのとき、誰かが言ったのを聞いた。

うん?――と顔をあげて見た。

西丸下の上屋敷で見覚えのある勤番の家士が抜刀し、膝を折り上段に構え、小此木に正対していた。

脅威や恐怖を覚える隙はなかった。

だあっ。

家士の気合もろとも、上段より打ち落とされた。

頭を割られ、小此木はぼうっとなった。

しゅうっと血の吹く音が聞こえた。

襖が開いて今ひとり、革襷《かわだすき》に固めた家士が抜刀して現れ、黙って小此木の脾腹《ひばら》へ突き入れた。

二太刀とも致命的な一撃だった。

息絶えるまでの短い間に、小此木は血を吐くような絶望を味わった。

殿……と言いかけたが、後は言葉にならなかった。

一刻半後、西丸下古河藩上屋敷中奥、当主土井利和の寝所次の間に、江戸家老山本八郎右衛門が座った。

行灯の明かりの届かない部屋の隅に、宿直《とのい》の侍がうな垂れ畏まっている。

「殿、山本八郎右衛門でございます」

寝所と次の間を仕切る襖へ声をかけた。

山本は土井利和の返事を待った。

夜更けの重たい静寂の中から、主の声がかえってきた。

「済んだか」

「は。すべて、終わりましてございます」

山本が言い、主の次の言葉を待った。

「是非もない」

利和が応えた。

山本は、ふと、主が同じ言葉を使った先日のことを思い出した。

「この後は、いかが取り計らいまするか」

任せる、とは言わなかった。

「この後、小此木のことは二度とわたしの耳に入れるな。それから……」

主は続けた。

「改革派なる不逞《ふてい》の家士らは、江戸藩邸においても国元でも一掃せよ。わかったか」

「速やかに、そのように取り計らいまする」

「ならばよい。さがれ」

ははぁ、と山本は暗い襖へ平身し、立ちあがり腰を折ったまま踵《きびす》をかえした。

土井家江戸家老山本八郎右衛門が、国家老住田正眼への手紙をしたためているころ、関宿まで二里ほどを残した宝珠花《ほうじゅばな》をすぎたあたりの江戸川の、薄《すすき》や蘆荻《ろてき》が繁茂する川原と川原の間を豊かに流れる川面は、星空の下に暗く沈んでいた。

濃密な闇が、川沿いに続く土手堤や連なる樹林の影、なだらかな土手の下に横たわる川原、流れの汀《みぎわ》を覆う深い水草を漆黒に染め、どこまでも広がっている。

そして、風さえ眠りについてそよがず、不気味なほどの静寂の中で満天の星の輝きとひっそりとたゆたう流れだけがそれを破っていた。

その江戸川の、汀に繁茂する深い水草の間に、四艘の川船が浮かんでいた。

川船には人影がじっとうずくまって、闇にまぎれこんでいた。

うずくまる人影はそれぞれの船に四つから五つ、下帯ひとつに腹掛、麻の袖なしの半着を羽織って裾をひらひらさせている者、股引《ももひき》を穿《は》いた者、脚半だけの者、跣《はだし》か草鞋、頭にはねじり鉢巻、中には額金《ひたいがね》を着けた者らもいる。

しかし人影は、闇にまぎれていても眠っているのではなかった。

手にした熊手や大槌、投げ縄、鳶口《とびぐち》、先に焼きを入れた竹鑓《たけやり》、棍棒《こんぼう》、下帯に挟んだ長脇差《どす》などの得物で武装し、獲物を狙い昂揚し血走った目を、瞬きもせず暗い川筋へ凝らしていた。

やがて闇に包まれた川下に小さなかがり火が、ぽつり、と浮かんだ。

一旦、火が見えると、それはゆっくり、けれども確実に川筋を遡上してくる。かがり火に照らされた船影が、闇の彼方でも次第に見分けられ、竿や櫓を使う水手らが虫のように動いているのもわかった。

「あれだ」

暗がりの中で、五代三郎太の低い声がこぼれた。

「ちょろいもんだ」

泥がめの山河の嗄《しゃが》れ声が言った。

二人は岩だらけの水際に立ち、川筋のかがり火を睨《にら》んでいた。

「ひとりも生かすな。わかってるな」

「承知だ。生かすより始末する方が手がかからねえ」

「われらは後詰めに廻る。万が一、おぬしらがやり損ねた場合を考えてな」

「やり損ねるだと」

冗談じゃねえや、と言いたげに山河は唇を歪めた。

川原の深い草地の中にも、十を超える人影がのっそりと居並んでいる。

板垣が古河藩より急遽率いてきた、小此木一派の屈強の者らである。

五代も板垣も、そしてそれらの家士らも、江戸藩邸下屋敷でその夕刻起こったことを知る由もない。

「よおし。松明《たいまつ》に火ぃ、入れろ」

山河がうめき、衰えを見せぬ身軽さで一艘に飛び移った。

ひとつの松明に火が点き、火が次々と廻されてゆく。

「乗り出せ。ひとりのこらず、息の根ぇ止めろ」

山河が暗い川筋にうなり声をとどろかせた。

三

「ご主人、勘七郎さん、起きてくれ」

市兵衛は世事で眠っている勘七郎に声をかけた。

暗い世事の中で先に目覚めたのは美早だった。

それから腰元のお駒が目を覚まし、勘七郎はようやく起きあがり、

「ふうん、もう、朝かい」

と寝惚《ねぼ》けていた。

久と昌はぐっすり眠っている。

「怪しい川船がくる。数が多い。船頭らは川賊だと言っている。この船では逃げても逃げ切れんそうだ。子供らをそのままで三人とも外へ出てくれ」

市兵衛が言い、勘七郎はぐずぐずとこすっていた目を剝いた。

世事を出ると、水押《みおし》のない高瀬舟の舳先に立てた桟蓋《さんぶた》の前方に、松明をかざした四艘の川船が、行く手を遮るように展開し迫ってきているのが見えた。

弥陀ノ介と船頭の仁三郎が帆柱の傍らへ立ち、迫る川船を睨んでいた。

風は凪《な》いで、帆はおろしてある。

高瀬舟はもうほとんど動かず、漆黒の流れに真っ直ぐ舳先を向けていた。

水手らが竿や櫓で向きを維持していなければ、船はゆっくり流れに押し戻されていくだけである。

「船を反転させて逃げても、とても間に合わねえ」

仁三郎は言った。

「このまま一気に川船の間を突き抜けて、逃げることはできないのか」

「それは無理だ。やつら、あっしらと同じ船乗りだ。川のことも船のことも知りつくした川賊だ」

やつらの狙う有り金や荷物をぜんぶ渡して命乞いをするかそれとも戦うか、どっちかしかねえ、と仁三郎はうめいた。

ただの川賊ではない——市兵衛にも弥陀ノ介にもそれがひりひりと伝わった。命乞いなどあり得ない。戦うしかないのだ。

言葉を交わさずとも、二人の意は通じていた。

「市兵衛、策は」

弥陀ノ介が言った。

「ふむ。仁三郎さん、船を捨てて川岸まで泳げば逃げることができる。いってくれ。船はわれらが守る」

市兵衛は仁三郎に言った。

「馬鹿こくでねえ。船頭が船ぇ捨ててどうする。おめえら、命のおしいやつはかまわねえから逃げろ。おれは船を守らにゃあならねえ」

仁三郎は櫂を両手につかんで言った。

だが三人の水手は、必死の形相《ぎょうそう》でそれぞれが「あっしも残る」「あっしらも……」

と言い切った。

「ありがたい。人手は多い方がいい。勘七郎さんも戦えるだろう」

そして市兵衛が勘七郎に声をかけ、世事から勘七郎と美早、供のお駒が出てきて、暗黒の向こうから松明をかざした四艘の川船が、行く手を遮るように展開し迫ってくるのを見たのだった。

「というわけだ。勘七郎さんも戦ってもらいたい。お嬢さん方を守るために」

勘七郎は震えつつも、は、はい……と懸命に頷いた。

賊はまず、前、左右、から次々に襲って船に乗りこもうと計るだろう。

明樽や塩俵の荷物をでき得る限り胴船梁より前の板子へ積み替え、後ろの板子に戦えるほどの隙間を作る。

仁三郎と水手、勘七郎の五人は、舳先と前の板子の左右三手に分かれ、賊の船を十分引きつけ、一斉に樽の山を突き崩して賊に浴びせ、竿と櫂で応戦する。

「思い切り喚くのだ。船に乗りこめぬように防ぐだけでいい。賊は簡単には乗りこめなければ、荷物の少ない後ろの板子が容易《たやす》いと見て狙ってくる。そこで弥陀ノ介が右舷、わたしが左舷に備えて賊を迎え撃つ」

乱戦になれば五人が束になって互いに助け合い、囲まれたら輪になって守る。

防ぐだけでいい。賊を倒すのはわれらがやる。

「いいな、弥陀ノ介」

「上等だ」

仁三郎と水手らの歓声が続いた。

美早はお駒と世事へ戻り、自らの荷物から脇差を取り出した。

白襷《しろだすき》を結びつつ、お駒に言った。

「ここに子供らといなさい。心配ない。気を強く持つのです。わたしは戸の前で賊の侵入を防ぎます」

はい――とお駒が応え、両腕に抱えた久と昌は、あどけない寝顔を見せている。

世事は舳先に近い表船梁のすぐ後ろに設《しつら》えてある。

美早が世事を出たとき、水手と勘七郎が明樽を前の板子の船縁に積み上げ、仁三郎は船の舳先に燃えるかがり火を竿を使って川へ落としていた。

がらがら、じゅじゅじゅじゅぅ……

船先に燃えていた薪が川へ没し、船はたちまち暗がりに包まれた。

勘七郎と水手、船頭らは櫂や竿を握り締め、背の高さほどまで積み上げた明樽の陰に身を屈《かが》めた。

後ろの板子には塩俵だけを残した隙間に、市兵衛と弥陀ノ介が下げ緒を襷にして船縁から賊の様子をうかがっていた。

松明をかざした賊の顔が見分けられた。

みな物々しく松明と得物を手にし、裸同然である。

「美早さん、危ないから世事に隠れなさい」

勘七郎が世事の潜り戸の前に屈んだ美早に、声をひそめて言った。

「わたしはここで賊の侵入を防ぎます。世事の中では存分に働けません」

美早は脇差を帯に差し、柄を握り身構えた。

弥陀ノ介が後ろの板子からそんな美早の構えを見やり、感心した。

「やるね。さすが武家の女だ。構えに心得が見える。ご主人より働けるぞ」

弥陀ノ介は右舷から市兵衛にささやいた。

「人は何のために、誰のために戦うかだ。美早さんは娘らを守ることに必死なのだ」

市兵衛は暗い川筋に櫓の音を軋ませ、近付いてくる川船を見定め言った。

「くるぞ」

「ふむ。目に物見せてやる」

弥陀ノ介は、岩のような短軀から長い刀をぞろりと抜いた。

深まりゆく闇夜の中に、四艘の川船の櫓の音だけが響いていた。

松明の火が川船の周りの波を照らし、そこが黒い大地ではなく、何もかもを飲みこんでしまう川の流れの只中にあることを映し出していた。

川船は高瀬舟の両脇へ分かれながら、棚板（舷側）へ漕ぎ寄せつつあった。

「おおい、そこの高瀬舟。広国屋の主人が乗ってるだろう。主人にちょいと野暮用があるんだ。移るぜ。いいか、逆らうと承知しねえぞ」

泥がめの山河の嗄れ声が、威《おど》しをかけた。

高瀬舟からは何の応答もない。

怯えていやがるな、大したことはあるまい、と山河は舌舐めずりをした。

高瀬舟は前半分に明樽が積み上げられてあり、後ろの方は荷が積まれておらず、まるでこちらへこいと誘っているようだった。

二手に分かれた川船は前の二艘が高瀬舟後方の左右の棚板に、続く二艘は前方の左右の棚板へ接近すると、

「やっちまえっ」

と山河が叫んだ。

それを合図に一斉に松明の火が飛び、星空に幾筋もの炎が鮮やかな弧を描いた。

松明はばらばらと音を立てて船上へ降りかかり、荷物の上、世事の屋根、船上のそこかしこを跳ね、火の粉をまき散らし転がった。

船の中は左右から飛んでくる松明の火に襲われ混乱した。

水手らは必死に松明を拾っては投げかえしたが、次々と松明は降ってきて、仁三郎や水手は身をかわすことと火消しに追われた。

賊は戦い慣れていた。

「今だあっ」

山河が船上の混乱に乗じて叫び、川船は新しい松明を浴びせつつ近付いてゆく。

熊手と鳶口が小縁に、がつがつと噛み付いた。そして川船の水押がどしんどしんと棚板へぶつかった。

「慌てるな」

市兵衛は板子に転がる松明を拾い、川船へ投げかえした。

松明は賊のひとりの顔面を痛打し、悲鳴と火花を散らし、賊が川へ転がり落ちる。

「荷を落とせ」

市兵衛の声に励まされ、仁三郎と勘七郎、水手らが船縁に積み上げた明樽を左右の川船へ、がらがらと一度に突き崩した。

乗りこもうと計った賊らは崩れてくる明樽を頭から浴びて「わああ」と喚き、川船へ押し戻され、中には川へ飛びこんで逃げる者も出た。

「ぶちかませやあっ」

仁三郎のかけ声で水手と勘七郎が雄叫びをあげ、賊に竿や櫂を叩きこんだ。賊も「死にてえか」と応戦する。

櫂と竿、熊手や鳶口、竹鑓、長脇差の白刃、大槌の激しい打ち合いが始まった。ゆれる川船の中で賊は防ぐのが精一杯で、二人の賊が櫂の一撃を頭に見舞われ血を吹いて川へ転落した。

思わぬ展開に賊は自ら川へ飛びこんで逃げ、片方の川船は無人になった。泳いで船縁にすがる賊に、水手らは「食らえ」と明樽を投げ付ける。

ところが反対側の勘七郎と水手が賊の攻撃に追い立てられて、四人の賊が熊手、鳶口、大槌、長脇差をかざして乗りこんできたのだ。

後ろへじりじりとさがる勘七郎が明樽に足を取られ転んだ。

ああああ……勘七郎は叫んで竿を振り廻した。

ひとりが勘七郎目がけて大槌を振りあげる。

と、世事の前の美早が、咄嗟に板子の松明を拾い賊へ投げ付け、松明が賊の顔面に賊は大槌を振りあげたまま後ろへよろめき、船縁で回転しながら転落していった。

「そりゃあ」

鳶口を振るって賊が美早に打ちかかる。

が、美早は脇差で鳶口をかつんと払い、鮮やかに賊の胴を抜いた。

ひいいい……

賊は金切り声を絞り、美早の背後で腹から血飛沫《ちしぶき》を吹いてうずくまった。

美早は声ひとつあげず次の賊に迫っていく。

熊手と脇差の賊が、女と見て打ちかかる。

その横から仁三郎と水手二人が反転して助勢に加わり、櫂と竿が残りの賊へ矢継ぎ早に浴びせかけられた。

勘七郎も起きあがり、反撃に出た。

両者の得物が打ち合い、火花を散らし、怒声が飛び交った。

賊は顔面や肩を砕かれ、頭蓋を割られ、悲鳴をあげて逃げた。

ひとりは板子へ虫の息で転がり、ひとりは血だるまになり川へ転落した。

しかしそのとき、おろしていた帆に松明の火が燃え移り、帆柱とその周囲が新たな炸裂《さくれつ》した。

炎に包まれ始めていた。

「火を消せ」

仁三郎が叫んだ。

そこへ川へ落ちた賊が、二人三人と執念深く船縁をよじ昇ってくる。

「またくるぞお」

仁三郎が叫び、水手と勘七郎は船縁の賊へ突進したが、燃え移った火は見る見る船上に広がっていった。

四

市兵衛は棚板を乗り越えてくる最初の賊へすうっと接近し、上段から一撃を加えた。

くああっ。

最初の賊は足をかけた小縁で仰《の》け反《ぞ》り、ひと声叫んで川へ転落していく。

「食らえっ」

頭目と思《おぼ》しき男と二人の手下が市兵衛に三方から松明を浴びせかけた。

市兵衛はそれを左右に払いかわすのに、一旦後退した。

思いのほかの抵抗に遭い苦戦しつつも、頭目は恐れを知らなかった。

喚声をあげつつ棚板を乗り越え、頭目を先頭に三人がどどっと飛び移る。

「ぶっ倒せっ」

頭目は叫んだ。

市兵衛目がけて長脇差を左右前後に振り廻し、竹鑓が得物の二人の手下は嘴《くちばし》でついばむ鳥のように突きかかり、あるいは上から打ち落としてくる。

頭目の老いた目には、命知らずの豪胆な怒りが漲《みなぎ》っていた。

これまで一度もしくじったことのない、それが自慢の川賊だった。

「おらおら、かかってきやがれ」

頭目は黄色いまばらな歯を市兵衛に剝き出した。

市兵衛は身体をそよがせ、竹鑓と振り廻す長脇差を自在にかわしながら、頭目との間をすすっと詰めていく。

頭目が振り廻す長脇差も竹鑓の攻撃も、相手を怯ませることが狙いなのだ。

牙を剝いて喚き威し刀を振り廻す。相手が怯み後退る《あとずさ》。相手が怯んだところにいっそう攻めかかり、致命傷を与える。

我流の喧嘩剣法に慣れ切った頭目の意表を突く、市兵衛の動きだった。

なんだ、こいつ？

思ったそのとき、帆柱を舐める火が夜空に火炎を突きあげた。

弥陀ノ介は身体を丸く屈め、乗りこんできた三人の賊の群れへ衝突を計った。

賊の群れは岩と衝突したような衝撃を受け、ひとりが船の外へ吹き飛ばされた。

ひとりの振り落とした棒が弥陀ノ介の額を打ったが、棒が折れただけで、弥陀ノ介はたじろぎもせず賊の喉首を鷲づかみ、宙へ差しあげたのだった。

ぐぐ、と賊が呻いて手足をじたばたさせた。

ところへもうひとりが打ちかかった熊手を、上段に受け止めた。

受け止めながら賊の喉首を片手で圧し折り、

「だあっ」

と、そのまま川へ投げ捨てた。

かえしざま受け止めた熊手の柄を手刀で叩き折ったから、熊手の賊は魂消《たまげ》た。

翻《ひるがえ》って小縁に足をかけ飛んだ背中を、弥陀ノ介の長刀がざっくりと斬り裂いた。

悲鳴が暗い川へ沈むと、川船の櫓をつかんでいた賊はもう逃げるだけだった。

慌てて櫓を漕ぐ賊の顔を、大きなごつい掌が後ろから包んだ。

「まだ終わっておらん」

弥陀ノ介は吐き捨て、船端から賊のうなじへ長刀を突き入れた。

賊は口から血を吹き出したばかりで、悲鳴もあげられなかった。

そのとき弥陀ノ介の背後で、帆柱を舐める火が夜空に火炎を突きあげた。

火炎がぱちぱちとはじけ、船上は昼のように明るくなった。


手下らは踏みこんでくる侍の左右から竹鑓を突き入れ、頭から打ちかかった。

泥がめの山河は正面で長脇差を振り廻している。

だが手下らには、竹鑓が風になびく葦の原に虚しく突きを入れたりはたいたりする手応えしかなかった。

侍が身体を左右になびかせると、竹鑓の先は脇を虚しくかすめ、空を無駄にはたくばかりだった。

手下らには、侍がまるで竹鑓と戯れているようにしか見えなかった。

そしていつの間にか、侍と山河の間は互いの息が届くほど肉迫している。

長脇差を振り廻す山河が船縁へ追い詰められていた。

そりゃそりゃそりゃ……

山河が踊り狂うようにいっそう長脇差を振るい続けた。

侍もそれに合わせて舞い踊っているかだった。

そりゃそりゃそりゃ……

竹槍を振るう手下らの息が切れ始めた。

刹那、肉と骨が砕け、血飛沫が飛んだ。

山河と侍の舞い踊りがぴたりと止まった。

ただ、山河の長脇差だけが宙にゆらめき、船上に燃えあがる炎をきらきらと照りかえした。

手下の二人は、いつどのようにそうなったのかがわからない。

けれども、侍の刀が山河の肩に深々と食いこんでいるのはまぎれもなかった。

ぐぁぁぁぁ……

山河が喚き、長脇差を落とした。

山河自慢の長脇差が、主を求めて板子を転がった。

山河は肩へ刀を食いこませたまま、へたりこんだ。

「な、なんでだよ」

六十に近い川賊泥がめの山河は、一気に老い衰え、年相応の隠居暮らしのじいさんを思わせる穏やかさで、燃えあがる船上にへたった。

「すまん」

侍が言って刀を引き抜いた。

肩から血飛沫が吹き、山河はゆっくり倒れていった。

手下らは、悲鳴をあげ夜の川へ飛びこんだ。

五

美早が久を抱きかかえ、腰元のお駒が昌を抱きかかえていた。

娘らは腕の中で無邪気に寝息を立てている。

「お駒、わたしの側を離れてはなりませんよ」

美早が身を屈めて言い、お駒は懸命に頷いた。

炎と煙が船上に広がり、逃げ場がなくなっていた。

船頭の仁三郎がみなを指図し燃えあがった荷や船具を川へ捨て、火消しに努めても、もはや火勢は収まらなかった。

「旦那さん、もうだめだ。船ぇ捨てるしかねえ」

仁三郎が炎の中で喚《わめ》いた。

川賊の襲撃はしのげたが、高瀬舟は無残にも炎に包まれ始めていた。

「わかった。美早さん、飛びこむしかない」

煤《すす》で汚れた勘七郎が叫んだ。

「おめえら、お嬢さま方を抱いて飛びこめ。岸へ泳いでいけえっ」

仁三郎が水手に命じた。

炎がごうごうと渦巻き、船板がそこかしこで不気味にはじけた。

「頭、あそこに賊の捨てた船があるだで」

水手が数間離れた川を漂う川船を指差した。

「おめえ飛びこめ。船をここまで寄せろ」

「よしきた」

と応えた水手より先に、勘七郎が川へ飛びこんでいた。

驚きの声があがった。

「勘七郎さん、勘七郎さん……」

美早が勘七郎が沈んだ水面へ叫んだ。

続いて水手も川へ飛んだ。

船上の炎を映して川面は真っ赤に燃えていた。

と、勘七郎が真っ赤な川面にぶはっと浮きあがった。

それから川船目指してゆうゆうと、見事な泳ぎを見せた。


川原の岸辺へあがると、みなが燃える高瀬舟を振りかえった。

高瀬舟の板材が炎の中で激しくはじけ、炎は夜空を焦がすほどに高くのぼって、川筋一帯を照らしていた。

上空には、満天の星が折り重なり、その暗い夜空の下、ゆるやかな流れは燃える高瀬舟の向こうに消えていた。

「お船が、燃えているよ」

久が美早の腕の中で言った。

「そうね。お別れを言いましょう」

美早も船をじっと見つめていた。

「お船さん、さようなら」

「お船さん、さようなら」

お駒に抱かれた昌も言った。

船頭の仁三郎と水手らは、水際に跪《ひざまず》き、顔をくしゃくしゃにしていた。

「くそっ、あっしの船が、船が、燃えちまう」

仁三郎が咽《むせ》び始めた。

水手らも泣き声をあげた。

「仁三郎、おまえたちの代わりはいないが、船はまた造れる。泣くことはないさ」

勘七郎が跪いた仁三郎の肩に手を置いて言った。

仁三郎は腕で目を覆い、男泣きしながら頷いた。

昌がお駒に、「これから、どこへいくの」と訊いた。

お駒が娘らを憐れみ涙声になったので、美早は、

「何も心配いりませんからね」

と明るく振る舞った。

そのとき、みなと同じように燃える高瀬舟を見ていた弥陀ノ介がささやいた。

「誰か、いるぞ」

むろん、市兵衛も周囲の暗い蘆荻に忍び寄る気配をすでに嗅ぎ付けていた。

「わかっている。賊の生き残りだろうか」

「ふむ。侍ではないか。そんな気がする。市兵衛、何人ぐらいだと思う」

市兵衛と弥陀ノ介は川原の闇へ踵をかえし、目と耳を凝らした。

「見える。影が十二、三ばかり。みな息が乱れている。張り詰めているな」

「そんなことまでわかるのか」

「人が息をすればかすかな風が起こる。修行すれば人の息も聞き分けられるさ」

「ふん。風の剣とはそこまで読むか」

「おれは打って出るから、おぬしはここで防いでくれ」

「承知だが、ひとりで大丈夫か」

「暗い中では、ひとりの方が刀を振るいやすい」

「恐ろしい……」

弥陀ノ介は思わずもらした。

と、さらさらと蘆荻をかきわけ、複数の忍び足の迫る音が闇の帳《とばり》をゆらした。

「しつこいやつらだ」

弥陀ノ介が闇に吐き捨てた。

岸辺のみなも怪しい気配に気付き、竿や櫂を握り直していた。

「頼んだぞ」

市兵衛は下げ緒を締め直していた。

市兵衛は近付く影に、ゆっくり向かっていった。

「ここで食い止めるつもりだが、万が一ということもある。気を付けてくれ」

弥陀ノ介が振りかえり、みなに言った。

はい――勘七郎が大きく頷いた。

それから弥陀ノ介は一歩踏み出し、抜刀した。

「伯母さま、どうしたの」

久が美早に訊いた。

「大丈夫ですよ。お駒、久を一緒に抱いていておくれ」

美早は久をお駒に渡すと、脇差を抜いて娘らを守るように立ちはだかった。

勘七郎が美早と並び、仁三郎と水手らも身構えた。

そのとき市兵衛はゆっくり向かいながら、抜刀した。

影は燃える高瀬舟の炎に照らされ、次第にはっきりとした姿を見せ始めた。

みな股立《ももだち》を高く取り、物々しく革襷革鉢巻に固め、着物の下に鎖帷子《くさりかたびら》を着こんでいる。

十三名。土井家の者らだ。市兵衛にはわかった。

「土井家の家士が、下賤なる川賊を真似《まね》るか」

市兵衛は八双《はっそう》に構え、しかしそのまま歩みを止めなかった。

「お家のためだ。おぬしらには消えてもらう」

市兵衛の正面に立った侍が上段に構えた。

川原の土を踏む音が次第に速さを増した。

ざざざざ……

両者は見る見る接近した。

だあ——

上段に構えた侍が雄叫びをあげた。

一瞬、侍は凄《すさ》まじい気迫に身体がよろめくのを感じた。

ひたすら突進を計る市兵衛と侍が、がつんと衝突した。

侍が、重い、と思った刹那だった。

市兵衛の八双からの袈裟懸《けさが》けが侍を上段の構えのまま残し打ち落としていた。

侍は市兵衛の速さに応変できなかった。

市兵衛は侍が叫び仰け反った次の一瞬、横から襲う二人目の攻撃を身体を沈めてかわし、そして空いた脇腹へ打ちこんでいた。

肉と骨が一瞬に砕ける音が鳴った。

同じとき、市兵衛は沈めた身体をすでに躍動させていた。

同じく突進してきていた三人目の頭上を疾風《はやて》のごとく飛んだのだ。

切っ先が頭頂を砕き、血飛沫と髷が飛散した。

市兵衛は三人目の後ろへおり立った。

二人目が刀を落とし身体をよじり悲鳴をあげ、振りかえった三人目は一歩よろけ、まるで舞うごとく、くるくると廻りつつ、二人はともにどうと倒れていった。

ひと呼吸もかからぬ、まさに束の間の出来事だった。

それを離れて見ていた弥陀ノ介さえが、あまりの光景に息を飲んだ。

侍たちは尋常な相手でないことを初めて知り、ざわざわと後退った。

侍たちが引いた後に、五代三郎太が青眼《せいがん》に構えて立っていた。

市兵衛は刀を右下へ無造作におろし、五代へ構えもなく近付いていった。

高瀬舟の燃え盛る火が五代の顔を赤く染めている。

ひとり、二人と、市兵衛の後ろへ廻ることを計った。

「市兵衛、後ろは任せろ」

「頼む」

弥陀ノ介がぞろぞろと川原に草鞋を引きずり、市兵衛の後ろへ廻った二人の家士に近付いていった。

「先だっての夜、広国屋の前でお会いしましたな」

市兵衛は五代に言った。

「犬はお嫌いですか。野良犬を、蹴られたな」

五代は言われて一重の厚い瞼を見開いた。

やっとぼんやりと思い出した。

そうか、こいつだったか、と思い出したとき、市兵衛が突進を開始した。

刀は右下へ落としたままである。

真っ直ぐ、まるで身体ごとぶつかる勢いである。

「かかれ、かかれ……」

五代は後退りながら叫んだ。

ひたすら五代目指し突進を計る市兵衛の左右から、侍らがどっと襲いかかる。

だが侍らの打ちこみは、命がけの踏みこみに欠けていた。

市兵衛の動きとわずかな変化に遅れ、切っ先は空を斬るばかりだった。

ああっ、と思った刹那、市兵衛の痩軀は川原の地を蹴り、空を裂き、後退る五代へ一瞬の間に肉迫していた。

五代は初めて踏み止まった。

負けぬ、と思った。

とおぉぉぉぉ……

りゃあ。

市兵衛の声が夜陰に木霊《こだま》し、五代は叫んだ。

市兵衛の無造作に垂らしたと見えた一刀が、いつの間にかすべての膂力《りょりょく》を漲らせ、上段から五代へ打ちかかったのだ。

しかし五代はそれを見事に受け止めた。

鋼が嚙み合い、火花が走った。

五代は勝ったと思った。

一撃を払い、抜き胴。

だがそれは、満天の星空を仰いだ五代が束の間に見た幻影だった。

折れた五代の刀が、儚《はかな》い命をからかうようにくるくると星空に舞っていた。

市兵衛は刀を下段へ落とし、両膝をやわらかく折った構えで五代を見つめていた。

そのとき、頭蓋を割られた五代の身体はぐらりとゆれた。

崩れる身体を支えながら、

「渡りごときに、負けはせぬ……」

と最後に言い捨てた。

それから蘆荻をわけ、仰向けに倒れ伏した。

五代は横たわってからもう一度、星空を見あげたが、星はもう見えなかった。

周りの侍たちは、鬼神と見紛《まが》う所業に凍り付いていた。

「引け、引け……」

誰ともなしに言った。

侍らはその言葉に助けられ、ざざざっと夜陰の川原へ姿をくらました。

市兵衛が振りかえると、長刀を垂らしたままの弥陀ノ介と川縁の勘七郎や美早たちがじっと市兵衛を見つめている。

後ろの川で燃えつきる高瀬舟が最後の炎をあげていた。

美早が脇差を納め、お駒から久と昌を抱き取った。

そして両腕に娘らをひっしと抱き締めた。

それを勘七郎がぜんぶを包むように抱いて、声を絞って咽んだ。

「お父っつあん、濡れているよ」

久か昌のどちらかが言った。

勘七郎は、咽《むせ》びながらうんうんと頷いた。

高瀬舟の火勢が衰え、水没し始めていた。

美早の腕の中で久と昌が小さな手を振り、声を揃えた。

「お船さん、さようなら」

「お船さん、さようなら」

崩壊した高瀬舟は、やがて小さな火の塊になった。

終章　祝言《しゅうげん》

一

南町奉行所定町廻り方同心吉岡又五郎は、築地川沿い南小田原町《みなみおだわら》の小料理屋で一杯やった後のほろ酔いの歩みを、夜風に晒していた。

星空の下の、風が冷たかった。

南小田原町から東へ上柳原町《かみやなぎわら》の海岸通りに出て南飯田町《みなみいいだ》、明石《あかし》橋を渡って明石町、十軒町《じっけん》と海沿いに北へ取り、本湊《ほんみなと》町の馴染みの店でまた一杯やるつもりだった。

吉岡は面白くなく、呑まずにはいられなかった。

への字に結んだ唇が、どこかだるげにも見えた。

目に見えて、ということではないが、周囲の様子が急に変わり始めているような妙に尻の座らない気分が、そうさせた。

吉岡は浅黒い丸顔をしかめ、五尺四寸足らずの小太りの体軀を右左にゆすった。

ともかく、土井家と広国屋の共謀した抜け荷が表沙汰になるのに間はない。

いかに土井家が老中の御家であったとしても、抜け荷が表沙汰になってただで済むはずがなかった。

こっちは広国屋の出入り願いに応えて出入りしているお店というだけで、知らなかったと言い通すだけだ。

伊右衛門らが古河に逃げ小此木の一派に匿《かくま》われれば、言い逃れは難しくない。

主人勘七郎は、土浦への旅の途中で不慮の災難に見舞われ消える。

土井家ほどの家格の大名なら、上手く立ち廻るだろう。

不安で面白くはなかったが、それでも吉岡は高を括《くく》っていた。

なんとかなるもんさ、こういうことはよ、と自らに繰りかえし言い聞かせるばかりだった。

吉岡の耳には、昨夜、小名木川の土井家下屋敷で小此木主善が誅殺され、江戸藩邸でも古河の国元でも小此木派の一掃が始まりつつある事態が届いていなかった。

土井家は、一切を小此木主善とその改革派なる一部の同士らによる企みとして藩内で断罪し、事態の決着を計ろうとしていた。
だが吉岡は、それを知らなかった。
「いつもそうじゃねえか」
吉岡は声に出して呟いた。
人通りの途絶えた明石橋に差しかかった。
潮の臭いがかすかにして、波が切岸の石堤で騒いでいた。
そのとき——
暗い海を背に、町方風体の二本差しが東詰めから橋を渡ってくるのが見えた。
暗くて町方の見分けはつかない。
両手を袖に仕舞い、黒羽織を海風になびかせていた。
町方の顔は、北も南もぜんぶ見知っている。
所詮みな、生まれも育ちも八丁堀なのだ。
誰だ？ と吉岡は訝りつつも明石橋の橋板を、ほろ酔いの歩みの下に鳴らした。
あ、あの野郎……
と思ったとき、町方の方から吉岡に声をかけてきた。
「吉岡さん、先だっては」

渋井鬼三次の渋面が、夜目にもわざとらしく吉岡に笑いかけていた。

「おう。ここら辺にまた、なんぞ用かい」

吉岡は言い捨て、それとなく歩みを速めた。

顔を見るのも不快な男だった。

そのまま橋上をいきすぎかけた。

すると、渋井が吉岡の行く手を阻むようにふらりと立ちふさがった。

「おめえ、何の真似だ。ふざけんじゃねえぜ」

吉岡は渋井を睨みあげ、低い声を響かせた。

「吉岡さん、ちょいとお訊ねしてえんですよ」

渋井が景気の悪い渋面を気色悪くゆるませた。

「邪魔だ。どけぇ。舐めた事をしやがると張り倒すぞ」

渋井はどかなかった。

暗い海を背に、じっと吉岡を見つめていた。

吉岡はたじろぎを覚えたが、それを短い首筋をほぐす仕種をして隠した。

「おれは今、誰とも話したくねえんだ。特におめえみたいな与太とはなおさらな」

「ふん。広国屋の伊右衛門らに奉行所の動きを知らせやしたね。昨日、主一家は土浦へ旅に出た。伊右衛門らを奉行所に呼ぶつもりが、朝、主一家を見送った後、伊右衛門と副番頭の三枝吉、売倍方の手代ら四人が、忽然《こつぜん》と姿をくらましましてね」

「忽然とかい。そいつぁ残念だったな。で、おれが北町のこそこそやってる事を何か知らせたってえのかい。馬鹿ばかしい」

「別にこそこそやっちゃあいませんよ。吉岡さん、北町の動きをばらしやしたね。伊右衛門らに。伊右衛門らから、幾らもらったんです？」

「腐れが。自分のことは棚に置きやがってよう。おめえらが何をこそこそやっているのやら知るわけねえだろう。いいからどきな」

吉岡が渋井を押し退けた。

その厚い肩を渋井がどんと押し戻した。

吉岡は目を剝いた。そして、

「何しやがる。やるのか」

と、十手ではなく刀の柄に手をかけた。

「昨日夜、小名木川の土井家下屋敷で、小此木主善とかいう用人が、何やら粗相《そそう》があったとかで斬られたぜ。吉岡、知ってたかい」

渋井の語調が変わり、重く響いた。

斬られた？

吉岡は衝撃を受けた。

思っているのとは違う事情が起こっている。どうなっているんだ。

吉岡は戦慄《せんりつ》を覚えた。

まずい、では済まなかった。

「おめえ、誰に物言ってやがる。どかねえと……」

吉岡はまだ虚勢を保ち、凄《すご》んだ。

「どかねえと、どうする」

言いかえされ、刀の柄を握ったまま逆に一歩さがった。

「これだあっ」

吐き捨て抜きかけた右肩を、後ろからしたたかに打ち据えられた。

ぐあっ、と喚き、吉岡は肩を押さえて片膝を落とした。

すると歯を食い縛った丸顔が、くの字に曲がるほど、渋井の拳を浴びた。

ぐらりと足がもつれ、吉岡は橋の手摺りをつかんで身体を支えた。

そのとき、頬かむりに股引半纏《はんてん》の男が吉岡のこめかみに十手を叩きこんだ。

「あつっ」

吉岡は頭を抱え、橋板へ丸い尻を落とした。

渋井の手先の、背のひょろりと高い助弥とかいう男ではない。

こいつは、北町の隠密の……

吉岡は名前を思い出せなかった。

痛打を浴び、痛みより意識が朦朧《もうろう》とした。

渋井が吉岡の襟首をつかみ肉のたるんだ顎を持ちあげ、拳を続けざまに打ちこんでくる。

へたりこんだ吉岡の鼻から血が滴った。

ぐったりとなって橋の手摺りに凭れた。

これで終わりかと思っていたら、また渋井が拳を浴びせてきた。

「な、吉岡、ばらしたんだろう。伊右衛門らを逃がしたな」

渋井が耳元で喚いた。

喚いては拳を見舞われた。

頬かむりの男が橋の通りがかりを、

「ご用の筋だ。いけいけ」

と十手をかざして追い払っていた。

「ばらしたな……」

渋井の声がだいぶ遠くなっていた。

だが黙っていたら、拳の雨が止まない。

吉岡はうんうんと頷いた。そして、

「知らせた、知らせた、もう、勘弁、かんべんしてくれ……」

と、か細い声をかろうじて吐いた。

それからぐにゃりと橋板へ倒れこんだ。

渋井は鼻血の付いた拳を吉岡の黒羽織で拭い、立ちあがった。

頬かむりの北町奉行所隠密廻り方の谷川礼介が、吉岡を見おろし、

「もっと長引くかと思っていましたが、存外、手応えのない男ですね」

ぼそりと言った。

十手を後ろの帯に差しこみ、半纏で隠した。

「だらしがねえんで、こっちも殴ってて嫌になったよ。気分がすっきりするかと思ったが、つまらねえな」

渋井が吉岡をのぞきこんで言った。

「ですが、この男だけが何のお咎めもなく、言い逃れるなんてことは、あってはならないことですからね」

谷川が言った。

「何のお咎めもねえことは、ねえだろう」

言いながら渋井は、たぶん……と思った。

いっそう渋面になった顔を夜空へ投げ、歩き始めた。

「谷川、油堀まで付き合え。しけた縄暖簾でしけたおやじ相手に一杯やろうぜ。それから深川八幡の岡場所へ繰り出すってえのはどうだい」

両手を仕舞った袖がひらひらと海風になびいた。

谷川は、ふふ、と笑った。

「付き合いますよ。油堀までは」

谷川は鬼しぶという綽名の、闇の鬼にさえ嫌われているらしいこの評判の悪い町方同心の、しかしなぜか気の合う丸い背中に声をかけた。

二

千住《せんじゆ》より鉢石《はついし》まで日光《にっこう》街道二十三宿の幸手《さって》、栗橋《くりはし》から利根川を中田《なかた》へ渡り、古河の城下まで二里三丁。

ここまでくればもう安心だと、頭取の伊右衛門、副番頭の三枝吉、売倍方の手代文蔵、彦助、藤十郎、平次の六人は、街道筋の出茶屋へ寄り、毛氈《もうせん》を敷いた長床几にかけて昼を兼ねた休憩を取っていた。

一昨日の早朝、勘七郎や美早らを何食わぬ顔で行徳河岸まで見送ってから、その前日、南町の吉岡又五郎よりの知らせを受けて前日のうちに整えていた旅支度に拵え、小僧やほかの手代らがわけがわからず唖然とする中、

「急遽、塩の買い付けで上方へいかねばならぬ用ができました。ひと月ほど留守にしますから、おまえたち、後のことを頼みますよ。もちろんこのことは、旦那さまもご承知のうえだ」

と伊右衛門らは慌《あわ》ただしくお店を出た。

「か、上方へで、ございますか。それでは品川までお見送りを」

訝《いぶか》る手代らに、

「急ぎだから見送りはよい。それより仕事にかかりなさい。旦那さまも土浦へ旅立たれ、わたしらもいなければおまえたちは不安だろうが、これも仕事だから仕方がないのだ。しっかり、お店を守るのですよ」

とも言い残した。

しかし伊右衛門らは東海道を上らず、品川の手前から屋根船を雇い、千住へかえし日光街道を古河への道を取ったのだった。

もう再び、広国屋の暖簾をくぐることはないだろう。

小此木主善の抜け荷に協力し、見かえりに、ご執政土井家の威光を借りて百年の伝統を誇る日本橋の老舗広国屋の主に収まる企みは潰《つい》えた。

小此木は能吏振っているが、若い。

そんな小此木と手を結んだことが誤りだったかと、伊右衛門は悔やんだ。

すべては、あの唐木市兵衛という男のせいだ。

あの男の顔は、もう二度と見たくない。

わたしらは土井家の抜け荷を手助けしてこんな羽目に陥った。

土井家は当然、わたしらを匿うのが筋だし、小此木が否と拒むはずがない。

「万が一、わたしらが捕えられてすべてを白日の下に曝《さら》せば、土井家は大変なことになりますからね。小此木さまがついていれば大丈夫ですよ」

伊右衛門は心配する三枝吉や売倍方の手代らに言った。

それに、お店にある金も持てるだけ持って出た。これさえあれば……

伊右衛門は背中の荷物に隠し持った金貨銀貨のことを思った。

伊右衛門らも一昨日夕刻、小此木が誅殺されたことは知る由もない。

と、街道筋を古河よりの馬蹄の響きがとどろいた。

見ると、数騎の馬と六尺棒をたずさえた十数名の捕り方らしき風体の一団が土煙をあげ街道をやってくる。

何事だろう。ここら辺で大きな捕物があるのか——と、伊右衛門らは街道筋を見廻した。

だが一団が出茶屋の前までくると、手綱が引かれ馬がいななき、土埃が舞った。

通りかかった旅人らが、慌てて街道をはずれていく。

騎馬は三騎、馬上には塗り笠に陣羽織の士が鞭を持ち、荒い息を吐く馬をかつかつと廻した。

遅れて捕り方風体の者らがざくざくと出茶屋の前に到着した。

やがて馬上の士のひとりが、鞭を出茶屋の床几にかける伊右衛門らに差し向け、荒々しく言った。

「そこな者ども、江戸小網町醬油酢問屋広国屋頭取伊右衛門ほか売倍方手代ら六名に相違いなし。その方ら不届きにも、主人勘七郎留守の間を狙い、お店の金を簒奪《さんだつ》し出奔したとの知らせが江戸表より届いておる。よって、直ちに取り調べるゆえ、一同、神妙にいたせ」

伊右衛門は手にした茶碗を落とし、ぶるぶると震え始めた。

三枝吉が立ちあがり、口を覆って叫んだ。

土間にへたりこむ手代、喚きながら裏へ走る手代らで狭い出茶屋は騒然となった。

「かかれ」

馬上の士が鞭を振り、捕り方が、わああ、と一斉に出茶屋へなだれこんだ。

一昨日、伊右衛門らが慌てて出た後、残された手代らがお店の金がそっくりなくなっていることに気が付いた。

それは日々の商いに必要な元手である。これではその日の商いが滞《とどこお》る。

手代らは即座に北町奉行所に訴え出た。

北町奉行所では捕り方を東海道筋へ差し向けたが、同時に、抜け荷の探索に当たっていた定町廻り方同心渋井鬼三次の提言で、町奉行より古河藩土井家へも伊右衛門らの捕縛の協力を求めた。

古河城下の町方が、伊右衛門らを捕縛するに当たって、その裏の背景にある抜け荷の疑惑を承知していたかどうかは不明である。

なぜ伊右衛門らは密かに古河を目指していたのか、捕り方がなぜそれほど大がかりであったかもである。

後日、土井家江戸家老山本八郎右衛門が家士をともない、わざわざ小網町の広国屋を訪れた。

主人勘七郎は、土浦からすでに戻っていた。

土浦の醬油蔵へは向かったが、もはや伊右衛門らの言葉を確かめるまでもなかった。

美早と娘らを土浦の磯部家へ送ると、ひとり小網町のお店に戻り、自ら商いの陣頭に立って、伊右衛門らが姿を消した後のお店の立て直しに懸命になっていた。

数日をへて美早が娘らを連れて戻ってきた。

美早は娘らの母親代わりをこなしつつ、再び勘七郎の商いを陰で支えた。

その間にも勘七郎は、人を立てて磯部道順に美早との婚儀を申し入れていた。

その日、前触れもなく訪れた山本八郎右衛門は主人勘七郎と美早に対座し、袱紗に包んだ数百両の金貨銀貨を差し出した。

そして先だって、当お店より金を奪い逃亡を計った伊右衛門ら六名が古河へ入ったとの知らせを受け、古河城下の町方が捕縛に当たり、その折り、伊右衛門らが所持していた金子《きんす》が当お店のものと推察いたすゆえお渡し申す、とるる語ったのだった。

さらに山本は、今後ともわが土井家江戸藩邸のご用をよろしく頼むと、わが主土井利和さまのお言葉である、とも言った。

勘七郎は江戸家老の異例の訪問を受け、ひたすら恐縮し、

「懸命に相務めさせていただきます」

と美早と二人、平身したが、内心、なぜ江戸家老がわざわざ訪ねてきたのか合点がいかなかった。

それで勘七郎は、伊右衛門らが今どのような処分となっているのかを訊ねた。

すると山本は、「それがでござる」と、さらりと応えた。

「捕縛に当たって激しく抵抗いたしたゆえ、やむを得ず、討ち果たしてござる」

「え？　抵抗を？　伊右衛門らが、でございますか？」

勘七郎は無礼をも忘れて顔をあげていた。

「ふむ。やむを得ず、六名とも」

と山本は平然と頷いた。

勘七郎はなぜか身震いを覚え、美早と顔を見合わせた。

その三人が対座する座敷の外では、おとめつばきが、薄桃色の花をいつの間にか庭の塀ぎわに咲かせ始めていたのだった。

三

三月になり、小網町の広国屋では、主人勘七郎と土浦の儒者磯部道順の娘美早との間で、三三九度の盃《さかずき》が厳《おごそ》かに交わされた。

上座に裃《かみしも》の勘七郎、白無垢《しろむく》の美早、左右に双子の久と昌が座し、

「高砂や、このうら舟に帆をあげて、月もろともにいでしおの……」

と高砂が謡《うた》われ、そして賑やかな披露の宴が夜更けまで続いた。

その夜——

同じ刻限、鎌倉河岸の京風小料理屋《薄墨》の店奥の四畳半に、片岡信正、返弥陀ノ介、唐木市兵衛の三人が、いつもの宗和膳を囲んでいた。

店は忙しいときが一段落し、客がまばらになり、外の鎌倉河岸を流す座頭の呼び笛が更けゆく夜に寂しさを添えていた。

「そういうことで、ご主人と美早さんの婚儀もつつがなく終わり、みなが落ちつくべき場所へ落ちつき、広国屋は出直しへ大きく踏み出した、というところです」

市兵衛が信正に言った。

信正は盃を少し舐めて、ふんふん、と小さく首を振り、ある商家のささやかな幸せに目を細めた。

「それで実は、わたしも広国屋から本日でお暇《ひま》をいただきました。ご主人よりこの後もお店の相談役として残らぬかと申し入れをいただきましたが、土浦から戻ってひと月、これと言ってすることがなくぶらぶらとすごし、死ぬほど退屈を味わいました。これ以上は無理と知り、申し入れはお断わりいたしました」

信正と弥陀ノ介が、声を揃えて笑った。

「おなじぶらぶらでも、米櫃《こめびつ》が空で働き口も見つからぬぶらぶらでなければ、貧乏風に吹かれた市兵衛としては、張り合いがないわな」

弥陀ノ介がからかい、信正はにやにやとしている。

「好きに言え。ところでこれは報酬にいただいた五両です。兄上のお陰でわずかな期間にこれだけの稼ぎが得られました。お礼を申しあげます」

と、市兵衛は白紙に包んだ五両を畳に置いた。

「もっと多い金額を差し出されたのですが、当初のお約束通り五両ということで、余分はお断わりいたしました。五両で十分です。それで今夜のこちらのお支払いは、わたしにお任せください」

市兵衛は胸を張って言った。

弥陀ノ介が目を丸くし、ぷっと吹き出した。

信正はにやにやとしたまま、

「米櫃が空になったときのために備えておけ」

と言い、酒を美味《うま》そうにくいっとやった。

「さようですか。それではお言葉に甘え、これは仕舞わせていただきます」

市兵衛は包みを懐へ仕舞いながら言った。

「それと、ご主人が兄上と弥陀ノ介にぜひお礼を申しあげたく、一度、お内儀ともども諏訪坂の屋敷へうかがいたいと申しておりました。いずれ、広国屋より何らかの知らせが届くかと思われます」

「そうか。礼にはおよばんがな」

と信正は、くつろいだ笑みを絶やさない。それから、

「弥陀ノ介から聞いたが、美早とは、美しく強い女子《おなご》らしいな」

とつらつらと言った。

「それ以上に、賢く優しい女性です。よき母となりよき妻となるでしょう」

「そうか。市兵衛の妻に欲しかったな」

酒を呑みかけた市兵衛は吹きそうになった。

「おまえも、嫁を迎えねばならんだろう」

弥陀ノ介は頷きながら、盃を重ねている。

兄上こそ――と言いかけたが、市兵衛は控えた。

信正は美味そうに盃を呷っている。

「兄上……」

ふと市兵衛は、訊いてみたくなった。

「なんだ?」

「わたしの母のことは、兄上はご存じなのでしょう。市枝という名の……」

「ああ、知っておるよ」

信正は淡々と応えた。

「どういう人だったのですか。わたしは母のことを知りません」

弥陀ノ介は静かに酒を呑んでいた。

若きころの信正の市枝へのけな気な思いを、弥陀ノ介は知っている。

むろん、それを市兵衛に話しはしない。それはこの兄と弟の二人だけの事柄であり、己が口を差し挟む筋のものではないと、弥陀ノ介は心の底から承知している。

「そうだな……」

信正は言って、遠くを見た。

信正の眼差しに、およそ四十年の歳月の彼方が見えていたのだろうか。

「強いて言えば、市枝という人は、佐波に面影が少し似ているかも知れぬ」

え？　という顔をあげたのは弥陀ノ介だった。

信正が忍ぶ恋心を募らせた市枝という年上の女性の、弥陀ノ介が知り得る面影は、信正が語ったわずかなものしかない。

市枝が、信正の父親片岡賢斎の側室であり、弟才蔵、すなわち唐木市兵衛に面影を残しあまりにも儚く世を去ったがゆえに、信正の弟市兵衛への特別な思いが育まれた心情を弥陀ノ介は察している。

それは信正が負った心の傷なのか、あるいはもっと深い人への情なのか、いずれにせよ弥陀ノ介が踏み入れぬ兄弟の絆であることだけは確かだった。

けれども、一旦命あらばどんな死地へも赴く覚悟があると、それほど惚れこんだこのお頭が、妻を迎えず、子も生さず、二十数年を密かにすごした佐波に市枝の面影を見ていたとすれば、何という辛《つら》い純情か。何という控え目な、物悲しい密か事か。

弥陀ノ介は、信正の秘めた一途さと佐波への、そして市枝という見知らぬ女性への憐れさに胸が鳴った。それほど深い思いが、羨ましくさえあった。

市兵衛は、ほう、という顔で頷いている。

おれはこの兄弟を見ていたい、と弥陀ノ介はただそう思った。

そのとき、声がした。

「しつれいいたします」

襖《ふすま》が開き、京は嵯峨野の景色を描いた衝立《ついたて》の陰から、照柿に江戸小紋を散らした留袖をまとった佐波が、四十年の彼方の笑みを見せた。

「あら」

佐波は、新しい銚子を載せた盆を提げたまま戸惑った。信正、弥陀ノ介、そして市兵衛が、四十年の彼方の笑みにうっとりと見惚れていたからである。

解説——絆《きずな》のドラマ

（文芸評論家）小椰治宣《おなぎはるのぶ》

読み心地の良さを、これほどまでに味わえる作品にはなかなか出会えまい——と私が感じたのは、辻堂魁《つじどうかい》の〈風の市兵衛《いちべえ》〉シリーズ第一作目『風の市兵衛』を読んだときのことである。まず、日本各地をさまよって三年半前に江戸に落ち着いた渡り用人唐木《からき》市兵衛、その算盤《そろばん》侍の人物造形が、心地良さの核を成していることは言うまでもない。

この市兵衛を核として広がっていく人間関係の円環がまた心地良さを増幅させているのだ。一人は、十五歳年上の市兵衛の兄、片岡信正《かたおかのぶまさ》。旗本千五百石の当主で、公儀十人目付筆頭の役職に就いている。市兵衛とは異母兄弟の関係にある。その信正がいくつになっても妻を娶《めと》ろうとしない、その真の理由が信正のキャラクターを決定づけているともいえる。心に秘めた亡き女性を思い続ける兄、信正の純真さと、目付としての職務を遂行する折の冷静な判断力とが、主人公である弟、市兵衛に与える影響は大きい。それは読者にとっても同様であろう。兄、信正が弟、市兵衛に注ぐ温《あたた》かな視線、そしてその視線の遠い先にある、信正が思慕した市兵衛の実母市枝《いちえ》の面影――そうしたものが、読者を心地良い雰囲気の中に包み込んでもいるのである。

そして、もう一人、信正の部下、小人目付の返弥陀ノ介《かえりみだのすけ》の存在感が半端ではない。ちなみに、小人目付は、目付配下で、旗本御家人の監視に当たる、俗に隠密目付とも言われる公儀の下僚だ。その弥陀ノ介と市兵衛との間に、シリーズが進むにつれて徐々に強い絆《きずな》が生まれ、友情ともいうべきものが形造られていく、その過程がまた心地良いのである。二人の交わす会話も絶妙だ。例えば、次のシーンなど、清々《すがすが》しい市兵衛の市兵衛らしさが実にうまく表現されている。


「人柄も申し分なく誰からも好かれる。なのに世渡りがなあ……」

と弥陀ノ介がしっこく言った。

三河町の通りは人で賑わい、昼前の光がまぶしい。

その白い光を浴びて、市兵衛は青空へ顔を向けた。

「おれは今のままで不満はない。望めば望むほど欲しくなる。分相応《ぶんそうおう》がいいのだ」

（三〇頁）

市兵衛と信正の兄弟の環《わ》、信正と、上司である信正を絶対的に尊敬する弥陀ノ介との信頼の環、市兵衛と弥陀ノ介、そして北町奉行所同心の渋井鬼三次《しぶいきさじ》との友情の環――こうした環が幾重《いくえ》にも繫がり合って、一つの大きな絆という環を作り上げていく。

本シリーズが心地良く読めるのは、この人と人との絆が編まれていく過程を、作者の筆が温かみをもちながら、丁寧に描き込んでいるためでもあろう。だからこそ、浅薄ではない深い読み心地の良さが生まれてくるのである。

では、このあたりでシリーズ三冊目にあたる本作『帰り船』の内容に少しふれてみよう。

現代で言えば、派遣の経営コンサルタント兼税理士のような算盤侍、唐木市兵衛の今回の派遣先は、小網《こあみ》町の醬油酢問屋の老舗《しにせ》、広国屋である。主人の勘七郎《かんしちろう》は三十二歳、妻は久《ひさ》と昌《まさ》の双子の娘を遺して出産後間もなくこの世を去った。亡くなった妻の姉美早《みはや》が、妹の忘れ形見の母親代わりを務めていた。二十七歳になる美早は、美貌の上に、頭脳明晰《めいせき》で娘たちの母親代わりのみならず、台所のやりくりから、広国屋の商いの手伝いまでして、勘七郎を陰で支えてもいた。

一方、勘七郎の方は、人はいいが優柔不断な性格で、商売の主導権は先代からの古参の奉公人たちに牛耳《ぎゅうじ》られていた。そのためでもあろうか、勘七郎と奉公人との間に溝が生じて商いに障《さわ》りが生じてきているらしい。そうした事態に内々に対処するための助手を求めており、それが市兵衛の今回の仕事であった。そこで、市兵衛は、古参の奉公人たちの動向を探るべく、彼らの懐《ふところ》に潜入を試みる。広国屋を実質的に支配しているのは、頭取の伊右衛門《いえもん》と副番頭の三枝吉《みえきち》だが、彼らは老中筆頭土井大炊頭《どいおおいのかみ》利和《としかず》の土井家とかなり親密な交際をしていた。主人の勘七郎の知らぬところで、何かを企んでいるらしいのだ。

他方、土井家では木綿《もめん》問屋を通さずに、その産地から木綿を直買《じか》いしている疑いがあった。直買いは御公儀の御法度《ごはっと》、言ってみれば密貿易である。しかも、その木綿の運送に広国屋が一枚嚙んでいるらしいのだ。この探索を命じられたのが北町奉行所同心、「鬼しぶ」こと渋井鬼三次であった。

そもそも、美早の父が市兵衛の兄、片岡信正の若き日の友であったため、市兵衛は兄の頼みで広国屋へ、遠い縁者という名目で潜入したのであった。市兵衛は奉公人たちの不正に手を貸すふりをしながら、広国屋頭取伊右衛門と土井家御側用人筆頭、小此木主善《おこのぎしゅぜん》とが結託して企てている陰謀を少しずつ暴いていく。それと並行する形で、広国屋の勘七郎と美早との絆が徐々に培《つちか》われていくのだが、その過程がじっくりと描かれていくあたりにも本シリーズの特色を窺《うかが》うことができる。作者は、様々な形での絆のドラマを描こうとしている――私にはそう感じられるのである。

さて、市兵衛に加えて、同心の渋井や小人目付返弥陀ノ介らの探索の結果、土井家下屋敷で斬り合いがあったことや、昨年の四月に広国屋の手代が、船から江戸川へ転落して溺《おぼ》れ死んでいることが明らかになってくる。手代の死も単純な事故ではないようだ。市兵衛らの探索は、陰謀の核へと迫りつつあった。

市兵衛らの動きに危機感を覚えた敵は、攻撃の刃を向けてきた。市兵衛の背後に目付がいることに気付いた彼らは、兄の片岡信正に刺客を送った。土井家御側用人、小此木の放った刺客とは、なんと本シリーズの読者には馴染《なじみ》深い人物であった。得体の知れないその人物の名は、読んでのお楽しみとしておきたい。

敵の魔の手は、広国屋の勘七郎、美早、そして二人の娘にも襲いかかってきた。伊右衛門の奸計《かんけい》によって船で土浦《つちうら》へ向かうことになった四人の護衛役として市兵衛と弥陀ノ介も同行する。本シリーズの読み所でもある市兵衛の風の剣が、ここで思う存分揮《ふる》われることになるのだが……。

ところで、本シリーズは算盤侍市兵衛を、経営コンサルタントとみなせば、経済あるいは経営時代小説としても楽しむことができる。その一方で、市兵衛を風の剣の遣い手とみなせば、剣豪小説の一面も持っていることになる。読み心地の良さもさることながら、こうしたユニークな主人公を配した二つの味が楽しめる時代小説というのも本シリーズの大きな特長の一つといえよう。餡《あん》の入らない（入っていても少ない）最中《もなか》のような時代小説が多い中で、本シリーズのように餡と求肥《ぎゅうひ》が心地良く入った最中のごとき作品は稀少《きしょう》であろう。シリーズの次回作が今から楽しみである。

一〇〇字書評

切・り・取・り・線

購買動機（新聞、雑誌名を記入するか、あるいは○をつけてください）	
□（　　　　　　　　　　　　　　　　）	の広告を見て
□（　　　　　　　　　　　　　　　　）	の広告を見て
□ 知人のすすめで	□ タイトルに惹かれて
□ カバーが良かったから	□ 内容が面白そうだから
□ 好きな作家だから	□ 好きな分野の本だから

・最近、最も感銘を受けた作品名をお書き下さい

・あなたのお好きな作家名をお書き下さい

・その他、ご要望がありましたらお書き下さい

住所	〒				
氏名		職業		年齢	
Eメール	※携帯には配信できません	新刊情報等のメール配信を 希望する・しない			

この本の感想を、編集部までお寄せいただけたらありがたく存じます。今後の企画の参考にさせていただきます。Eメールでも結構です。

いただいた「一〇〇字書評」は、新聞・雑誌等に紹介させていただくことがあります。その場合はお礼として特製図書カードを差し上げます。

前ページの原稿用紙に書評をお書きの上、切り取り、左記までお送り下さい。宛先の住所は不要です。

なお、ご記入いただいたお名前、ご住所等は、書評紹介の事前了解、謝礼のお届けのためだけに利用し、そのほかの目的のために利用することはありません。

〒一〇一－八七〇一
祥伝社文庫編集長　加藤　淳
電話　〇三（三二六五）二〇八〇
bunko@shodensha.co.jp

祥伝社ホームページの「ブックレビュー」からも、書き込めます。

http://www.shodensha.co.jp/bookreview/

上質のエンターテインメントを！　珠玉のエスプリを！

祥伝社文庫は創刊十五周年を迎える二〇〇〇年を機に、ここに新たな宣言をいたします。いつの世にも変わらない価値観、つまり「豊かな心」「深い知恵」「大きな楽しみ」に満ちた作品を厳選し、次代を拓く書下ろし作品を大胆に起用し、読者の皆様の心に響く文庫を目指します。どうぞご意見、ご希望を編集部までお寄せくださるよう、お願いいたします。

二〇〇〇年一月一日　祥伝社文庫編集部

祥伝社文庫

帰《かえ》り船《ぶね》　風《かぜ》の市兵衛《いちべえ》

平成二十二年十月二十日　初版第一刷発行

著者　辻堂《つじどう》魁《かい》

発行者　竹内和芳

発行所　祥伝社

東京都千代田区神田神保町三-六-五
九段尚学ビル　〒一〇一-八七〇一
電話　〇三（三二六五）二〇八一（販売部）
電話　〇三（三二六五）二〇八〇（編集部）
電話　〇三（三二六五）三六二二（業務部）
http://www.shodensha.co.jp/

印刷所　萩原印刷

製本所　関川製本

カバーフォーマットデザイン　中原達治

Printed in Japan　©2010, Kai Tsujidou　ISBN978-4-396-33621-9 C0193

祥伝社文庫の好評既刊

辻堂　魁

風の市兵衛

さすらいの渡り用人、唐木市兵衛。心中事件に隠されていた奸計とは？〝風の剣〟を揮う市兵衛に瞠目！

辻堂　魁

雷神　風の市兵衛

豪商と名門大名の陰謀で、窮地に陥った内藤新宿の老舗。そこに現れたのは〝算盤侍〟の唐木市兵衛だった。

坂岡　真

のうらく侍

やる気のない与力が〝正義〟に目覚めた！　無気力無能の「のうらく者」が剣客として再び立ち上がる。

坂岡　真

百石手鼻《ひやつこくてばな》　のうらく侍御用箱②

愚直に生きる百石侍。のうらく者・桃之進が魅せられたその男とは。正義の剣で悪を討つ。

坂岡　真

恨み骨髄　のうらく侍御用箱③

幕府の御用金をめぐる壮大な陰謀が判明。人呼んで〝のうらく侍〟桃之進が金の亡者たちに立ち向かう！

逆井辰一郎

雪花菜《きらず》の女　見懲らし同心事件帖

同心になったばかりの浪人野蒜佐平太。いたって茫洋としていながらも、彼にはある遠大な目的が！

祥伝社文庫の好評既刊

小杉健治

翁面《おきなめん》の刺客《しかく》

江戸中を追われる新三郎に、翁の能面を被る謎の刺客が迫る！市井の人々の情愛を活写した傑作時代小説。

小杉健治

札差殺し　風烈廻り与力・青柳剣一郎①

旗本の子女が立て続けに自死する事件が続くなか、富商が殺された。なぜ目撃者を二人の刺客が狙うのか？

小杉健治

火盗殺し　風烈廻り与力・青柳剣一郎②

江戸の町が業火に。火付け強盗を利用するさらなる悪党、利用される薄幸の人々のため、怒りの剣が吼える！

小杉健治

八丁堀殺し　風烈廻り与力・青柳剣一郎③

闇に悲鳴が轟《とどろ》く。剣一郎が駆けつけると、同僚が斬殺されていた。八丁堀を震撼させる与力殺しの幕開け…。

小杉健治

二十六夜待

過去に疵《きず》のある男と岡っ引きの相克、情と怨讐。縄田一男氏激賞の著者ならではの、〝泣ける〟捕物帳。

小杉健治

刺客殺し　風烈廻り与力・青柳剣一郎④

江戸で首をざっくり斬られた武士の死体が見つかる。それは絶命剣によるもの。同門の浦里左源太の技か!?

祥伝社文庫の好評既刊

小杉健治
七福神殺し
風烈廻り与力・青柳剣一郎⑤

人を殺さず狙うのは悪徳商人、義賊「七福神」が次々と何者かの手に…。真相を追う剣一郎にも刺客が迫る。

小杉健治
夜烏《よがらす》殺し
風烈廻り与力・青柳剣一郎⑥

冷酷無比の大盗賊・夜烏の十兵衛が、青柳剣一郎への復讐のため、江戸に戻ってきた。犯行予告の刻限が迫る！

小杉健治
女形《おやま》殺し
風烈廻り与力・青柳剣一郎⑦

「おとっつあんは無実なんです」父の斬首刑は執行され、さらに兄にまで濡れ衣が…真相究明に剣一郎が奔走する！

小杉健治
目付殺し
風烈廻り与力・青柳剣一郎⑧

腕のたつ目付を屠った凄腕の殺し屋を追う、剣一郎配下の同心とその父の執念！　情と剣とで悪を断つ！

小杉健治
闇太夫《やみだゆう》
風烈廻り与力・青柳剣一郎⑨

百年前の明暦大火に匹敵する災厄が起こる？　誰かが途轍もないことを目論んでいる…危うし、八百八町！

小杉健治
待伏せ
風烈廻り与力・青柳剣一郎⑩

絶体絶命、江戸中を恐怖に陥れた殺し屋で、かつて風烈廻り与力青柳剣一郎が取り逃がした男との因縁の対決を描く！

祥伝社文庫の好評既刊

小杉健治

まやかし

風烈廻り与力・青柳剣一郎⑪

市中に跋扈《ばっこ》する非道な押込み。探索命令を受けた青柳剣一郎が、盗賊団に利用された侍と結んだ約束とは？

小杉健治

子隠し舟

風烈廻り与力・青柳剣一郎⑫

江戸で頻発する子どもの拐かし。犯人捕縛へ〝三河万歳〟の太夫に目をつけた青柳剣一郎にも魔手が……。

小杉健治

追われ者

風烈廻り与力・青柳剣一郎⑬

ただ、〝生き延びる〟ため、非道な所業を繰り返す男とは？　追いつめる剣一郎の執念と執念がぶつかり合う。

小杉健治

詫び状

風烈廻り与力・青柳剣一郎⑭

押し込みに御家人飯尾吉太郎の関与を疑う剣一郎。そんな中、倅の剣之助から文が届いて…。

小杉健治

向島心中

風烈廻り与力・青柳剣一郎⑮

剣一郎の命を受け、倅・剣之助は鶴岡へ。哀しい男女の末路に秘められた、驚くべき陰謀とは？

小杉健治

袈《け》裟《さ》斬り

風烈廻り与力・青柳剣一郎⑯

立て籠《こ》もった男を袈《け》裟《さ》懸《が》けに斬り捨てた謎の旗本。一躍有名になったその男の正体を、剣一郎が暴く！